청명
清明

청명절에 비 어지럽게 버리니

길 가는 나그네는 시름겨워지네

술집이 어디 있는가 물으니

목동이 멀리 살구꽃 핀 마을을 가리키네

清明時節雨紛紛

路上行人欲斷魂

借問酒家何處有

牧童遙指杏花村

天龍神舞

천룡신무

천룡신무 3

월인 新무협 판타지 소설

초판 1쇄 찍은 날 § 2005년 8월 10일
초판 1쇄 펴낸 날 § 2005년 8월 20일

지은이 § 월인
펴낸이 § 서경석

편집장 § 문혜영
편집책임 § 장상수
편집 § 이재권 · 유경화

펴낸곳 § 도서출판 청어람
등록번호 § 제1081-1-89호
등록일자 § 1999. 5. 31
어람번호 § 제2-0668호

주소 § 경기도 부천시 원미구 심곡1동 350-1 남성B/D 3F (우) 420-011
전화 § 032-656-4452 팩스 § 032-656-4453
http://www.chungeoram.com
E-mail § eoram99@chollian.net

ISBN 89-5831-619-5 04810
ISBN 89-5831-616-0 (세트)

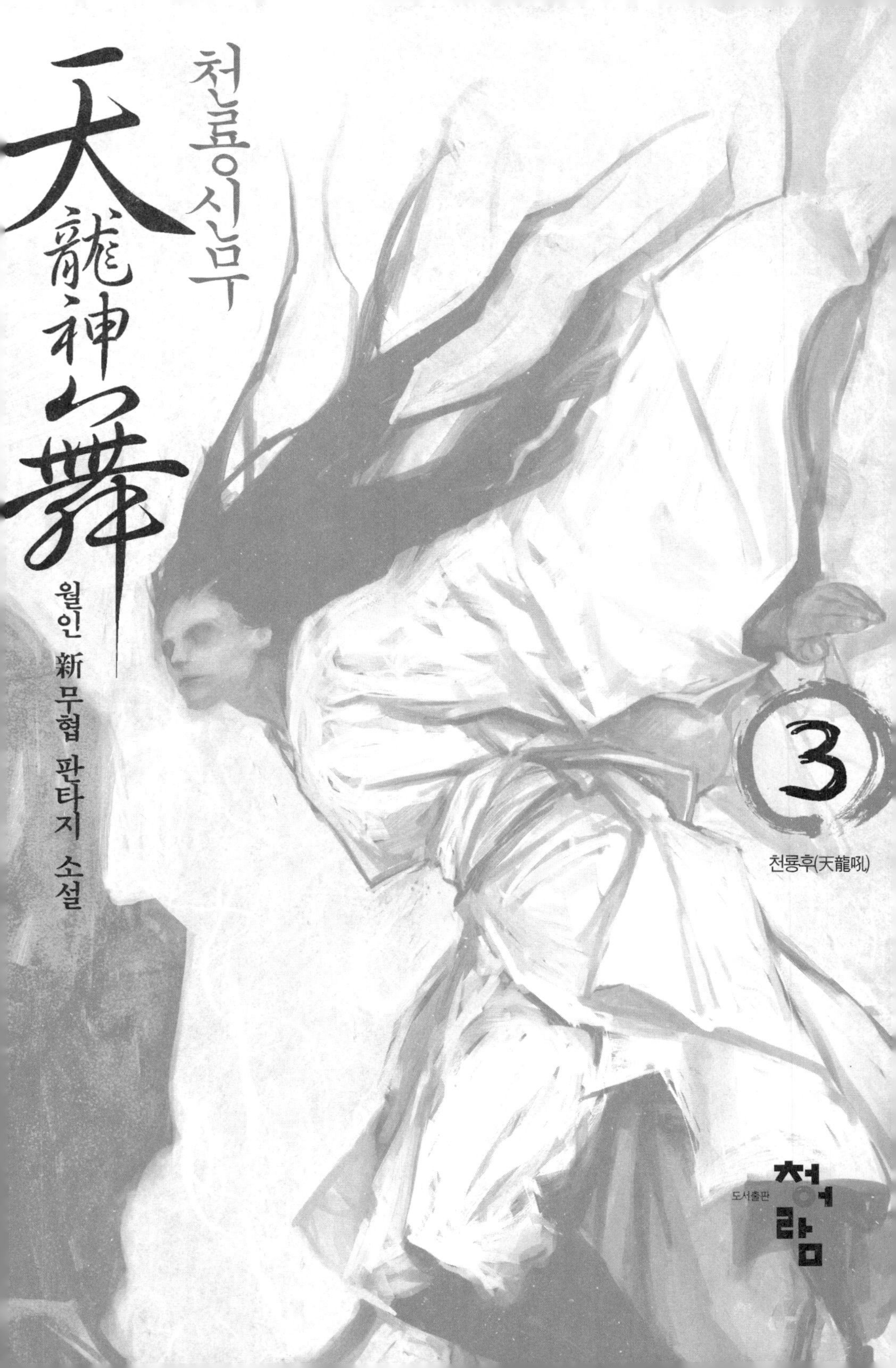

天龍神舞

천룡신무

월인 新무협 판타지 소설

3

천룡후(天龍吼)

도서출판 청어람

목차

第二十章

군자산(君子散)

군자산(君子散)

"**나**한테 무슨 볼일이라도……?"

허경군과 하미림이 자신과 우연히 이곳에서 마주친 것이 아니라 주루에서부터 이곳 강변까지 자신을 따라왔다는 뜻밖의 말에 진우청은 어리둥절한 표정으로 두 사람을 쳐다보았다.

오래전부터 아는 사이도 아니고, 복잡한 주루에서 우연히 합석하여 몇 마디 나눴을 뿐인 사람들이 이곳까지 일부러 자신을 따라올 이유가 없었다.

"아까 주루에서 사매의 방해로 끝까지 하지 못했던 질문도 마저 하고 싶고……."

"질문?"

점점 더 이해 안 되는 허경군의 말에 진우청은 미간을 좁혔다.

합석한 자리에서 여조명과의 대화에 끼어들고 얘기를 주로 한 사람은 옆에 있는 여인이었다. 사내는 몇 마디 하지도 않았다. 그런데 하다 만 질문이라니?

진우청은 사내가 했던 말을 떠올려 보았지만 특별히 기억날 만한 게 없었다.

허경군은 보일 듯 말 듯한 미소를 지었다.

"그리고 얼마 전에 완성한 우리 두 사람의 공동 작품에 대해서 확인도 해야 하고……."

허경군은 다시 한 번 뜻 모를 이야기를 흘렸다.

인상을 찌푸린 진우청은 허경군에게서 눈을 돌려 하미림을 쳐다보았다.

말을 조리있고 확실하게 하는 데는 남자보다 여자가 뛰어나다는 것을 그동안 충분히 겪었다. 그래서 진우청은 하미림이 설명해 주기를 눈으로 재촉했다.

"사형이 아까 진 공자님께 한 질문은 '진 공자는 내일도 계속 출전할 모양이오?' 라는 것이었는데 기억 안 나나 보죠?"

하미림이 간단명료하게 말했다.

역시 여자들의 말이 훨씬 조리있고 명료하다는 것을 진우청은 또 한 번 느꼈다.

뜬금없는 허경군의 말로는 무슨 뜻인지 몰랐는데 하미림의 설명을 듣고 나니 기억이 떠올랐다.

허경군은 내일 최선을 다할 것이라는 자신의 대답에 '끝까지 출전할 생각이냐?' 는 뜻의 질문을 했었다. 그때는 자신도 그 질문에 뭔가 이상한 생각이 들었지만 서둘러 다른 질문을 하며 끼어드는 하미림 때문에 더 이상 생각을 이어가지 못했었다.

'끝까지 출전할 것이냐고?'

진우청은 허경군이 했던 질문을 되뇌어보았다. 그리고 그때 잠시 뇌리를 스쳤던 의문도 같이 떠올렸다. 그때 허경군은 마치 진우청 자신이 더 이상은 비무대회에 출전하지 않을 줄 알았는데 계속 출전한다니 유감이라는 표정이었다.

자신 혼자만의 느낌일 수도 있지만 이 사내가 왜 그런 표정으로 질문을 했는지 알 수가 없었다.

"그리고……."

진우청의 상념을 끊으며 하미림의 말이 다시 이어졌다.

"우리 두 사람의 공동 작품은 군자산(君子散)이란 독이에요. 혹시 군자산에 대해서 아시나요?"

하미림은 아까보다 더 짙은 미소를 지으며 말했다.

진우청은 고개를 저었다.

"군자산이란 독은 말 그대로 군자처럼 점잖은 독이에요. 대부분의 독은 인체에 치명적인 영향을 미치거나, 심한 경우 열 걸음도 걷기 전에 온몸을 핏물로 녹아버리게 하는 것도 있어요. 그러나 군자산은 그런 것들과는 비교할 수 없이 점잖요. 아무런 고통도 주지 않고, 가만히 있으면 자신이 중독되었는지도 모른 채 지내다가 일정 시간 후엔 자연적으로 해독되죠. 대신, 공력을 끌어올리려고 하면 비로소 효력이 나타나 산공독의 역할을 하죠. 어때요, 정말 군자라 불릴 만한 독이죠? 우리는 그 군자산을 개량해서 좀 더 효력이 뛰어나고, 좀 더 사용하기 쉽게 만들었어요."

하미림은 자부심 가득한 표정을 지으며 말을 맺었다.

진우청은 가만히 듣기만 해도 머리에 쏙쏙 들어오도록 조리있고 간

략하게 설명하는 하미림의 말에 역시 여자들이 남자들보다는 훨씬 말을 잘한다는 자신의 판단이 틀리지 않음을 확인하고 고개를 끄덕였다.

"그런데… 그게 나하고 무슨 상관이오?"

"우선 내 질문부터 마저 하지. 정말 내일도 출전할 건가?"

진우청의 질문에 허경군이 끼어들며 주루에서 하다 만 질문을 다시 했다.

"아까 말했잖소, 주는 상금 마다 않는다고……."

진우청은 소태같이 쓴맛이 다시 뱃속에서 역류하는 느낌에 와락 얼굴을 찌푸리며 퉁명스럽게 답했다.

"그럼 이젠 우리들의 공동 작품에 대해서 물어볼게요. 지금은 어떤 가요, 공자님의 몸 상태는?"

하미림이 진우청의 표정을 유심히 살피며 물었다.

"뱃속에 소태나무 줄기가 자라지 않을까 걱정이 될 정도로 쓴맛이 느껴지는 중이오."

진우청은 한층 더 인상을 쓰며 답했다.

주루 안에서도 쓴맛의 기운이 온 혈맥을 떠도는 기운을 느꼈다.

그땐 술을 마셔서 그런 줄 알았다.

그런데 지금은 술도 마시지 않았는데 그 소태 같은 기운이 목구멍 아래까지 치밀어 올랐다.

"그럴 리가… 없을 텐데요?"

인상을 쓰고 있는 진우청을 보며 하미림은 고개를 갸웃거렸다.

"아직도 그런가요?"

하미림은 미세하게 손을 흔들며 재차 확인했다.

"여전하군요."

하미림의 손동작과 함께 더욱 쓴맛을 느낀 진우청은 짤막하게 답하며 천천히 용호곤으로 손을 가져갔다.

저녁을 굶길 때마다 사부께서 먹게 만든 가루약의 기운이 왜 이렇게 요동을 치는지 이젠 알 것 같았다.

그리고 이 장소……!

'묘하군…….'

진우청은 주변을 둘러보며 쓴웃음을 지었다.

공교롭게도 이곳은 며칠 전, 한철로 된 손톱을 팔목에 끼우고 달려들던 놈과 한바탕 푸닥거리를 한 그 강변, 그리고 그 장소였다.

이자들의 의도가 무엇인지는 좀 더 지나봐야 확실히 알겠지만 이런 시간에 이런 곳까지 따라왔다면 그때 그 인간과 별로 다르지 않을 것이다.

그자에게서는 뜻하지 않은 이익을 보았지만…….

쨍!

진우청은 용호곤을 하나로 합쳤다.

"그걸로 뭘 하려고 그러세요?"

하미림은 고혹적인 미소를 피워 올리며 물었다.

"달밤에 체조라도 하려나?"

용호곤을 지팡이처럼 짚고 선 진우청을 보며 피식 웃음을 흘린 허경군이 빈정거렸다.

"못생긴 여우 한 마리와 족제비 한 마리를 잡을 생각이오."

진우청은 용호곤을 한 바퀴 돌리며 답했다.

"뭐라구……!"

진우청의 대답에 허경군의 표정은 변화가 없는 반면 하미림의 표정은 백팔십 도로 변했다.

"후후!'

금방이라도 달려들 듯한 하미림을 제지하며 허경군이 앞으로 나섰다.

"그냥 오늘밤 이곳을 떠났으면 서로 이런 수고를 안 해도 될 텐데……. 하긴, 그랬어도 우리가 따랐을 것이야. 자네는 오늘 보지 말아야 할 것을 너무 많이 보았어……."

허경군은 여전히 뜻 모를 말을 혼잣소리처럼 중얼거리며 등에 차고 있던 검갑을 풀어 손으로 가져왔다.

"공력도 끌어올릴 수 없는 인간에게 검까지 뺄 필요 없겠지?'

피식 웃음을 흘린 허경군은 생각을 바꾼 듯 검갑을 다시 등에 찼다.

'역시 그놈인가?'

진우청은 허경군과 하미림의 하는 양을 지켜보며 임문정을 떠올렸다.

그놈 말고는 자신이 내일 계속 비무에 참가할 건지, 말 건지를 확인하며 죽이려 할 사람은 없다.

'보지 말아야 할 것을 너무 많이 봤다고?'

진우청은 허경군의 마지막 말을 입속으로 되뇌며 신형을 움직였다.

휘익—

허경군의 주먹이 스치듯이 얼굴 옆으로 지나갔다.

"공력을 끌어올릴 수 없는 상태에서도 그런 움직임을 보일 수 있다니… 의외로군!'

허경군은 자신의 주먹을 가볍게 피한 진우청을 기이한 눈빛으로 쳐다보았다.

그러나 그것도 잠시!

파앗!

한 가닥 파공음과 함께 허경군의 주먹이 연속적으로 날아들었다.

허경군의 손이 순간적으로 다섯 개의 주먹 그림자를 만들며 진우청의 미간, 인중, 명치 등 급소들을 노리고 쏟아졌다.

진우청은 땅을 짚고 있던 용호곤을 발끝으로 차올렸다.

용호곤 끝이 호선을 그리며 날아올라 허경군의 주먹 그림자를 막아 갔다.

계속 주먹을 뻗었다가는 용호곤 끝에 부딪칠 수밖에 없는 상황이 된 허경군은 손가락을 펼쳤다.

주먹 그림자가 지워지며 활짝 펼쳐진 허경군의 손이 용호곤을 잡아 왔다.

탁—

용호곤과 허경군의 손바닥이 부딪치며 둔탁한 소리가 터져 나왔다.

"젠장!"

허경군은 짤막한 신음성을 터뜨리며 훌쩍 뒤로 물러섰다.

"어떻게 된 거야, 사매?"

와락 눈살을 찌푸린 허경군은 하미림을 보고 고함을 질렀다.

"사형이야말로 어떻게 된 건가요? 그것 하나 못 잡고 뒷걸음질을 치다니!"

하미림 역시 눈살을 찌푸리며 허경군을 쳐다보았다.

"중독되지… 않았어!"

잠시 후, 허경군은 침울한 목소리로 말했다.

자신의 주먹을 피하고 손바닥을 때려온 진우청의 용호곤에는 막대한 내력이 실려 있었다. 자신들이 개량한 군자산에 중독되었다면 절대로 뽑아낼 수 없는 힘과 움직임이었다.

"그럴 리 없어요!"

하미림은 강하게 고개를 흔들었다.

심혈을 쏟아 부으며 몇 년에 걸쳐 개량한 군자산은 기존의 군자산보다 효력의 지속 시간은 조금 짧았다. 대신 중독시키기가 훨씬 쉬웠고, 일단 중독되면 기존의 군자산보다 배는 강한 효력을 발휘했다.

이제껏 단 한 번의 예외도 없이……

군자산은 그래서 자신들이 즐겨 사용하는 독이었다.

누군가를 죽이려면 이렇게 한 번 더 수고를 해야 했지만 여타 독과는 달리, 뿌리는 순간에도 전혀 표시가 나지 않아 안전했고, 특정인에게만 뿌리기 어려운 상황에서는 다수에게 왕창 뿌려놓아도 된다. 재수 없이 그중 누군가 공력을 끌어올리면 군자산의 중독을 눈치채겠지만 그렇지 않는 한 다른 사람들은 아무것도 모른 채 넘어가고 목적한 사람만 이렇게 한적한 곳에서 우연처럼 조우하면 되는 것이다.

그런 군자산을 술을 마시면서도 뿌렸고, 조금 전 아무런 경계를 하지 않고 인사를 나누는 순간에도 뿌렸다.

그 정도라면 어떤 사람이라도 피해갈 수 없다.

"처음 만났을 때부터 내게 무슨 수작들을 벌인 모양이군."

진우청은 눈을 부라리며 말했다.

"어쩐지 소태 같은 쓴맛이 오늘은 유달리 심하다 싶었지."

진우청은 길게 빨아들인 숨결을 온몸 구석구석 불어넣었다.

쓰디쓴 기운이 더욱 거세게 혈맥을 타고 돌았다.

목구멍 아래에서 역류하는 기분뿐만 아니라 이젠 전신에 쓴 가루약의 기운이 퍼져 있는 느낌이었다.

그러나 그 쓴 가루약의 기운을 빼고는 자신의 몸에서 달라진 것은 하나도 없었다.

하미림이 상세히 설명해 주었던 군자산인지 뭔지 하는 독의 효용은 어디에도 느껴지지 않았다. 온몸 구석구석까지 상쾌한 강바람이 거침 없이 스며들었고, 용무의 동작과 호흡을 일치시키는 데 전혀 불편함이 없었다.

진우청은 용호곤의 중단을 잡고 휘이익 돌렸다.

한줄기 파공음이 어둠을 가르며 퍼져 나갔다.

"공짜 밥 한 끼 먹었다고 다리를 자르겠다느니, 눈을 뽑겠다느니 하더니 이제는 너무 많은 것을 보아서 죽이겠다고……? 정말 더러운 동네군."

중얼거린 진우청은 땅을 박찼다.

이들의 목적이 자신을 죽이는 것이고, 그래서 독까지 뿌렸다면 더이상은 말이 필요없었다. 용호곤으로 두드려 잡아서 배후를 캐낼 일만 남은 것이다.

휘이잉—

용호곤 끝에 걸린 바람이 가닥가닥 찢겨졌다.

대경한 허경군이 급히 검을 뽑았다.

용호곤과 허경군의 검이 허공에서 부딪치며 날카로운 쇳소리가 사방으로 울려 퍼졌다.

스스스—

쇳소리와 함께 미세한 소음이 같이 들려왔다.

지하 석실 속에서 바람 소리를 타고 날아드는 주문 소리처럼 음산

했다.

　그때는 격한 심정에 방심했지만 잠시도 놓치지 않고 호흡 속으로 녹아든 지금은 문제가 아니었다.

　진우청은 허경군의 검에서 전해오는 반탄력을 이용하여 훌쩍 몸을 날렸다.

　피피피핑—

　머리카락보다 더 가는 암기들이 자갈 바닥에 꽂혀들었다.

　하미림이 날린 우모침(牛毛針)이었다.

　우모침 공격이 실패로 돌아가자 하미림의 표정이 굳어졌다.

　산공독과 마찬가지로 미세한 소음도 없이 날린 우모침.

　그러나 진우청은 마치 예상이라도 하고 있었다는 듯 피해 버렸다.

　중독되지 않았다는 허경군의 말이 확실했다.

　'대체 어떻게?'

　하미림의 두 눈에 의구심이 넘쳐났다.

　어떻게 자신들의 몇 년간 노력의 산실인 산공독이 통하지 않고, 어둠 속 그것도 사각에서 날린 우모침도 통하지 않는단 말인가?

　하미림은 다시 품속으로 손을 넣었다.

　쌔애액—

　우모침을 피해 허공으로 몸을 날렸던 진우청의 신형이 바닥에 내려서기도 전에 허경군의 검이 진우청의 가슴을 찔러갔다.

　진우청의 상체가 허공에 뜬 채 일렁 흔들렸다.

　마치 날개를 단 새가 허공에서 마음대로 신형을 움직이는 것 같았다.

　허공만 찌른 허경군의 검이 쾌속하게 선회했다.

바닥에 내려선 진우청은 퇴로를 밟았다.

딱히 퇴로라고 부를 만한 것도 아니었다. 그냥 뒷걸음질을 쳤다.

그러나 눈 깜짝할 순간 진우청의 신형은 허깨비처럼 물러나 있었다.

'망할!'

하미림은 한줄기 욕지거리를 삼켰다.

촌각의 틈만 생기면 손끝에 잡은 독단을 튕겨낼 생각이었다.

산공독과는 비교할 수 없는 맹독이었다.

은밀하게 중독시키는 데는 산공독이 나았지만 그럴 필요가 없는 상황에서는 혈갈독(血喝毒)이 나았다.

그런데 진우청이 도저히 틈을 주지 않았다.

아까처럼 몽둥이를 휘두르며 공격이라도 하면 틈이 생길 텐데 신법만으로 허경군의 공격을 흘리면서 하미림의 공격까지 차단하고 있었다.

"중독의 흔적은 확실히 없는 것 같으니 이젠 본격적으로 한번 놀아봐도 되겠군."

몇 번 용무의 춤사위 속에 녹아들며 허경군과 하미림의 공격을 피한 진우청은 혼잣소리처럼 중얼거리며 용호곤을 양손으로 쥐고 붕곤(崩棍)의 자세를 취했다.

한쪽 다리는 기마 자세처럼 잡고, 다른 한쪽 다리는 바닥으로 쭉 뻗은 채 용호곤을 비스듬히 앞으로 내민 붕곤의 자세가 취해지자 허경군은 순간적으로 숨이 턱 막히는 기분이 들었다.

파앗—

턱 막힌 숨이 트이기도 전에 진우청의 몸이 쏘아져 왔다.

'우웃!'

신음을 삼킨 허경군은 검을 휘둘렀다.

우우웅—

마주쳐 오는 용호곤에서 진동음이 울렸다.

한 치 두께의 철판을 뚫을 수 있는 힘이 생겼을 때 울리는 천강음이 용호곤 끝에서 무겁게 흘러나왔다.

깡 하는 쇳소리와 함께 허경군의 검이 뒤로 튕겨졌다.

호구가 찢어지는 듯한 아픔을 느낄 새도 없이 더 무거운 천강음이 울리며 용호곤이 허경군의 하체를 쓸어갔다.

다시 검을 마주치며 막을 생각을 못한 허경군은 신형을 뽑아 올렸다.

용호곤이 빙글 회전하며 뒤에 있던 곤파 부분이 곤초가 되어 앞으로 쓸어왔다.

허공으로 솟구치던 허경군은 금룡번신(金龍翻身)의 수법으로 급히 상체를 틀었다.

휘이익—

허경군의 목덜미를 쓸어가던 용호곤이 허공에 뜬 그의 가슴을 두드려 갔다.

그 순간, 진우청의 눈앞에서 작은 폭음이 터지며 희뿌연 색깔의 가루가 흩날렸다.

"쿨럭!"

허경군이 기침을 토했다.

미리 해독약을 복용했지만 코앞에서 터진 혈갈독분의 독성은 지독했다.

"나까지 죽일 셈이냐, 사매?"

신속히 물러난 허경군은 여전히 토해내는 기침과 함께 소리를 질렀다.

"안 그랬으면 사형은 몽둥이에 맞아 죽었을 거예요."

하미림은 다시 한 개의 흑색 독단을 손가락에 끼우며 말했다.

허경군의 말대로 아무리 해독약을 복용했지만 이렇게 종통으로 맡으면 그 폐단이 컸다.

그러나 그만큼 절박한 상황이었기에 하미림으로서는 어쩔 수 없었다.

"독사 같은 여자군."

진우청은 차가운 눈빛으로 하미림을 쳐다보았다.

아무리 악독하기로서니 동료의 코앞으로 독단을 던져 터뜨린단 말인가?

그 때문에 지독히 쓴맛을 다시 느끼게 되었다.

주루에서나 좀 전에 하미림과 인사를 하는 순간에 느꼈던 쓴맛과는 비교도 안 되는 쓴맛의 기운이 혈맥 속을 폭주했다.

잠시 후, 독분에서 맡아졌던 비릿한 냄새가 깨끗이 사라졌다.

"후흡!"

진우청은 길게 숨을 들이켰다.

쓴 가루약의 기운은 전신을 삼킬 듯 감쌌지만 다른 것은 아무 이상이 없었다.

진우청은 깊이 들이마신 호흡과 함께 쓰디쓴 가루약의 기운을 오히려 온몸 구석구석 퍼지게 하며 용호곤을 분리했다.

"다음엔 품속에 숨기고 있는 독을 한꺼번에 다 터뜨려 보시오! 안 그러면 이 몽둥이 한 개는 당신 차지가 될 테니까……."

하미림을 향해 나직히 으르렁거린 진우청은 양손에 잡은 용곤과 호곤을 빙글빙글 돌리며 허경군 앞으로 다가갔다.

"젠장—"

질린 표정을 한 허경군은 검을 왼손으로 옮겨 들고 오른손을 쥐었다 펴기를 반복했다.

용호곤에 검을 부딪치며 충격을 받은 호구가 아직 얼얼해 감각이 제대로 느껴지지 않았다.

이젠 두 개로 분리해서 각각 휘둘러 오면 훨씬 더 바쁠 것 같았다.

'혈갈독도 전혀 효력이 없단 말인가?'

서서히 공포감을 느낀 허경군은 오른손에 다시 검을 옮겨 쥐며 진우청의 표정을 살폈다.

조금이라도 중독된다면 승산이 있었다.

그러나 전혀 효력이 없다면?

휘익—

허경군의 상념을 끊으며 용곤과 호곤이 가슴을 향해 날아들었다.

파앗—

상체를 틀어 피한 허경군은 발끝으로 바닥을 박차며 허공으로 날아올랐다.

일학충천(一鶴沖天)의 기세로 솟구친 허경군은 수직으로 검을 뿌렸다.

진우청은 용곤과 호곤을 열십 자로 겹쳐 허경군의 검을 막았다.

불꽃이 튀며 허경군의 신형이 주춤 뒤로 밀렸다.

씨잉—

허경군의 검을 팅겨낸 진우청은 급격히 거리를 좁히며 용곤을 휘둘렸다.

용곤의 끝에서 천강음이 흘러나왔다.

허경군은 신속히 신형을 움직이며 용곤을 피했다.

'헛!'

허경군은 헛바람을 들이켰다.

똑같은 궤적의 몽둥이가 하나가 반대편에서 날아들었다.

왼손과 오른손은 아무리 단련을 하여도 움직임이나 힘의 차이가 있건만 지금 날아드는 몽둥이는 전혀 그런 점을 느낄 수 없었다. 날아오는 속도나 곤끝에서 뿜어져 나오는 진동음은 같은 몽둥이를 두 번 휘두른 것 같은 느낌을 주었다.

허경군은 결국 검을 마주쳐 갔다.

깡―

쇳소리와 함께 허경군은 이젠 호구가 완전히 찢어졌다는 느낌을 받으며 필사적으로 신형을 틀었다.

한 개의 몽둥이는 막았지만 다른 몽둥이는 여전히 쉬지 않고 날아들었기 때문이다.

단순하기 짝이 없는 휘두름!

그러나 두 개의 몽둥이는 가장 빠르고 단순한 궤적을 따라 지극히 단도직입적으로 날아들었다.

"피해요!"

하미림이 날카로운 목소리와 함께 독단을 한꺼번에 날렸다.

독단이 터져 독분이 피어오름과 동시에 진우청은 쓰디쓴 가루약의 기운을 온몸 골고루 끌어올렸다.

하미림의 독에 오히려 얼굴이 하얘진 허경군이 호곤을 막지 못하고 고스란히 상체를 노출시켰다.

펵—

호곤이 허경군의 어깨를 때렸다.

허경군은 입을 딱 벌리며 검을 떨어뜨렸다.

다시 용곤이 허경군의 허리로 날아들었다.

쨍—

절체절명의 순간, 몸을 날린 하미림이 검을 휘둘러 용곤을 막았다.

반사적으로 호곤을 휘둘러 하미림의 가슴을 두드리려던 진우청은 주춤 움직임을 멈추었다. 적이긴 하지만 차마 여자의 가슴을 쇠몽둥이로 두드릴 수 없었기 때문이다.

그때 하미림의 붉은 입술이 벌어지며 그 속에서 강침이 튀어나왔다.

진우청의 눈을 노린 악독한 수법이었다.

스으읏—

진우청의 고개가 자연스럽게 옆으로 젖혀졌다.

그 모습은 마치 뭔가 생각이 떠오르지 않아 가볍게 고개를 갸웃거리는 것 같았다.

그 가벼운 고갯짓에 하미림의 입에서 튀어나온 강침 두 개는 진우청의 얼굴을 스치듯 지나갔다.

하얗게 질린 표정이 된 하미림의 입술이 다시 벌어졌다.

그리고 더 많은 강침이 한꺼번에 쏘아져 나왔다.

진우청은 하미림의 입속에서 튀어나오는 강침을 노려보았다.

물속에서 천천히 떠내려 오는 듯한 움직임!

천룡의 숨결 속에 녹아들어 있는 한, 웬만한 움직임은 그렇게 느껴졌다.

턱—

진우청은 하미림의 가슴 어림에 멈춰 있던 호곤으로 하미림의 턱을 쳐올렸다.

딸각! 하고 이빨 부딪치는 소리가 나며 튀어나오던 강침들이 강제로 다물려진 하미림의 입술에 꽂히며 선혈이 흘렀다.

"그런 거북이 같은 움직임으로 뭘 하겠다고……."

진우청은 무뚝뚝한 음성으로 중얼거린 후 하미림의 턱을 치켜세우고 있던 호곤으로 하미림의 어깨를 두드렸다.

"아악!"

비명을 지른 하미림의 신형이 달려드는 허경군을 향해 날아갔다.

떨어진 검을 주워 들고 찔러오던 허경군은 급히 검을 회수하며 하미림을 안아 들었다.

쨍—

용곤과 호곤을 순식간에 하나로 합친 진우청은 허경군의 종아리를 쓸어갔다.

둔탁한 격타음과 함께 하미림을 안은 허경군이 자갈 바닥으로 쓰러졌다.

진우청은 한 덩어리가 된 채 나뒹굴고 있는 허경군과 하미림을 차가운 눈으로 내려다보았다.

"이런! 지독한……!"

움찔 신형을 움직이려던 진우청은 참담한 표정을 지었다.

두 사람의 얼굴이 시커멓게 타 들어가고 있었다.

상대가 되지 못하고 잡힐 상황에 처하자 스스로 맹독을 삼킨 모양이었다.

이럴 줄 알았으면 여자니 뭐니 사정 봐주지 말고 한 방에 두드려 정신을 잃게 만들어야 했다는 후회감이 밀려왔다.

허탈한 표정을 짓고 있던 진우청은 산 아래 인간들의 악랄함에 치를 떨었다.

산속의 동물들은 배가 고프지 않고는 살육을 하지 않았다.

그러나 산 아래의 인간들은 자신들의 목적을 위해서 사람의 목숨을 파리 목숨처럼 여겼다. 물론, 스스로의 목숨도······.

자신이 직접 이들을 죽이진 않았지만 자신과 얽혀 스스로 목숨을 끊은 두 사람의 시신은 더할 수 없이 착잡한 심정을 느끼게 만들었다.

한참 동안이나 맥을 놓고 서 있던 진우청은 자갈밭을 가로질러 강물 쪽으로 걸음을 옮겼다.

자갈밭이 끝나고 발바닥으로 차가운 강물이 스며들었지만 진우청의 걸음은 멈추어지지 않았다.

강물이 가슴에 차 오를 때까지 발걸음을 옮긴 진우청은 상체를 숙여 전신을 강물 속으로 밀어 넣었다.

온몸에 묻은 독과 함께 오늘의 모든 기억을 씻어내려는 듯이······.

*　　　　*　　　　*

덜컹!

이제껏 미끄러지듯 굴러가던 수레바퀴가 작은 소음을 토했다.

제법 먼 거리를 지나온 것 같았는데 아직도 지하 통로는 끝없이 이어지고 있었다.

그리고 지금 지나가는 통로는 최근에 만들어진 듯 바닥과 벽면이 다 골라지지 않고 울퉁불퉁했다. 그래서 미끄러지듯 굴러가던 수레바퀴가 소음을 내고 있는 것 같았다.

덜컹!

다시 수레바퀴에서 소음이 울리며 수레가 흔들렸다.

이여옥은 수레의 손잡이를 꼭 붙잡았다.

길은 아래로 조금씩 경사져 있었다.

또한 직선으로 가지 않고 크게 원을 그리고 있음이 느껴졌다.

아마도 나선형으로 축조된 길을 따라 점점 아래로 내려가고 있는 것 같았다.

경사가 급하지는 않았지만 이동한 시간이 꽤 되었으니 내려온 깊이도 만만치 않을 것이다.

마차에 오른 지 얼마 되지 않아 검은 천으로 눈이 가려졌고, 마차에서 내리고 나서부터는 바퀴가 달린 의자에 실려 실내로 들어서서 내내 이렇게 이동하고 있었다. 이젠 어디로 가고 있는지 방향 감각을 잃은 지 오래였다. 단지 이곳이 지하라는 것, 그리고 점점 아래로 내려가고 있다는 것만 짐작하고 있을 뿐이었다.

인장호에게 끌려가 갇혔던 지하 석실만큼이나 공기는 슴하고 탁했지만 이여옥은 미동도 않고 수레에 몸을 맡겼다.

자신의 주변을 감싼 운명의 소용돌이는 언제나 가혹했다.

그 소용돌이는 자신의 의지와는 무관하게 이렇게 거칠게 회오리치고 바닥으로 빠져들게 했다.

어쩌면 이젠 더 이상 빠져들 수 없을 만큼 빠져들었기에 담담하게 몸을 내맡길 수 있는지도 몰랐다.

이 지방을 떠날 때마다 온몸이 불덩이에 달군 듯 고열에 시달렸고, 나중에는 얼음장처럼 차가워지며 지독한 고통과 함께 숨을 제대로 쉴 수 없었다.

그런 현상의 원인을 몰랐을 때는 어디로 갈 때마다 어김없이 겪은 고통이었다.

그 후, 이곳을 떠나서는 안 되는 체질임을 알고 그런 고통을 겪는 일은 없었지만 다리는 점점 메마른 나무뿌리처럼 굳어갔고 걸을 수도 없게 되었다.

그것도 부족했는지 가세마저 기울고 식구들과도 생이별을 하게 되었다.

운명은 언제나 그렇게 가혹했다.

그나마 해천 할아버지에게 맡겨져 꽃을 손질하며 지낸 시간들이 유일한 안식의 기간이었다.

그렇게 잠시 멈춰졌던 운명의 소용돌이가 다시 회오리치고 있었다.

덜컹—

회오리처럼 만들어진 길을 따라 아래로 아래로 내려가던 수레가 우뚝 멈추었다.

"고생하셨소."

굵직한 목소리와 함께 수레 앞에서 일정한 발자국 소리를 울리며 걸어가던 사내가 눈을 가린 천을 풀어주었다.

어둠침침한 통로 끝을 커다란 석문이 가로막고 있었다.

눈을 가린 천을 풀어준 사내는 석문 옆에 삐죽 튀어나온 쇠막대기를 아래로 당겼다.

그그궁! 하는 육중한 음향과 함께 석문이 위로 올라갔다.

석문이 열리자 제일 먼저 청량한 공기가 습하고 탁한 공기를 밀어내며 밀려왔다.

이윽고 석문이 눈높이 위로 올라가자 쏟아지는 밝은 광채가 눈을 부시게 했다.

손을 들어 잠시 눈을 가렸던 이여옥은 천천히 손을 내렸다.

"아―!"

이여옥은 자신도 모르게 감탄사를 토했다.

석문 안에는 아름다운 선경(仙境)이 펼쳐져 있었다.

천장 곳곳에는 야명주가 박혀 바깥 세상과 별 차이 없는 밝기로 빛을 발하고 있었고, 작은 가산(假山)과 인공 연못은 마치 부잣집 정원에 들어선 것 같았다.

가산 옆으로 키 작은 나무들로 인공 숲이 이어져, 그 사이로 새들이 날아다니고 있었다. 숲 아래의 연못에는 여러 가지 색깔의 비단잉어가 헤엄치고 있었다.

이여옥은 믿어지지 않는 광경에 잠시 동안 입을 다물지 못했다.

"이 소저만 모셔놓고 모두 돌아간다."

앞에 선 사내가 다시 굵은 음성으로 명령하자 수레가 움직였다.

그제야 이여옥도 정신을 차리고 사방을 두리번거렸다.

"여기까지 오느라 고생 많았소."

수레가 멈춰지고 인공 숲 한쪽에서 사내의 목소리가 들렸다.

이여옥은 그 목소리의 주인을 알아채고 긴장한 표정을 지었다.

"이곳이 이 소저께서 우리 일을 도와주며 기거할 곳이오. 나름대로 최선을 다했지만 마음에 들지 않는 것이 있으면 언제든지 말하시오. 즉시 바꿔 드리겠소."

인공 숲과 인공 연못 위로 만들어진 다리를 건너오며 임문정이 담담하게 말했다.

이여옥은 이곳이 어디쯤인지 궁금했지만 아무 질문도 하지 않았다. 그것을 가르쳐 줄 것 같았으면 눈을 가리지도 않았을 것이다.

"이곳은 아까 이 소저께서 마차를 탄 곳에서 그리 멀리 떨어지지 않은 곳이오. 땅속으로는 한참 내려왔긴 하지만……."

이여옥의 눈에서 궁금증을 읽었는지 임문정은 간단하게 설명한 후 손을 까닥거렸다.

"아가씨를 뵙습니다."

임문정의 손짓과 함께 뒤쪽에서 소녀들의 목소리가 들려왔다.

이여옥은 고개를 돌렸다.

화려한 백의를 차려입은 소녀 네 명이 이여옥을 향해 고개를 숙였다.

"햐, 향아!"

고개를 드는 네 명의 소녀 중, 한 소녀를 본 이여옥은 고함을 치듯 이름을 불렀다.

그 소녀는 이제껏 자신의 집에서 집안일을 돌보던 소녀였다.

혼자 힘으로는 몇 발짝 움직이는 것도 힘든 처지였기에 해천 할아버지께서 품삯을 주고 낮 동안만 일을 거들게 했다.

어제까지만 해도, 아니, 오늘 아침까지도 그렇게 집안일과 자신의 뒤치다꺼리를 해주던 아이였다.

그런데 어떻게 여기 있는 것일까?

그 대답은 임문정의 입에서 다시 흘러나왔다.

"이 소저를 가장 잘 수발들 수 있는 사람은 저 아이일 것 같아서……. 물론 강제로 끌고 오거나 한 건 아니오. 이 소저 집에서 일할 때보다 최소한 열 배는 더 많은 보수를 주고 고용했소. 저 아이도 만족하고 있소.”

임문정의 말대로 소녀의 얼굴에는 깊은 지하에 있는 이런 장소에 대한 본능적인 긴장감 한줄기는 어려 있었지만 협박이나 강압에 의한 공포감 같은 것은 보이지 않았다.

“그래서 네가…….”

이여옥은 소녀를 보며 그간의 일을 떠올렸다.

소녀는 오래전부터 이 사람들의 말을 듣고 있었다는 생각이 들었다.

자신이 이곳으로 오기로 결심하기까지는 소녀의 힘이 컸다.

전혀 의심하지 못할 정도로 흘러가듯 얘기했지만 소녀는 그동안 세상 돌아가는 상황을 은연중에 알려주었다.

동방회의 존재를 알게 해준 것도 소녀였고, 백운 할아버지의 집으로 가면 그곳까지 위험해진다는 판단을 하게 해준 것도 소녀였다.

이여옥은 너무나도 철저한 임문정의 일 처리에 두려움마저 느꼈다.

“문을 열어보아라.”

임문정이 지시를 내리자 다른 소녀 하나가 뒤에서 방문을 열었다.

이여옥은 다시 한 번 놀라움을 금치 못했다.

방문이 열리며 그 안에 펼쳐진 광경은 자신이 아침까지 있던 방 그대로였다.

마치 자신의 방을 그대로 옮겨놓은 것처럼 경대와 서랍, 이부자리에… 벽지와 벽에 걸린 산수화까지 똑같았다.

순간적으로 이여옥은 자신이 방을 나온 후 이 사람들이 모든 집기들을 들고 와서 그대로 배치한 것이 아닌가 하는 의심까지 했다. 그러나 신이 아닌 이상 그것은 불가능할 것 같았다.

집기들이야 그럴 수 있다고 치더라도 벽지와 바닥까지 뜯어올 수는 없을 것이다. 시간적으로도 그건 불가능했다.

아마도 자신의 방을 자신만큼이나 잘 알고 있는 소녀를 통해 오랜 시간 동안 하나하나 준비했으리라.

이곳에 지어진 자신의 방과 조금도 다름없는 방을 보며 이여옥은 안락함보다는 섬뜩함을 느꼈다.

너무도 치밀하고 빈틈없는 사람들.

그리고 마음만 먹는다면 무엇이든 원하는 대로 할 수 있을 것 같은 사람들.

이런 사람들이 자신에게 원하는 것이 과연 무엇일까?

대체 얼마나 어마어마한 걸 원하기에 이런 철저한 준비를 하고 자신을 데려온 것일까?

이여옥은 전신으로 밀려든 중압감에 자신도 모르게 긴 한숨을 토했다.

"이 소저께서 최대한 편안한 마음으로 지내는 것이 우리에겐 무엇보다 중요하오. 그래서 좀 신경을 쓴 것이니 아무런 부담 갖지 말고 지내도록 하시오. 아무리 바깥 세상처럼 흉내를 내도 땅속 깊은 곳이라는 생각은 강박관념이 생기게 할 수도 있으니 불편한 것이 있으면 주저없이 말하시오."

임문정은 이여옥이 불안감을 느끼지 않도록 최대한 조심스런 목소리로 설명했다.

"제게서 뭘 원하나요?"

이제껏 아무 말도 않고 있던 이여옥이 질문을 던졌다.

"그건 차차 설명해 드리겠소. 우선 준비한 차로 목부터 축이시오."

임문정이 말과 함께 소녀들에게 눈짓을 하자 방문을 열었던 소녀가 방으로 들어가서 평소 이여옥이 사용하던 것과 똑같은 다기에 차를 담아왔다.

'차까지…….'

이여옥은 내심 신음을 흘렸다.

찻잔 속에는 자신이 만들었던 꽃잎 차가 향기를 발하고 있었다.

"그것만큼은 도저히 흉내 낼 수 없어 저 아이에게 조금 숨겨오라고 한 것이오. 똑같은 꽃잎을 준비할 테니 앞으로 얼마든지 만들어 드시오."

이여옥에게 차를 권한 임문정은 자신도 찻잔을 들고 한 모금 마시며 향기를 음미했다.

"정말 일품이군요."

스르르 눈을 감은 임문정이 감탄사를 토했다.

이여옥은 소녀로부터 건네받은 찻잔을 무릎 위에 올려놓은 채 움직이지 않았다.

아무리 자신이 만들어 마시던 익숙한 차였지만 지금은 목구멍으로 넘어갈 것 같지가 않았다.

지나친 친절이나 지나친 완벽은 주변 사람들을 숨 막히게 하는 법이다.

지금 이곳의 모습은 너무나 완벽했고, 모든 것이 철저히 준비되어 있었다. 그것이 이여옥으로서는 오히려 불편했다.

"재차 얘기하지만 항상 마음을 편히 가지도록 하시오. 이 소저의 편안한 심리 상태가 우리에겐 무엇보다 중요하오."

임문정은 부드럽지만 항거할 수 없는 기운 한 가닥이 담긴 목소리로
말했다.

이여옥은 천천히 찻잔으로 시선을 돌렸다.

과정이야 어찌 됐든 최종적으로 자신이 원해서 온 것이다.

그렇다면 최대한 빨리 적응해야 할 일이다. 그리고 앞날을 모색해야
할 것이다.

이여옥은 찻잔을 입으로 가져갔다.

'이 차는……?'

입가에 찻잔을 갖다 대던 이여옥의 움직임이 흠칫 멈춰졌다.

자신이 만든 차였지만 이제껏 만든 차와는 다른 향기가 느껴졌다.

그랬다!

이 차는 이제껏 만들어 마시던 차와는 다르게 만든 차였다.

한 사람을 위해서 밤새 만들었던 꽃잎 차!

달빛 가득한 그윽한 봄밤에 호금 소리를 떠올리고, 온 세상을 가득
채운 사내의 존재를 느끼며 선녀처럼 춤을 추던 순간의 심정을 고스란
히 담아 만든 차!

은은하게 피어오르는 꽃잎 차 향기와 함께 그 순간의 기억들이 고스
란히 되살아났다.

이여옥은 스르르 눈을 감았다.

기화요초가 만발한 선경이 펼쳐지며 꽃비와 함께 나비들이 온 들판
을 가득 채웠다.

그 속에서 선녀처럼 춤을 추는 자신의 모습이 그려졌다.

그리고…….

무너지는 신형을 철탑처럼 받쳐 주고 깃털처럼 허공에 띄워주던 사내의 모습도…….

'견뎌낼 거야!'

쏟아지려는 눈물을 억지로 참은 이여옥은 입술을 깨물었다. 그리고 천천히 꽃잎 차를 마셨다.

"열흘 후쯤에나 일을 시작할 것이오. 그때까진 마음 편히 쉬시오. 그리고…….'

잠시 말을 끊고 생각을 정리한 임문정이 다시 입술을 움직였다.

"소저는 자신의 체질에 대해서 얼마나 알고 계시오?"

임문정이 물었지만 이여옥은 아무 대답도 하지 못했다.

"아마 모를 것이오. 중원 천지에서도 아는 사람이 거의 없을 것이고……. 하지만 우리는 소저의 특이한 체질에 대해서 아주 많은 것을 알고 있소. 그 체질로 인해 소저에겐 자신도 잘 알지 못하는 능력이 있소. 그것이 우리에게 절대적으로 필요한 것이오."

임문정은 자신들이 이여옥을 필요로 하는 이유 한 가지를 말하고 계속 덧붙였다.

"짐작하고 계시겠지만 난 장사꾼이오. 빌린 돈을 철저히 갚아주고, 아울러 빌려준 돈 또한 철저히 받아내는 사람이지요. 소저께서 우리에게 능력을 빌려준다면 우리 역시 소저에게 그만큼 돌려줄 것이오. 아까도 말했다시피 우린 소저의 체질에 대한 많은 정보와 지식을 가지고 있소. 일이 잘 끝나게 되면 천형과도 같은 소저의 체질도 고쳐 줄 수 있을 것이오. 십 중 칠, 팔은 장담할 수 있소. 믿음이 가지 않는 인장호란 놈 때문에 소저 쪽에서는 흘려들었겠지만 그건 소저를 데려오기 전에 이미 제시한 조건이지요."

임문정은 확신이 어린 목소리로 말했다.

"열흘 후에 뵙겠소. 편히 쉬시오."

말을 마친 임문정은 등을 돌려 밖으로 나갔다.

第二十一章

소굴

소굴

새벽으로 접어들자 먹구름이 두텁게 내려 깔린 사방은 칠흑 같은 어둠으로 장막을 두르고 있었다.

어둠 속에서 한 개의 그림자가 유령처럼 움직였다.

깃털같이 가벼운 몸놀림으로 미세한 소음 한줄기 발하지 않는 그림자는 높은 지붕 용마루를 밟고 처마 끝으로 미끄러지듯 이동했다.

잠시 주변의 동정을 살피던 그림자는 아래로 몸을 늘어뜨렸다.

박쥐가 동굴 천장에 거꾸로 매달리듯 도권주렴(到捲珠簾)의 수법으로 처마 끝에 거꾸로 매달린 그림자는 생기마저 죽인 채 실내의 기척을 살폈다.

실내에 아무런 인기척이 없는 것을 확인한 그림자는 지루할 정도로 느리고 조심스럽게 문을 열었다.

겨우 머리 하나가 들어갈 만큼 문이 열려지자 그림자는 연기처럼 실내로 스며들었다.

한 개의 그림자가 지붕 위에서 나타나 실내로 스며든 잠시 후, 어둠을 가르며 또 다른 두 개의 그림자가 장원의 담장에 바싹 붙었다.

지붕 위에서 나타난 그림자만큼이나 조심스럽고 은밀하게 장원 안의 동정을 살피던 두 개의 그림자는 구렁이처럼 은밀하게 장원의 담을 넘어 정원 화초 속으로 사라졌다.

스스스—

화초 속에서 한참을 숨어 있던 두 개의 그림자는 어느 순간 움직이기 시작해 지붕에서 움직이던 그림자와는 반대편에 있는 실내로 숨어들었다.

"대체 내 아들은 어디에 있는 것이오?"

그림자들이 숨어든 장원 안의 한 실내에서 중년인의 목소리가 울렸다.

크지는 않았지만 잔뜩 불만스런 기운이 섞여 있는 목소리는 지금 그 목소리 주인의 심정을 대변하고 있는 것 같았다.

"공자의 심부름을 떠났소. 내일쯤에나 돌아올 것이오."

중년인 주변에 둘러앉은 사람들 중 한 명의 초로인이 중년인의 물음에 답했다.

깡마른 얼굴에 갈색 장포를 둘러쓰듯 몸에 걸치고 있는 초로인은 그 모습만큼이나 날카로운 안광을 빛내고 있었다.

노인의 정체는 광음마각 천개일이었다.

쇠뿔처럼 생긴 이상한 악기로 많은 사람을 미치게 만들고, 아주 드물게 미친 사람은 제정신으로 돌아오게 하는 음공의 고수였다.

어제 비무대회에 출전했다가 상대가 나타나지 않아 부전승으로 올라온 그가 이곳에 있었다.

"내일은 결선이 펼쳐지는 날이 아니오? 오늘 푹 쉬어야 유가검보의 둘째 자식인 유화결을 꺾을 수 있을 것인데 그렇게 늦게 도착하면 무리가 있는 것이 아니겠소?"

인가장의 장주 인가덕은 점점 더 불만스런 목소리로 언성을 높였다.

"그 점에 대해서는 아무 걱정 마시오. 장주의 아들은 각본대로 출전해 유가검보의 둘째 자식을 처참하게 꺾어놓을 테니까. 그건 내 흑사편을 걸고 보장하겠소."

이번에는 광음마각 천개일의 맞은편에 앉아 있던 중년인이 허리에 찬 묵빛 채찍을 툭툭 건드리며 말했다.

흑사편 동태승!

그 역시 오늘 비무대회에서 상대가 나타나지 않아 부전승으로 결선에 진출한 후, 유화성 형제들에게 살기등등한 눈길을 던지며 비무대를 내려온 사람이었다.

놀랍게도 광음마각 천개일과 흑사편 동태승, 두 사람 도두 이곳 인가장의 은밀한 실내에서 자리를 같이하고 있었다.

"그런데 대체 무슨 심부름이기에……?"

천개일과 동태승의 확신 어린 답변에도 불구하고 인가장의 장주 인가덕은 불만과 함께 일말의 걱정을 지우지 못한 얼굴로 질문했다.

"우리도 그건 모른다. 워낙 치밀하고 심계가 깊은 사람이란 건 장주도 잘 알 것 아닌가?"

이번에는 인가덕의 맞은편에 앉아 있던 노인이 냉막한 목소리로 말했다.

그 목소리에 인가덕은 목을 움츠렸다. 뿐만 아니라 광음마각 천개일과 흑사편 동태승도 노인의 목소리에 움찔 상체를 움직였다.

천개일과 동태승!

이미 강호에 악명이 자자한 마두들이다.

그런 그들이 이곳에 함께 자리하고 있다는 사실도 놀랄 일이었지만, 그 두 사람이 누군가의 목소리에 동시에 이런 반응을 나타낸다는 것을 다른 사람들이 보았다면 놀라 자빠질 일이었다.

그 놀라 자빠질 만한 일에 평정심을 잃은 것일까?

다 감추지 못한 이질적인 기운 한 가닥이 문틈으로 스며들었고, 노인의 눈빛이 미미하게 살기를 띠었다.

파앙—

노인의 주먹이 신속하게 앞으로 뻗어나가며 폭음이 터졌다.

문이 박살나며 그 파편들이 허공으로 튀어 올랐다.

"쥐새끼 같은 놈!"

흑사편 동태승이 억눌린 목소리와 함께 바람처럼 밖으로 쏘아졌다.

그 뒤를 따라 광음마각 천개일과 다른 중년인 하나도 몸을 날렸다.

"자넨 가만있게!"

동태승과 천개일, 그리고 또 다른 중년인 하나를 따라 몸을 날리려는 인가덕을 향해 노인이 소리를 질렀다.

인가덕은 움찔하며 신형을 멈추었다.

"저들을 피해갈 사람들이 있을 것이라 보는가?"

노인은 여전히 냉막한 목소리로 말했다.

인가덕은 노인의 말을 듣고서야 마음이 놓이는 표정을 지으며 시선만 밖으로 향했다.

노인의 말대로 침입자들의 도주로가 차단당했는지 병장기 부딪치는 소리가 울려왔다.

"득보다는 실이 많겠구나."

백봉령주의 마차를 몰던 마부노인은 세 명의 절정고수와 인가장의 무사들이 주변을 둘러싸는 것을 보며 탄식처럼 중얼거렸다.

"죄송합니다, 노야!"

같이 침투했다가 기운을 드러내고 일을 망친 사내가 고개를 숙이며 말했다.

"지금은 그걸 따질 때가 아니야. 한 사람이라도 살아나가는 것이 급선무야. 어떻게 하든 빠져나가 이곳에 광음마각과 흑사편뿐만 아니라 흑령권(黑靈拳)이라는 마두도 같이 와 있다는 걸 알려야 하네."

마부노인은 초조감이 깃든 목소리로 말했다.

흑령권의 존재를 알아채고 자신도 하마터면 냉정을 잃을 뻔했다. 그러니 옆에 있는 흑기조장은 더 더욱 그랬을 것이다. 그 때문에 결국에는 기척을 드러내고 말았다.

사태는 생각보다 심각했다.

동방회의 준동에 적잖은 경각심을 느끼며 최대한의 준비를 하고 마차를 몰아 이곳으로 왔지만 동방회는 상상 밖의 마두들을 이끌고 이곳에 웅크리고 있었다.

최대한의 준비란 것이 이제 보니 최소한의 준비도 되지 못하겠다는 생각이 들었다.

어떻게 하든 그걸 백봉령주에게 알려야 한다.

영리한 여인이니까 즉각 대책을 세울 것이다.

'그런데 과연 이곳을 빠져나갈 수는 있을까?'

팔다리 하나쯤 남겨두고라도 빠져나갈 수만 있다면 천만다행이겠지만 흑사편 동태승과 광음마각 천개일만으로도 승패를 장담할 수 없었다.

거기에 더해 안에 있는 흑령권까지 가담하고, 인가장의 조무래기들마저 거치적거린다면 실낱만한 희망도 없다고 하는 것이 옳은 말이다.

마부노인은 입술을 움직였다.

—내가 최대한 포위망을 뚫을 테니 너는 어떻게 해서든 빠져나가 백봉령주에게 이곳 상황을 전해라.

마부노인은 전음으로 사내에게 지시했다.

—아닙니다, 노야! 제 능력으로는 탈출했다고 해도 결국 붙잡힐 것입니다. 그러니 적당한 기회를 만들 테니 노야께서 탈출하십시오.

사내도 전음으로 답했다.

—어리석은 놈! 내 말을 들어라.

—아닙니다, 노야. 제가 말씀드린 방법이 최선…….

젊은 사내의 전음이 끝나기도 전에 한 가닥 채찍이 무서운 속도로 날아들었다.

동태승의 독문병기인 흑사편이 긴 혀를 날름거린 것이다.

파앗—

마부노인도 허리춤에서 병기를 꺼내 쾌속하게 뿌렸다.

마부노인의 손에 들린 길고 가느다란 물체가 시퍼런 광채를 뿜었다.

파앙—

폭음이 울리고 흑사편과 푸른 광채가 한차례 어울렸다가 동시에 뒤로 튕겨 나갔다.

흑사편을 거두어들인 동태승이 눈을 가늘게 뜨며 마부노인의 손을 쳐다보았다.

"혹시… 절명자(絕命刺)?"

마부노인이 들고 있는 무기를 확인한 동태승이 놀란 음성으로 고함을 질렀다.

마부노인의 손에 들린 평범해 보이는 쇠꼬챙이!

아무 무늬도 특별한 모양도 없는 그것은 마치 어린아이들이 장난을 치며 가지고 노는 나무 꼬챙이 모양 같기도 했고, 한편으로는 부엌에서 불을 지피기 위해 사용하는 부지깽이 같기도 했다.

모르는 사람들이 본다면 그렇게 평범한 물건 정도로밖에 보이지 않을 것이다.

하지만 그것을 제대로 알아본 동태승은 고함을 지를 수밖에 없었다.

"절명자……? 그게 뭔데?"

광음마각 천개일은 마부노인의 정체를 알지 못하는 듯 신기한 눈빛으로 마부노인이 들고 있는 쇠꼬챙이에 시선을 주었다.

"절명자… 가 맞군!"

천개일의 의문에 답하지 않은 동태승은 신음처럼 중얼거렸다. 그리고 수십 년 만에 나타난 절명자에 감회가 새롭다는 표정으로 마부노인을 쳐다보았지만 수십 년 전에도 아주 잠깐 명성만 들었던 터인지라 이름까지 기억이 나지 않는 모양이었다.

'음!'

마부노인, 아니, 절명자 오무평(吳巫萍)은 침음성을 삼켰다.

잠시 중원을 활보하던 시절 서로 한 번도 마주치진 않았지만 명성만은 듣고 있던 인간들이었다.

그런 인간들 중에서 자신을 알아보는 사람이 있다는 사실이 천만뜻밖이었다. 그리고 그런 인간들과 복면으로 얼굴을 가린 채 만난 이 자리가 절대로 달가울 리 없었다.

　이 두 놈은 그때도 악명이 만만치 않았는데 아직 살아 있다는 것은 그만큼 늘어난 실력이 악명의 방패막이 역할을 해주었다는 말이다.

　"정말 오랜만이오, 선배."

　동태승이 포권을 지으며 목소리를 높였다.

　"누군데 그래?"

　광음마각 천개일이 동태승을 보고 다시 물었다.

　그는 절명자에 대해 전혀 아는 바가 없었기 때문이다.

　"그러고 보니 나도 직접 마주친 건 오늘 처음이군. 하지만 수십 년 전엔 아주 잠깐이었지만 명성이 혁혁했던 분을 여기서 보게 되니 다시 만난 듯 반갑구려."

　동태승은 더욱 큰 목소리로 고함을 쳤다. 그리고는 손을 흔들어 주변을 포위하고 있던 인가장의 무사들을 물러서게 했다.

　상대의 정체가 절명자인 이상 인가장의 무사들은 거추장스러운 날파리들일 뿐이었다. 차라리 멀찌감치 떨어져 있는 것이 나았다.

　그러잖아도 심상찮은 분위기를 느끼며 간을 졸이고 있던 인가장의 무사들은 동태승의 손짓과 함께 모래알이 흩뿌려지듯 뒤로 물러나 포위망만 견고히 했다.

　인가장의 무사들이 물러난 빈 공간을 동태승과 천개일, 그리고 다른 한 중년인이 신속히 점하며 효과적으로 오무평과 흑기조장의 퇴로를 차단했다.

　"이렇게 오랜만에 모습을 드러냈으면 무슨 인사라도 한마디 하셔야 할 것 아니오, 선배?"

　동태승이 손목을 흔들어 흑사편을 거두어들이며 오무평을 향해 말했다.

흑사편 끝이 살아 있는 생명체처럼 휘리릭! 감겨들어 동태승의 손아귀에 똬리를 틀었다.

바닥에 늘어져 있던 여러 개의 고리처럼 생긴 흑사편은 이렇게 말아쥐었을 때가 가장 위험했다.

이 상태에서 손을 뿌리면 흑사편은 쾌속하게 뻗어 나와 목줄기를 휘감아오거나, 온몸을 찢어발기듯 덮쳐드는 것이다.

절명자 오무평을 맞아 동태승은 인사를 건네면서도 최상의 대결 자세를 잡은 것이다.

옆에 선 천개일 역시 쇠뿔 모양의 악기를 꺼내 들고 엄지손가락에 쇠로 만든 손톱을 끼웠다.

그 손톱으로 광음마각을 두드리거나 긁어대면 멀쩡한 사람이 광인으로 변하는 것이다.

두 사람과 함께 삼각형으로 오무평과 흑기조장을 포위한 다른 한 명의 중년인은 커다란 대감도(大刀) 한 자루를 들고 있었다.

흑사편이나 광음마각과는 달리 정체는 알 수 없었지만 오무평은 아무렇게나 들고 있는 중년인의 대감도에서 만만찮은 기운이 뿜어져 나옴을 느끼며 한숨을 내쉬었다.

세 사람 모두 누구 할 것 없이 버거운 상대들이었다.

살아나간다면 그건 오히려 천운이 될 것 같았다.

"인사를 나누실 마음이 없으시다면 내 흑사편으로 억지로 인사를 하게 할 수도 있지요. 조심하시오, 선배!"

흑사편 동태승이 손목을 움직였다.

몇 바퀴나 감겨져 있던 흑사편이 꿈틀 춤을 추려는 순간 오무평의 입술이 움직였다.

"무엇이 부족해 동방회의 개가 되었나?"

"……!"

검은 복면 속에서 얼음 송곳같이 튀어나온 오무평의 목소리는 순식간에 사위를 얼어붙게 만들었다.

뭐가 부족해서 동방회의 개가 되었나?

그 말은 동료로서나 적으로서 한 말이 아니었다.

한 사람의 무인으로서 상인의 금력에 굴복한 다른 무인을 꾸짖는 준엄한 목소리였다.

절명자 오무평의 폐부를 찌르는 질문에 세 사람 모두 한참 동안 꿀먹은 벙어리처럼 서 있었다.

유구무언!

입이 있어도 할 말이 없는 것이다.

한때는 정파인들을 보고 무리를 짓기 좋아하며 혼자 있을 땐 강아지보다 더 겁 많은 놈들이라는 조롱과 함께 흑도인의 패기를 자랑하던 그들이었다.

그런 그들이 지금 이곳에서 무리를 지어 웅크리고 있는 모습은 스스로도 낯 뜨거움이 있었다.

펄럭—

잠시 꿀 먹은 벙어리가 된 채 서 있던 세 사람의 상의가 부풀었다.

한줄기 자괴감과 함께 찾아온 모욕감이 분기가 되어 온몸 밖으로 표출되며 세 사람의 상의는 폭풍에 휩쓸린 것처럼 펄럭이고 있었다.

제일 먼저 냉정을 찾은 사람은 대감도를 든 정체 모를 중년인이었다.

"그런 당신은 뭐가 부끄러워 그렇게 얼굴을 가리고 쥐새끼처럼 이곳에 스며든 것이오?"

"쥐새끼?"

오무평의 음성이 나직하게 흘러나왔다.

"네놈들 눈에는 부끄러워서 얼굴을 가린 것으로 보이느냐? 흐흐!"

오무평이 비웃음 한줄기를 터뜨린 후 다시 고함을 질렀다.

"이 복면은 어둠 속에 몸을 숨기고 네놈들의 재롱을 좀 더 오랫동안 구경하고 싶어서 쓴 것이지."

오무평은 그렇게 말하면서도 여전히 복면을 벗지 않았다.

"그럼 그 재롱을 확실히 보여 드리리다."

대감도를 든 중년인의 반박에 같이 냉정을 되찾은 흑사편 동태승이 스산한 목소리와 함께 팔을 흔들었다.

쌔액—

고막을 찢을 듯한 파공음과 함께 흑사편이 춤을 추듯 오무평과 흑기대주를 향해 덮쳐 갔다.

흑기조장을 뒤로 밀치며 오무평은 왼발을 앞으로 내밀었다. 그리고 절명자를 어지럽게 흔들었다.

가느다란 쇠꼬챙이가 쭈욱 길어진 듯하더니 어느새 수십 개로 변하며 흑사편을 향해 부딪쳐 갔다.

짜자자자작—

어찌 들으면 경쾌한 것 같기도 하고, 어찌 들으면 소름이 머리끝까지 돋게 할 것 같은 음향이 어둠 속으로 울려 퍼졌다.

"타앗—!"

흑사편과 절명자가 한차례 어울림과 거의 동시에 대감도를 든 중년인은 흑기조장을 향해 도를 휘둘렀다.

휘잉—

폭풍 같은 칼 바람과 함께 무거운 대감도가 흑기조장의 신형을 수직으로 쪼갤 듯 떨어져 내렸다.

흑기조장 상기중(商基衆)은 온 힘을 다해 검을 휘두르며 대감도에 마주쳐 갔다.

콰앙—

대감도와 흑기조장 상기중의 검이 마주친 곳에서 폭음이 터져 나오며 순간적으로 두 사람의 신형이 주변에 있는 사람들의 시야에 드러났다.

두 개의 병기가 부딪친 곳에서 불꽃이 튀어 두 사람의 모습을 비췄기 때문이다.

'으음!'

흑기조장 상기중은 무거운 신음을 억누르며 뒤로 주르르 물러났다.

별로 힘들인 것 같지 않았지만 대감도의 무게와 함께 밀려온 중년인의 내력이 상기중의 온몸을 부술 것 같았다.

그 대감도가 이번에는 수평으로 쓸어왔다.

거칠어진 호흡을 제대로 고르지도 못한 상기중은 급급히 신형을 틀었다.

대감도가 종이 한 장 차이로 상기중의 가슴 옷깃을 스쳐 지나갔다.

분명히 스쳐만 지나갔는데도 상기중의 옷은 바스러지는 낙엽처럼 갈라져 흘러내렸고, 그 안의 피부는 금방이라도 갈라질 듯 따가웠다.

그런데 그것만으로 끝난 것이 아니었다.

씨잉—

커다란 대감도가 거짓말처럼 지나간 궤적을 그대로 따라 되돌아왔다.

상기중은 두 눈을 부릅뜨며 검을 쳐올렸다.

따앙—

상기중의 검이 대감도에 닿기도 전에 대감도에서 도명(刀鳴)이 울렸다.

오무평의 절명자가 한발 앞서 대감도를 쳐낸 것이다.

상기중의 검보다 훨씬 가느다란 쇠꼬챙이였다.

그러나 그 쇠꼬챙이에 부딪친 대감도는 상기중의 검에 부딪쳤을 때에는 절대로 토해내지 않을 비명을 토하며 뒤로 튕겨나고 있었다.

절명자 오무평의 도움으로 상기중은 가슴이 벌어지는 위기를 모면했다. 하지만 공짜는 없는 법! 한 수를 상기중에게 빌려준 대가로 오무평은 흑사편 끝에 어깨를 내줄 수밖에 없었다.

찌익—

오무평의 왼쪽 어깨가 갈라지며 선혈이 튀어 올랐다.

"노야!"

상기중이 짧은 고함을 지르다 입을 다물었다.

오무평의 절명자에 부딪치며 튕겨져 나간 대감도가 다시 날아들고 있었다.

상기중은 유운보(流雲步)의 보법을 밟으며 검을 빠르게 회전시켰다.

도와 검은 무게 차이가 있는 법, 같이 부딪쳐서는 불리함만 가중될 뿐이다.

내력 차이가 현저한 상태에서는 더 더욱 그랬다.

오무평의 도움으로 최악의 상태는 겨우 벗어난 상기중은 검의 장점을 최대한 살려 현란하게 휘두르며 대감도를 든 중년인을 상대해 나갔다.

상기중의 검이 벽에 막힌 듯 튕겼다.

애초부터 이길 수 있는 상대는 아니었다. 그러나 최대한 시간을 끌어야 했다. 그러면서 오무평에게 유리한 고지를 점할 수 있는 기회를 주자는 것이 상기중의 내심이었다.

짜자작—

상기중의 내심대로 시간을 번 오무평은 쾌속하게 절명자를 뿌렸다.

쇠꼬챙이 같은 생김새대로 절명자의 공격은 찌르기 위주였다.

오히려 검보다 더 찌르기에 중점을 둔 자(刺)라는 병기!

그러나 오무평의 절명자는 찌르기뿐만 아니라 자르기와 베기의 초식도 자유자재로 뿌리며 동태승을 향해 짓쳐들었다.

그것이 오무평이 들고 있는 쇠꼬챙이를 절명자라 부르는 이유였다.

끝만 날카롭게 날이 선 쇠꼬챙이였지만 그 쇠꼬챙이가 오무평의 손에 들리는 순간부터는 끝뿐만 아니라 몸뚱어리에서도 날이 튀어나온 듯 닿는 것이면 무엇이든 날카롭게 베어나갔다.

검이 아니되 검과 마찬가지였고, 검보다 가벼웠기에 그만큼 빨랐다.

획획—

때로는 회초리처럼 후려치고, 때로는 연검처럼 휘어져 베어가는 오무평의 절명자에 영사처럼 교활하게 움직이던 동태승의 흑사편이 서서히 무디어져 갔다.

어느 순간, 오무평의 절명자 끝이 흑사편 줄기를 걷어내고 동태승의 가슴을 파고들었다.

까가각—

절명자 끝이 동태승의 가슴을 꿰뚫으려는 찰나, 소름 끼치는 소음이 오무평의 고막을 두드렸다.

"크윽!"

마지막 순간 오무평의 절명자가 두어 치 정도 아래로 떨어졌고 심장이 꿰뚫릴 뻔했던 동태승은 겨우 목숨을 건진 채 비명을 토했다.

아슬아슬하게 동태승의 심장을 비껴 찌른 절명자가 신속히 거두어지자 절명자에 찔린 동태승의 가슴에서는 한줄기 피분수가 튀겼다.

"과연!"

광음마각 천개일은 불식 중에 감탄사를 토했다.

혹시라도 이런 사태가 벌어질 것에 대비해 만반의 준비를 하고 있었지만 쾌속하기 짝이 없는 절명자는 한발 앞서 동태승의 가슴을 꿰뚫어 버렸다.

광음마각의 음공에 오무평의 진기가 흐트러져 그나마 심장을 비껴났기에 겨우 목숨을 구했지만 동태승은 더 이상 싸울 수 있는 상태가 아니었다.

인가장의 무사들이 신속하게 동태승을 옮기자 상황은 이 대 이의 동등한 대치가 되었다.

"처음부터 나도 합세했어야 했군!"

광음마각 천개일은 대감도를 든 중년인에게 눈길을 준 후 탄식처럼 말했다.

그래도 한 가닥 자존심에 처음부터 음공을 펼치지 않아 동태승을 쓰러지게 만들었다는 자책과 함께 천개일은 손가락을 우두둑 꺾었다.

까각!

엄지손가락과 쇠뿔처럼 생긴 마각에 잔뜩 공력을 불어넣은 천개일은 음공을 펼쳤다.

까가각—

심혼을 갉아먹는 소리가 울려 퍼지며 상기중은 괴로운 표정과 함께 양손으로 귀를 틀어막았다.

천개일의 음공은 목적한 사람에게만 펼쳐지는 듯 상기중의 괴로워하는 표정과는 달리 주변을 둘러싼 인가장이 무사들은 아무런 영향을 받지 않고 있었다.

"이젠 당신 차례이오."

천개일은 오무평을 향해 손가락으로 광음마각을 긁어댔다.

휘익—

획—

천개일의 음공으로 이마에 굵은 힘줄 하나가 돋아나던 오무평은 절명자를 세차게 휘둘렀다.

회초리로 종아리를 때릴 때 터져 나오는 휘파람 같은 소리가 절명자에서 터져 나왔다.

그 휘파람 소리가 천개일의 음공에 대항하며 뻗어나갔다.

"대단하오! 하지만 그런 임기응변이 전문적으로 음공을 수련한 사람을 이길 수는 없는 법이오."

한 번 더 감탄의 말을 던진 천개일이 공력을 돋우며 음공을 펼쳤다. 그와 때를 같이하여 대감도를 들고 선 중년인이 오무평을 공격해 들었다.

따당—

대감도와 절명자가 허공에서 부딪쳤다.

아까는 절명자에 부딪친 대감도가 튕겨 나갔지만 지속적으로 심맥을 뒤흔드는 음공에 오무평의 절명자는 제대로 위력을 발휘하지 못하고 그 자리에서 대감도와 얽혔다.

오무평은 마치 뒤에서 날아드는 화살을 신경 쓰며 앞에 선 상대와 싸우는 형국이 되었다.

"하앗—"

오무평의 그런 상황을 인식한 상기중이 기합성을 울리며 천개일에게로 날아들었다.

"가소로운 놈!"

천개일이 비릿한 미소와 함께 엄지손가락을 세게 튕겼다.

까가가각—

심혼을 뒤흔들고 오장육부를 긁어대는 소리가 상기중의 뇌리를 파고들었다.

"크으윽!"

괴로운 비명을 토한 상기중은 용수철에 튕기기라도 한 듯 뒤로 물러났다.

광음마각에서 뻗어 나오는 음파는 상기중의 의지를 단번에 무너뜨리고 자신도 모르게 뒷걸음질을 치게 한 것이다.

"으윽!"

상기중은 자신의 말을 듣지 않는 육체를 정신력으로 이기고자 안간힘을 썼지만 수십 년이 넘게 강호에 악명을 떨친 고수의 내력을 당해 낼 수 없었다.

광음마각의 음공이 좀 더 강하게 고막을 울리자 마침내 처절한 비명을 지른 상기중은 바닥을 뒹굴었다.

그러나 발작적인 상기중의 저항이 헛된 것만은 아니었다.

휘리리릭—

광음마각의 공격이 잠시 딴 곳으로 향한 틈을 타 현란하게 움직이다 못해 이젠 버들가지처럼 자유자재로 휘어지는 오무평의 절명자는 대감도를 든 중년인을 거세게 몰아붙였다.

병기를 처음 든 사람들끼리라면 단병기보다는 장병기가, 경병기보다는 중병기가 유리하다. 하지만, 수십 년을 자신의 팔처럼 같이한 독문병기라면 장단중경(長短重輕)은 그 무기의 특성일 뿐이었다.

단 일 격이면 가느다란 버들가지 정도는 산산조각으로 부러뜨릴 만한 대감도였지만 지금 이 순간은 그것의 무게가 오히려 중년인의 팔을 칡넝쿨처럼 얽어매고 있었다.

따다다다다당—

연속음이 터지며 가느다란 쇠꼬챙이가 대감도의 도신을 동시에 여섯 번이나 두드렸다.

대감도가 세찬 바람에 나부끼는 갈댓잎처럼 연방 뒤로 밀렸다.

팟—

마침내 절명자 끝에 스친 중년인의 허리에서 선혈 한줄기가 솟구쳤다.

중년인의 눈빛이 심하게 흔들렸다.

한 개의 가느다란 쇠꼬챙이!

대감도에 부딪치기만 한다면 댕강 부러지리라 생각했던 쇠꼬챙이는 오히려 대감도의 이빨을 여러 군데 빠뜨리며 거대한 폭풍이 되어 밀고 왔다.

갑자기 들이닥친 해일을 맞이한다면 이런 느낌일까?

절명자가 일으키는 해일에 중년인의 신형은 속절없이 휩싸이며 목구멍까지 숨이 차 올랐다.

까가각—

광음마각이 거세게 울리며 폭풍우 속의 일엽편주가 된 중년인의 목숨을 구했다.

중년인은 가슴이 터질 듯 차 오른 숨을 겨우 한 모금 토해냈다.

그리고는 다시 대감도를 필사적으로 쳐올렸다.

광음마각에 의해 위력이 줄어들었지만 절명자가 일으키는 해일은 여전히 중년인의 신형을 향해 덮쳐 오고 있었다.

까가가각—

한 번 더 광음마각이 울리자 중년인은 한 모금의 호흡을 더 토할 수 있었다.

"육시랄 놈들!"

대감도를 휘두르는 중년인의 목줄을 꿰뚫기 일보 직전에서 뒤로 밀린 오무평은 분기탱천한 얼굴로 콧김을 토했다.

멀쩡한 사람을 광인으로 만든다는 광음마각의 음공은 결정적인 순간마다 진기의 흐름을 방해하여 공격의 맥을 끊어놓았다. 광음마각이든 흑사편이든 혼자라면 충분히 상대할 수 있겠지만 계속해서 음공에 의한 공격을 받으며 대감도를 든 중년인을 상대할 수 없었다. 계속 이런 식이라면 오히려 자신이 당할 것 같았다.

'우선은 저놈부터!'

대감도를 든 중년인이 호흡을 고르는 동안 천개일을 처치할 생각을 굳힌 오무평은 공력을 끌어올렸다.

휘익—

공력을 극성으로 끌어올린 오무평은 땅을 박찼다.

오무평의 신형이 그 자리에서 푹 꺼지며 오 장여의 거리를 순식간에

좁혀갔다.

"헛!"

순간적으로 사라졌다 갑자기 코앞에서 솟아오르는 오무평의 움직임에 천개일은 헛바람을 토하며 급히 뒤로 물러났다. 그리고 미친 듯이 광음마각을 긁어댔다.

까가가각ー

조금 전보다 족히 세 배는 더 강한 소리가 터져 나왔다.

"우웃!"

천개일을 향해 쏘아지던 오무평은 전신을 덮쳐누르는 듯한 무형의 압력에 신음을 토했다.

이제껏 고막을 긁어대던 음향이 지금은 강한 압력으로 바뀌며 사방으로 조여왔다.

공세에서 수세로 전환된 음공이었다.

공세 때에는 상대의 고막을 긁어댔지만 수세로 바뀌자 음파의 막이 형성되며 천개일의 전신을 둘러싸고 아울러 그 영역 내에 있는 오무평도 감쌌다.

퍼엉ー

펑ー

천개일이 광음마각에 극성의 공력을 불어넣자 주변의 땅껍질이 견디지 못하고 폭음과 함께 튀어 올랐다.

극성으로 공력을 끌어올린 오무평은 천 근처럼 느껴지는 절명자를 들어 올려 천개일의 가슴을 겨누어갔다.

온몸을 뒤덮어오는 음파의 압력은 오무평의 의식은 물론 근맥까지도 굳게 만들어 행동에 제약을 주고 있었다.

"크윽!"

"크아악!"

두 절정고수의 대결에 급기야는 주변에 물러나 있던 인가장 무사들이 비명을 질렀다.

"타앗!"

저승 문턱 직전까지 갔다가 진기를 고른 중년인이 대감도를 쳐들며 달려왔다.

그러나 그 역시 음파의 압력에 행동이 자유롭지 못했다.

공격을 할 때는 특정 상대만을 골라 펼치던 음공이 수세로 돌아서자 권역을 만들어 그 안에서는 피아 구별 없이 근맥과 심맥을 뒤흔들었다.

까각—

광음마각의 음조가 변하며 수세를 취하던 천개일의 음공이 대감도 사내의 가세와 함께 다시 공세로 돌아섰다.

절명자 오무평의 전신을 조여오던 압력이 사라졌다. 동시에 대감도를 든 중년인도 움직임이 자유로워졌다.

기습으로 천개일을 처치하려고 했던 오무평의 계획은 수포로 돌아가고 대치 상태가 되었다.

상황은 처음으로 되돌아간 것이다.

하지만 오무평과 같이 왔던 흑기조장이 아직 정신을 못 차리고 있으니 오무평이 훨씬 불리해졌다.

처음처럼 천개일이 음공으로 오무평의 심맥을 흔들고 대감도를 든 중년인이 공격한다면 오무평은 서서히 무릎을 꿇게 될 것이다.

그걸 파악한 오무평의 얼굴이 점점 굳어졌다.

반면 천개일의 표정은 느긋하게 변했다.

"이젠 다시 처음처럼 어울려 봅시다, 노인장."

조금 더 뒤로 물러선 천개일이 비릿한 미소와 함께 말했다.

"받은 만큼 돌려주겠다!"

대감도 중년인 역시 차가운 음성으로 말하며 대감도를 고쳐 잡았다.

오무평의 절명자에 목이 달아날 정도로 몰렸던 그는 합공을 하는 것도 전혀 개의치 않고 천개일과 보조를 맞추었다.

잠시 천개일과 시선을 교환한 대감도 사내가 오무평을 향해 몸을 날리려는 순간 장원 안쪽에서 소란스런 소리들이 들려왔다.

"잡아라!"

"여기도 있다!"

소란스런 목소리들이 고함으로 바뀌며 다급한 움직임들이 이어졌다.

그 움직임들 속에서 한 흑의 복면인이 장내로 쏟아져 나왔다.

쏟아져 나온 복면인은 사방이 포위된 상태에서 자연스럽게 싸움이 일고 있는 포위망 속으로 들어설 수밖에 없었다.

"호오— 일행이 또 있었던 모양이오, 노인장?"

천개일은 의외라는 표정으로 흑의 복면인과 오무평을 쳐다보았다.

오무평 역시 뜻하지 않은 상황에 복면 사이로 눈빛이 흔들렸다.

검은 옷에 검은 복면을 둘러쓴 차림새만 보면 자신들 일행이라는 착각을 할 만했지만 분명 일행은 아니었다.

그렇다면 자신들보다 먼저 이곳에 침입했다가 자신들처럼 행적이 노출되어 여기까지 쫓겨오게 되었다는 말이다.

오무평은 와중에서도 어이없는 심정이 되어 복면인의 행색을 뜯어보았다.

홀쩍 큰 키에 다부진 체격이었다.

등 뒤에는 평범해 보이는 철검 한 자루를 멘 모습이 좀도둑이 아닌 무인 같았다.

그런데 무인치고는 자세가 너무 허술해 보였다.

지금 같은 상황이면 잔뜩 긴장하여 빈틈없는 동작을 취해야 하건만 괴인은 거의 무방비 상태로 포위망 가운데에 서서 주변을 둘러보았다.

오무평은 괴인을 쳐다보던 시선을 돌려 천개일과 대감도 중년인을 쳐다보았다.

어쨌든 적이 아니라는 것은 다행이었다.

그렇다고 큰 도움을 줄 것 같지는 않았지만 합공을 하는 두 놈의 신경이라도 잠시 분산시켜 준다면 그 틈을 노릴 수도 있을 것 같았다.

—잠시 손을 빌려줄 수 있겠소?

오무평은 전음을 날렸다.

—당신들 때문에 내 일이 다 틀어진 걸 생각하면 괘씸하지만 나도 살아나가야 하니 해보겠소.

괴인은 높낮이와 음색을 구별할 수 없는 전음으로 응답허 왔다.

적이 놀란 오무평은 다시 고개를 돌려 괴인의 행색을 주시했다.

처음의 판단대로라면 전음이나 제대로 사용할까 싶었는데 응답해 온 전음은 의외로 절정고수의 수준이었다.

오무평은 탈출의 가능성이 조금 더 높아짐을 느끼며 절명자를 쥔 손에 힘을 실었다.

오무평의 의도를 눈치챘는지 천개일이 광음마각을 연주했다.

쇠뿔 모양의 마각이 예의 그 기분 나쁜 소리를 토했다.

─저놈을 잠시 맡아주시오.

공력을 끌어올려 음공에 대항하던 오무평은 괴인에게 대감도를 든 중년인을 떠넘겼다.

─길게 싸울 시간이 없소. 기습을 가하고 최대한 신속히 빠져나갑시다.

오무평의 제안에 대답 대신 여전히 음색을 알 수 없는 전음으로 자기 할 말을 한 괴인은 갑자기 신형을 움직였다.

괴인의 신형이 어둠 속에서 쭈욱 길어지며 대감도를 든 중년인에게로 쏘아져 갔다.

까앙─

대감도와 괴인의 검이 부딪치며 불꽃이 번쩍 튀어 올랐다.

잠깐 어이없는 표정으로 괴인을 쳐다보던 오무평도 천개일에게로 몸을 날렸다.

까가각─

따다다당─

광음마각에서 터져 나오는 음파와 괴인의 검과 대감도가 부딪치는 소리가 온 장내에 울려 퍼졌다.

"어디서 이런 놈이……."

연속으로 대감도를 휘두른 중년인의 눈썹이 위로 치켜졌다.

절명자에 혼쭐이 났던 대감도가 다시 뒤로 밀리고 있었다.

절명자가 가느다란 쇠꼬챙이인 데 반해 해일 같은 강맹한 기운이 흘러나왔다면, 괴인의 무기는 제법 무거운 한 자루 철검인 데 반해 구름처럼 가벼운 기운이 흘러나왔다. 그러면서도 정체를 알 수 없게 평범한 초식만 펼쳤다.

그러나 그 가벼운 구름과 부딪친 자신의 대감도는 훨씬 더 강하게 뒤로 팅기고 있었다.

따다다당—

연속적인 쇳소리가 고막을 찢을 듯 다시 터져 나오며 중년인은 연신 뒤로 밀렸다.

구름 속에 숨어 대체 어디로 날아들지 짐작이 안 가는 철검 한 자루는 용이 물을 만난 듯 거침없이 몰아쳤다.

중년인은 이를 악물었지만 한 번 수세에 몰린 이상 계속 몰릴 수밖에 없었다.

—지금이오!

중년인을 한쪽으로 몰아친 괴인이 천둥처럼 전음을 날렸다.

광음마각이 쏟아내는 음파의 막을 뚫고 천개일을 몰아치려던 오무평은 그 소리에 바람처럼 몸을 날렸다.

휘익—

표홀한 검을 휘둘러 순식간에 포위망을 허물어뜨린 괴인의 신형이 먼저 장원의 담장을 넘었다. 뒤이어 흑기조장의 신형을 옆구리에 낀 오무평도 담장을 넘었다.

"뭣들 하느냐! 모두 쫓아라!"

뒤늦게 제정신이 돌아온 천개일이 발작적으로 고함을 지르며 몸을 날렸다.

그러나 오무평과 괴인의 모습은 까마득한 어둠 속으로 파묻히고 있었다.

"하룻강아지들에게 발뒤축을 물렸군. 허허!"

천개일과 동태승, 그리고 중년인의 실력을 믿어 의심치 않고 있다가

침입자들을 놓쳐 버린 뒤, 노인 한 명이 뒤늦게 신형을 드러내며 헛웃음을 터뜨렸다.

　—더 이상은 나도 도와줄 수 없소.

　장원을 벗어나 어둠 속을 한참 동안 치달려온 괴인은 오무평에게 전음을 날렸다.

　이제 목소리를 내도 되는 상황이었지만 굳이 전음을 날리는 것은 정체를 드러내지 않기 위함 같았다.

　"고맙소. 귀하 덕에 목숨을 건졌소. 잠시만 더 지켜주시오."

　오무평은 빠르게 말한 후 아직도 정신을 차리지 못한 흑기조장의 등을 두드렸다.

　"으음—"

　흑기조장이 신음과 함께 의식을 차렸지만 멀쩡한 사람을 광인으로 만드는 음공에 당한 그는 아직도 사리 분간이 힘든 상태였다.

　"어서 정신을 차려라. 그러지 않으면 죽는다."

　다시 한 번 등을 두드린 오무평이 낮게 외쳤다.

　"노야!"

　잠시 정신이 든 흑기조장이 신음처럼 중얼거렸다.

　—우선은 피하는 게 상책이오.

　다시 전음을 날린 괴인은 주변을 둘러보며 추적의 기척을 살폈다.

　그리 멀지 않은 곳에서 다급한 발소리들이 들려왔다.

　—저들은 내가 유인해 사라질 테니 재주껏 빠져나가시오.

　여전히 음색을 알 수 없는 전음을 날린 괴인은 등에 짊어진 철검을 빼 들었다.

오무평에게 눈짓을 보낸 괴인의 신형이 잠시 흔들리는 것 같더니 그 자리에서 사라졌다.

─비무대 위에서 뿌리던 곰방대도 무서웠지만 그 쇠꼬챙이는 훨씬 더 무섭구려.

괴인의 전음이 이번에는 방향과 거리를 짐작하기 힘든 곳에서 들려왔다.

주르르─

오무평은 이마에서 식은땀이 흐르는 것을 느꼈다.

자신의 정체를 정확히 파악하고 있는 괴인영!

누군지 짐작조차 가지 않았지만 만약 그가 적이었다면 하고 생각하니 소름이 쭈욱 끼쳐 왔다.

"크으으─"

오무평의 타혈수법에 잠시 정신을 차렸던 흑기조장이 괴이한 비명을 지르며 눈이 뒤집혔다.

광음마각 천개일의 음공에 당한 여파가 본격적으로 밀려오는 모양이었다.

"이런!"

괴인의 정체에 대해 길게 생각해 볼 여유도 갖지 못한 오무평은 낭패한 심정과 함께 흑기조장의 상태를 살폈다.

주화입마의 징조가 나타나고 있었다.

이대로 두었다가는 심맥이 온통 뒤틀려 광음마각에 의한 또 한 명의 광인이 탄생할 것 같았다.

타타탁─

빠르게 손을 놀려 흑기조장의 혈도 몇 군데를 점한 오무평은 흑기조장의 신형을 들어 올렸다.

왜소한 체격의 노인이었지만 흑기조장의 신형은 짚단 한 단처럼 가볍게 들려졌다.

휘익―

흑기조장의 신형을 허리에 낀 오무평은 바람처럼 사라졌다.

"절명자……?"

포위망을 완전히 벗어난 괴인은 절명자라는 명호를 알지 못하는 듯 고개를 갸웃거리며 복면을 벗었다.

복면이 벗겨지자 제일 먼저 어둠 속을 꿰뚫는 신광 두 줄기가 흐트러진 머리카락 사이로 뻗어 나왔다.

칼날처럼 날카롭지만 맑은 정기가 어린 눈빛이었다.

"일각만 더 있었어도……."

탄식처럼 중얼거린 괴인은 복면을 벗느라 얼굴 앞으로 흘러내린 머리칼을 쓸었다.

두터운 구름을 뚫고 잠시 드러난 달빛 아래에서 하얀 피부가 어둠을 저만치 밀어냈다.

"흑사편과 광음마각에다 흑령권까지……."

완전히 본 모습을 드러낸 유화성은 인가장 안에서 본 마두들의 이름을 읊었다.

오무평과 흑기조장이 발각되어 인가장의 경계망을 발동시키는 바람에 그 마두들이 궁극적으로 노리는 것이 무엇인지 밝힐 수 있는 서류들을 손에 넣지 못했다.

그러나 인가장 깊은 곳에는 그들 외에도, 정체를 알 수 없지만 절대로 예사롭지 않은 인물들이 웅크리고 있다는 것을 안 것만으로도 큰 수확이었다.

그만한 인물들의 존재를 확인했으니 그만한 마음의 준비를 해야 했다.

유화성의 눈빛이 차갑게 가라앉았다.

자신의 예상보다 암운은 훨씬 두꺼웠다. 그리고 상상 못할 정도로 은밀했다.

암운의 그림자를 느낀 것이 얼마나 되었던가?

채 보름이 되지 않았다.

그나마 처음에는 이곳에서의 입지를 조금이라도 더 넓히기 위한 인가장의 준동쯤으로밖에 느끼지 못하지 않았던가?

그건 암운이라고 할 수도 없었다.

자신의 가문을 향해 두꺼운 암운이 깔리고 있다고 확실히 느끼게 된 것은 비무대회가 임박한 시점부터이다.

그만큼 먹구름은 은밀하고 빠르게 덮쳐 온 것이다.

오늘 날이 밝으면 열리게 될 비무대회 결선!

그곳에서 결정적인 윤곽이 드러날 것 같았다.

최선의 대책이라면 동생 유화결의 출전을 말리는 것이다.

그러나 그건 거의 불가능할 것 같았다.

인가장의 장남 인장호와 오랜 앙숙이었던 만큼 동생 유화결에게 있어서 출전 포기는 인장호에게 머리를 숙이라는 말과 마찬가지이다.

동생은 절대로 인장호에게 머리를 숙일 녀석이 아니었다.

"뒤통수를 한 대 세게 치면 고개가 꺾여지려나……?"

답답한 마음에 흰소리처럼 중얼거린 유화성은 긴 한숨을 토했다.

"이럴 줄 알았다면 숙부님들께 미리 연락이라도 해둘걸."

다시 한 번 중얼거린 유화성은 어둠 속으로 몸을 날렸다.

第二十二章

븟선

결선

드디어 현성비무대회 삼 일째, 결선이 열리는 날이다.

마지막 날의 비무대회장은 누구나 예상했듯이 난리통은 저만치 가라였다.

서로 좋은 자리를 차지하기 위해 햇살이 비치기도 전에 몰려든 사람들끼리 곳곳에서 드잡이질이 벌어졌고 때때로 피 튀기는 싸움이 일어나기도 했다.

그 외중에 한몫 건지려는 사람들은 입추의 여지없이 천막을 세워 즉석 음식점을 개업했고, 조그만 틈이라도 있으면 좌판을 깔아놓았다.

강가에도 어디서 띄워왔는지 수많은 조각배들이 선착해 음식과 과자, 특산품 등 각종 상품들을 진열해 놓아 큰 시장을 방불케 했다.

느긋한 걸음걸이로 비무대회장이 보이는 강가까지 도착한 진우청은 볼을 씰룩거렸다.

"비무대 위에서도 모자라, 이젠 지독한 독까지 뿌려서 날 죽이겠다고……?"

비무대 쪽을 쳐다본 진우청은 이를 갈았다.

"여기서 이런 비무대회를 열고 뭘 하려는지 몰라도 오늘은 아예 개판을 만들어주지……."

뚱하게 내뱉은 진우청은 휘적휘적 걸음을 옮겼다.

"어떤 자식이……!"

관중들 속으로 파고드는 진우청의 가슴에 밀린 사내 하나가 고함을 지르며 고개를 돌리다가 진우청의 덩치를 보고는 얼른 입을 다물었다. 그리고는 어제의 승자임을 알아보았는지 놀란 눈빛과 함께 자진해서 길을 열어주었다.

"저기 있군!"

계속해서 앞으로 나아가던 진우청은 어딘가를 노려보며 그 자리에 섰다.

진우청의 시선이 머문 곳에는 화려한 천막이 하나 쳐져 있었고, 그 주변으로 일견하기에도 칼날 같은 기운이 느껴지는 사내들이 엄중한 경계를 서고 있었다.

누군가를 보호하는 임무를 맡은 보표들이었다.

몇 명되지 않았지만 그들만으로도 천막 주변은 철벽이 쳐진 듯한 느낌을 주었다.

그 천막 한가운데에 임문정이 앉아 있었다.

"돈이 많아서 그런지 호위하는 개들도 최상품이군."

흥미진진한 표정을 지은 진우청은 다시 관중들을 헤집으며 걸음을 옮겼다.

진우청의 힘에 밀린 관중들이 좀 전의 사내들처럼 인상을 썼다가는 얼른 눈을 돌리고 길을 터주었다.

"임 형!"

한 자루 칼처럼 서 있는 사내들 앞에까지 접근한 진우청은 큰 소리로 고함을 쳤다.

고함 소리에 주변에 있던 여러 사람들이 고개를 돌렸다.

뒤이어 임문정도 고개를 돌렸다.

임문정의 하얀 얼굴이 순간적으로 더 하얗게 변하는 것 같았다.

"임 형! 여기 계셨구려. 한참 찾았소!"

진우청은 더없이 반가운 표정으로 임문정을 향해 다가갔다.

스스슥―

싸늘한 표정을 한 사내들이 미닫이문이 양쪽에서 닫히듯 움직이며 진우청의 앞을 가로막았다.

"왜들 이러시오?"

걸음을 멈춘 진우청은 뚱한 표정으로 사내들을 내려다보며 낮게 깔리는 목소리로 말했다.

사내들은 진우청의 말에 일언반구도 하지 않고 칼날처럼 서 있었다.

"거참!"

무슨 영문인지 전혀 모르겠다는 표정을 한 진우청은 제일 가까이 선 사내를 슬쩍 몸으로 밀었다.

움찔한 사내가 급히 공력을 끌어올렸다.

그러나 사내의 신형은 어느새 동료들보다 족히 두 걸음은 뒤로 물러나 있었다.

사내의 눈에서 폭광이 터져 나왔다.

사람들이 많은 자리가 아니었으면 당장 검이 휘둘러졌을 것 같은 눈빛이었다.

스스스―

다른 사내들이 밀려난 동료의 자리를 순식간에 메우며 다시 울타리를 쳤다.

그러나 간단하게 몸을 튼 진우청의 신형은 사내들이 친 울타리 속으로 스며들고 있었다.

동료 하나가 속절없이 뒤로 밀리는 것을 보고 잔뜩 경계하며 서 있었던 사내들은 어이없는 표정으로 서로를 쳐다보았다.

이번에도 몸으로 밀고 들어올 줄 알고 온몸에 힘을 잔뜩 준 사이, 진우청의 신형은 그 굳은 몸들 사이로 바람처럼 빠져나간 것이다.

스웃!

잠시 굳은 표정으로 진우청을 쳐다보던 임문정의 손이 미세하게 움직였다.

검병에 손을 대고 그대로 뽑아 휘두르려던 사내들이 움직임을 멈추고는 주춤거리는 기색으로 제자리로 돌아갔다.

그러거나 말거나 진우청은 스스럼없이 임문정에게로 다가갔다.

"어서 오시오, 진 공자!"

어느새 원래의 무표정으로 돌아온 임문정은 진우청에게 자리를 권했다.

진우청은 주저없이 임문정이 권하는 자리에 털썩 주저앉았다. 그리고 임문정 앞에 놓인 물잔을 들어 벌컥 마셨다.

주변을 둘러싼 사내들의 온몸에서 다 감추지 못한 살기가 금 간 독에서 물이 새듯 새어 나왔다.

"무슨 관중들이 이리 많은지……. 여기까지 오느라 진이 다 빠졌소."

진우청은 물잔을 내려놓으며 이젠 좀 살겠다는 듯 한숨을 내쉬었다.

"왜 그렇게 날 찾았소?"

잠시 진우청을 쳐다보던 임문정은 전혀 생각을 읽을 수 없는 표정으로 물었다.

"우선 내 일행을 돌려보내 준다고 한 약속을 지켜서 고맙다는 말도 해야겠고, 또 어제는 너무 무례하게 군 것 같아 사과도 하고 싶었고……."

진우청은 연신 머리를 긁적거리며 말을 이어갔다.

"그리고……."

"그리고?"

"무엇보다 여기만한 자리를 찾을 수가 없더군요."

진우청은 빽빽이 들어찬 관중들을 돌아보며 말했다.

진우청의 말에 임문정은 잠시 대화를 끊고 진우청을 빤히 쳐다보았다.

이윽고 임문정의 입가에서 보일 듯 말 듯한 미소가 피어올랐다.

"설마 그것이 이유의 전부는 아니겠지요?"

임문정이 억양이 없는 음성으로 물었다.

"또 겸사겸사 한 가지 확인할 것이 있어서."

진우청은 슬쩍 임문정의 표정을 살폈다.

"말해 보시오!"

임문정은 여전히 가면이라도 쓴 것 같은 표정으로 대꾸했다.

"공동으로 우승하면 상금은 어떻게 주는 것이오? 반반씩 나누어 주는 것이오?"

전혀 예상 밖의 질문에 임문정의 눈빛이 처음으로 미세하게 흔들렸다.

"그건 생각해 보지 않았는데……."

임문정은 다시 표정을 지우며 답했다.

"그런데 그런 건 왜 물으시오? 이제 진 공자는 출전하지 않아도 된다고 했을 텐데요."

"생각해 보니 좀 더 출전해 보는 것도 그리 나쁘지 않을 것 같소. 돈만 냥이 뉘 집 강아지 이름도 아니고……."

진우청은 점점 더 진지한 표정으로 말했다.

"재주라고는 약에 쓸래도 없는 놈이 어디 가서 그만한 돈을 벌겠소? 그래도 맷집 하나는 자신이 있으니, 다섯 대 맞고 한 대 두드리는 식으로 싸우다가 같이 지쳐 나가떨어지면 공동 우승도 가능하겠다 싶어……."

진우청은 점점 복잡한 색을 띠는 임문정의 눈은 전혀 쳐다보지도 않고 자기 말만 했다.

"그런데 이 의자 정말 편하구려."

상체를 흔들어 보던 진우청은 느긋하게 등을 젖히며 두 발을 탁자 위로 올렸다.

탁자가 금방이라도 무너져 내릴 것같이 비명을 질렀다.

다음 순간 실제로 와장창 무너져 내렸다.

"아이쿠! 이게 웬 날벼락이냐?"

진우청은 황급히 다리를 들어 올리며 발목을 주물렀다.

"정말 미안하오! 꽤나 비싼 것 같은데."

진우청은 반쯤 바닥에 박힌 채 박살이 난 탁자 조각을 주워 들며 말했다.

임문정의 눈빛이 다시 미미하게 흔들렸다. 그러나 순식간에 안정을 되찾은 임문정이 입술을 움직였다.

"괜찮소. 급하게 구하다 보니 보기와 다르게 부실한 물건인 것 같소."

임문정은 담담하게 답했다.

"그렇다니 다행이오. 하긴 뭐, 세상에서 제일 돈 많은 임 공자에게 이런 싸구려 탁자는 안 어울리기도 하지요……."

고개를 끄덕거린 진우청은 그나마 온전한 부분까지 비틀어 부숴 버리며 주변을 둘러보았다.

진우청과의 몸싸움에서 밀려난 사내는 물론이고, 다른 사내들의 몸에서 뿜어져 나오는 살기들이 이젠 쇠라도 녹일 듯했다.

"이곳이 편할 것 같아 염치 불구하고 파고들었는데 더 불편할 것 같소. 쩝!"

입맛을 다신 진우청은 자리에서 일어났다.

"실례가 많았소. 구경 잘하시오."

희미한 미소와 함께 포권을 지어 보인 진우청은 성큼 걸음을 옮겼다.

"아참! 이쪽이 아니구나!"

걸음을 옮기던 진우청은 갑자기 방향을 바꾸어 뒤에 선 사내를 향해 불쑥 다가갔다.

진우청과 부딪치게 된 사내가 급히 신형을 이동했다. 그러나 그 사내가 발을 디뎌야 할 곳에 공교롭게도 큰 쟁반만한 진우청의 발이 먼저 위치하고 있었다.

툭!

경각심을 느낀 사내가 디디려던 발을 급히 다른 곳으로 이동하려는 순간, 슬쩍 상체를 움직인 진우청이 지극히 우연한 실수처럼 사내와 부딪쳤다.

우당탕—

사내의 신형이 허공으로 붕 떴다가 바닥으로 떨어졌다.

"아이쿠! 이거 거듭 미안하오!"

다시 한 번 포권을 쥐어 보인 진우청이 군중 속으로 사라졌다.

진우청이 휘젓고 사라진 임문정의 천막에는 한참 동안 정적이 감돌았다.

임문정은 임문정대로, 진우청에게 밀리거나 튕겨 나간 보표들은 보표들대로 입술만 굳게 닫은 채 석상처럼 서 있었다.

모두들 누군가에 부딪쳐 이렇게 허무하게 날아갈 사람들은 절대 아니었다.

그건 지독한 수치감과 함께, 팔다리가 하나 잘려 나가는 것보다 더 참담한 기분을 느끼게 만들었다.

"곰 가죽을 뒤집어쓴 너구리였단 말이군. 후후!"

잠시 후, 임문정이 낮은 소리로 중얼거렸다.

그리고 또다시 정적이 흘렀다.

"게다가 이빨마저 더없이 날카롭단 것도 확인되었고……."

임문정의 목소리가 점점 차가워졌다.

"혈갈쌍독(血喝雙毒)이 실패했단 말인가?"

임문정은 짜증이 묻어나는 얼굴로 중얼거렸다.

새벽에 벌어진 인가장의 사건을 수습하느라 그들이 성공했는지 실패했는지 확인할 겨를도 없었다.

어쩌면 그들은 어제 시도조차 하지 못했을 수도 있었다.

그렇지 않고는 저놈이 저렇게 멀쩡히 걸어다닐 수가 없을 것이다.

완벽한 기회가 아니면 움직이지 않는 것이 그들의 장점이기도 하고, 약점이기도 했다.

어쨌든 어제저녁 그들이 성공하지 못한 것은 확실했다.

그런 생각과 함께 임문정은 고개를 돌렸다.

"조금은 골치 아프게 돌아가지만 권주를 사양하고 벌주를 마시겠다면 그렇게 해주지. 정윤(丁允)!"

독백을 끝낸 임문정이 보표 사내 하나를 불렀다.

"하명하십시오!"

"너는 관아로 달려가 인근에서 발견된 시체 두 구가 있는지 확인해라. 그리고 명성(冥成)! 너는 소중부에게 다시 한 번 갔다 와야겠다."

임문정의 목소리와 함께 두 사내가 바람처럼 움직였다.

임문정의 천막 안을 한바탕 휘저은 진우청은 관중들 사이를 빠져나와 정반대 쪽으로 걸음을 옮겼다.

많은 사람들을 헤집고 움직이는 동안 백운 노인의 모습은 보이지 않았다.

어제도 해천 노인의 집으로 갔으니 그곳에서 이여옥에게 무슨 일이 있었는지 백운 노인을 만나면 알 수 있을 것이란 생각이 들었다.

진우청은 고개를 빼었지만 여전히 백운 노인은 보이지 않았다.

그러나 자신이 어떤 사람을 못 봤다고 해서 어떤 사람도 자신을 못

보라는 법은 없다.

"진 공자님!"

등 뒤 쪽에서 소녀의 목소리가 들렸다.

진우청은 얼른 신형을 돌렸다.

백운 노인의 손녀 조수아였다.

잠시 떨어졌는지 백운 노인은 보이지 않았다.

"일찍 왔군요."

진우청은 가볍게 목례를 건넨 후, 이제까지와는 전혀 다른 조수아의 얼굴을 이채 띤 눈으로 쳐다보았다.

쉰 냥도 넘는 물건을 열 냥에 후려칠 정도로 암팡지고 영리한 기운이 얼굴에 넘쳐흘렀는데 지금은 사색이 된 표정이었다.

조수아 역시 이여옥이 인가장으로 간 일 때문에 제정신이 아니었다.

진우청은 그녀의 얼굴을 한참 동안 물끄러미 쳐다보다가 아차! 하며 얼른 시선을 돌렸다.

누군가의 이런 시선을 절대로 용납할 소녀가 아니었기 때문이다.

그러나 조수아는 진우청이 예상하는 반응은 보이지 않고 무슨 말인가 꺼내려다 말고를 거듭하며 머뭇거렸다.

"할 말이 있으시오?"

진우청은 내심을 드러내지 않고 질문을 던졌다.

"언니… 여옥 언니가……."

조수아는 금방 울먹이기라도 할 것 같은 표정으로 몇 마디 꺼내다 다시 입을 다물었다.

진우청은 조수아의 입에서 나온 여옥 언니라는 말이 무슨 뜻인지 충분히 짐작하고 있었지만 아무것도 모른 척 조수아를 쳐다만 보았다.

조수아는 이여옥이 집을 떠나 인가장으로 간 것을 진우청이 당연히 모르고 있다고 생각할 것이다.

조수아뿐만 아니라 그건 누구도 마찬가지이리라.

진우청 자신으로서도 두 번이나 직접 겪어본 인장호란 놈!

그런 놈에게 이여옥이 넘겨졌다는 사실에 조수아는 지푸라기라도 잡는 심정으로 자신에게 알려주고 싶어하는 것이리라.

그러나 실상은 인장호가 아니라 임문정에게 넘겨졌다. 그것도 자신의 손에 의해서…….

그 사실까지 이 소녀가 알게 된다면?

또한, 집을 떠난 이여옥이 인장호에게 어떤 일을 당했는지까지 알게 되면 이 소녀는 까무러치고 말 것이다.

"왜 그러시오? 이 소저에게 무슨 일이라도 생겼소?"

때로는 아무것도 모르는 게 약이라는 생각과 함께 진우청은 시치미를 떼고 무감동한 목소리로 다시 물었다.

"어제 공자님과 춤을 추고 난 후 언니는……."

"수아야!"

결심한 듯 빠르게 말을 꺼내려던 조수아는 옆에서 들려오는 목소리에 얼른 입을 다물었다.

백운 노인이 어제의 그 젊은이들과 함께 걸어오고 있었다.

"잘 주무셨습니까, 노인장?"

진우청은 고개를 숙여 인사를 했다.

"자네도 잘 잤는가?"

백운 노인은 한줄기 근심이 어린 안색을 애써 밝게 하며 대꾸했다.

"저야 잠이 오면 빙판 위에서도 자는 체질입니다. 그런데 무슨 일

이……?'

진우청은 여전히 시치미를 떼며 백운 노인과 조수아를 번갈아 쳐다보았다.

"별일 아닐세! 그리고 나로서도 이해가……."

몇 마디 더 이어가던 백운 노인은 얼른 고개를 저었다.

진우청은 백운 노인의 언행에서 이여옥이 무엇 때문에 동방회로 갔는지 물어보고자 하던 의도를 접었다.

백운 노인의 표정은 손녀 조수아만큼이나 혼란스러워 보였다.

그 모습을 보니 오히려 진우청 자신이 도리어 이 노인에게 이여옥의 심정을 대변해 주고 싶었다.

그녀는 결코 강압에 의해 끌려가는 것이 아니라, 뭔지는 모르겠지만 굳은 결심과 함께 스스로의 길을 가고 있다고…….

"그런가요? 그럼 재미있게 구경하십시오."

진우청은 가볍게 고개를 끄덕이고는 이젠 구면이 된 젊은이들과 조수아에게도 눈인사를 했다.

백운 노인의 제지 때문에 입을 다물고 있는 조수아의 눈빛은 마치 폭포수처럼 쏟아질 말들을 억누르고 있는 것 같았지만 진우청은 모른 척 등을 돌렸다.

진우청은 다시 관중 속으로 헤집고 들어갔다.

계속 관중 속으로 파고들던 진우청은 우뚝 걸음을 멈추었다.

오늘은 아침 일찍부터 유가검보 사람들이 눈에 띄었다.

여전히 술을 한잔 걸친 것처럼 피곤해 보이는 유화성! 그리고 그 옆으로 면사를 썼던 여인이 초조한 기색을 숨기며 서 있었다.

'비밀이 많을수록 불편한 법이지.'

안절부절못하는 백봉령주를 보며 진우청은 피식 미소를 지었다.

미소와 함께 계속 옆으로 걸음을 옮기려던 진우청은 누군가의 따가운 시선을 의식하며 고개를 돌렸다.

조부께서 좋아할 것 같은 사내, 유화결이었다.

칼날 같은 눈빛과 얼음 같은 표정의 그는 양손 가득 뭔가 사 들고 오는 유화경을 호위하며 그들의 자리로 돌아가는 모양이었다.

진우청은 잠시 어정쩡한 모습으로 두 남녀를 쳐다보았다.

어제 유화성으로부터 정식으로 소개를 받았으니 모른 체할 수도 없었지만 그렇다고 마냥 반가울 사이도 아니었다.

그들 남매 역시 그런 표정으로 진우청을 쳐다보았다.

"안녕하시오?"

웃는 얼굴에 침 뱉으랴는 생각과 함께 진우청은 먼저 인사를 건넸다.

유화결은 입술은 움직이지 않고 고개만 끄덕하고는 몸을 움직였다.

천성이 그래서일 뿐, 결코 오만하거나 누구를 무시하는 태도는 아니라는 느낌을 받았지만 너무 냉정한 유화결의 행동이 마음에 걸렸는지 유화경은 유화결의 옆구리를 쿡 찌르고는 오늘 잘 싸우란 말과 함께 멀어져 갔다.

"쩝!"

착 달라붙는 무복을 차려입은 유화경의 몸매보다는, 그녀의 양손에 가득 들린 먹을거리들을 쳐다보며 입맛을 한 번 다신 진우청은 비무대 쪽으로 고개를 돌렸다.

"무슨 일이 있는 것인가?"

조금 더 이동한 진우청은 비무대 앞쪽을 바라보며 중얼거렸다.

비무대의 본부석이라 할 천막 안에는 많은 사람들이 굳은 표정으로 머리를 맞대고 있었다.

비무대회의 시작을 알리는 북소리가 울릴 때도 된 것 같은데 그들은 여전히 움직이지 않고 있었다.

"젠장!"

천막 가운데 자리에 앉은 소중부는 눈살을 찌푸리며 불평을 토했다.

아침 일찍 이곳에 도착하자마자 동방회 측에서 강요하다시피 들이민 대진표는 지방 유지로서의 자존심을 뭉개 버렸다.

대개의 경우 결승전의 대진표는 관중들이 모여들기 전에 미리 정해 커다란 천이나 종이에 써놓고 게시를 한다.

그런 후, 비무가 시작되면 그 대진표대로 비무를 벌여 결국 단 두 명의 승자만 남아 최종 결승전을 벌인다.

소중부와 몇몇 참관인들 역시 그렇게 하려고 준비를 해왔다.

그러나 그 대진표는 펼쳐 보지도 못하고 쓰레기로 변하고 말았다.

동방회 측에서는 자신들이 작성한 대진표를 들이밀며 그대로 진행하기를 요구했다.

무리한 요구였지만 동방회의 입김에서 절대로 자유로울 수 없는 참관인들은 땡감 씹은 표정을 하고 있었다.

동방회 측에서 강요한 대진표는 여타의 것과 약간 달랐다.

이틀간의 예선전을 통해 가려진 예순네 명의 승자를 서른두 명씩 두 개의 조로 나누어, 일조 서른두 명이 먼저 대결을 벌여 여덟 명의 승자를 가리고, 그 다음 이조 서른두 명에서 여덟 명을 가린 후, 그들 열여섯 명끼리 최종 결승전을 갖는다는 것이다.

여기까지는 별 무리가 없었다.

엎어치나 메어치나 그게 그거였으니까…….

그런데 또 한 가지 요구는 그들 승자들이 서로 누구와 싸우게 될 것인지는 소중부가 비무대 위에서 발표할 때까지는 아무도 알 수 없다는 것이었다.

즉, 비무자들은 자신의 상대가 누구인가 하는 것은 물론, 자신이 언제 싸울지조차도 소중부가 호명했을 때 비로소 알 수 있다는 것이었다. 단지 그들이 미리 알 수 있는 것은 자신이 두 개의 조 중 어느 조에 속했는지 하는 것뿐이었다.

그렇게 하면 생리적 욕구마저도 해결이 어려웠는데 그건 미리 통보하여 조정해야 했다.

싸울 상대를 미리 알게 되면 온갖 부정이 개입될 수 있다는 그럴듯한 말로 동방회는 자신들의 요구를 정당화시켰지만, 그 속뜻은 결승전의 대진표를 자신들 마음대로 조작하고 주무르겠다는 의도가 분명했다.

참관인들은 어이없는 표정으로 연신 입맛을 다셨지만 절대로 안 된다며 반대하는 사람은 없었다. 모두들 엉기적거리며 서로의 눈치만 보고 있었다.

"빌어먹을! 뭘 하려는지 몰라도 그렇게 해줍시다. 누가 누구하고 붙든 결국은 둘만 남아 승자를 가리는 건 마찬가지일 테니 말이오."

소중부는 역정 섞인 목소리로 말하고 비무대 위로 올라갔다.

잠시 후 북소리가 크게 울려 퍼졌다.

"와아—"

"와!"

흐르는 강물이 놀라서 왔던 곳으로 되돌아갈 만큼 큰 함성 소리들이 북소리를 따라 울렸다.

현성비무대회 사흘째이자 결선의 막이 오른 것이다.

북소리가 울린 후 소중부는 잠시 뜸을 들이다가 오늘 비무를 치르는 방식, 그러니까 동방회 측에서 요구한 방식을 발표했다.

관중들은 잠시 어리둥절한 표정을 했지만 금방 그런 표정들은 지우고 어서 시작하기만을 재촉했다.

누가 누구하고 붙든 그들에겐 상관없었다. 그들은 어서 비무대 위로 결전자들이 올라 되도록이면 치열한 승부가 벌어지는 것만 원했다.

비무 방식을 설명한 소중부는 다음으로 일조와 이조에 속한 사람들의 명단만 공개했다.

그 명단은 며칠 전 인가장의 장주 인가덕의 손에 있던 대진표와 조금 달라져 있었다.

거력패도 염호광 대신 절명자 오무평의 가명인 오덕관이란 이름과 탈명철검 조탁 대신 유화성의 이름이 올라 있었고, 진호산(秦呼山)이란 이름이 제일 끝으로 올라 있었지만 줄이 그어져 있었다.

인가장의 장남 인장호와 유가검보의 유화결은 이조에 속해 있었다.

또, 이조에는 광음마각 천개일과 흑사편 동태승의 이름도 나란히 올라 있었다.

동태승은 오늘 새벽 인가장에서의 싸움에서 오무평의 절명자에 가슴이 찔려 싸울 수 있을지 없을지 몰랐지만 이름은 등재되어 있었다.

각 조의 명단을 공개한 소중부가 동방회의 지시대로 첫 번째 비무를 벌일 사람의 이름을 부르려는 찰나, 임문정이 보낸 보표 한 명이 급히 소중부에게 전음을 보냈다.

소중부는 보표 사내의 전음을 듣고는 얼굴을 찌푸렸다.

첫 번째 비무를 벌일 사람들의 이름이 또다시 바뀐 때문이었다.

그러나 대부분의 사람들은 그리한 소중부는 표정에는 전혀 관심이 없었다. 관심이 있었더라도 햇살 때문에 눈을 가늘게 뜨는 것으로 보일 뿐이었다.

"그럼 비무를 시작하겠소."

소중부의 선언과 함께 함성이 울렸다.

"산동에서 오신 전수윤(田守潤) 대협! 그리고 그 상대로 하남에서 온 진호산 소협은 비무대 위로 오르시오!"

소중부가 고함을 지르자 한 자루 검을 허리에 찬 중년 사내가 날렵하게 비무대 위로 날아올랐다.

산동 출신의 전수윤이었다.

잠시 전수윤을 쳐다본 소중부는 비무대 아래로 고개를 돌렸다.

전수윤은 이미 비무대 가운데로 와서 준비하고 서 있었지만 아직 그 상대는 나타나지 않았다.

"진호산 소협, 어서 비무대 위로 오르시오!"

소중부가 다시 한 번 고함을 질렀다.

소중부의 고함에 웅성거리는 소리가 높아지며 모두들 고개를 이리저리 돌렸다.

예선에 출전하여 승리하긴 하였지만 자신이 입은 타격도 만만치 않아 왕왕 이렇게 불참 통보도 없이 모습을 드러내지 않는 사람들이 있었다. 그땐 세 번을 호명하고, 그래도 비무대 위로 오르지 않을 시 패배 선언이 이어진다.

"마지막으로 한 번만 더 부르겠소. 진호산 소협!"

소중부의 세 번째 호명이 길게 울려 퍼졌다.

"아이쿠!"

"어어— 이게 왜 이래!"

세 번째 호명 후에도 전수윤의 상대가 나타나지 않아 소중부의 패배 선언이 이어지기 직전, 관중석 한쪽에서 돌담이 무너지는 것처럼 사람들이 우르르 앞으로 무너지며 한 사내가 뛰어나오고 있었다.

자신이 아무렇게나 지어낸 가명을 기억하지 못하고 있다가 근처에 있던 누군가 알아본 사람의 지적으로 허겁지겁 달려나온 진우청이었다.

"와하하—!"

관중석 한쪽을 무너뜨리다시피 하며 허둥지둥 비무대 위로 오르는 진우청을 보고 사방에서 박장대소가 터져 나왔다.

어제는 닮은꼴의 사내, 여조명의 뒤를 이어 출전해 전혀 균형이 맞지 않는 옷차림으로 배꼽을 잡게 하더니 오늘은 옷은 그럴듯하게 바꿔 입었지만 하마터면 싸워보지도 못할 정도로 굼뜬 출전이 배꼽을 잡게 만든 것이다.

"연화궁의 절세미녀다!"

예선에서 무혼살수의 비발을 흡사 여인들보다 더 유연한 몸짓으로 상대하는 것을 보고 '연화궁의 절기가 아니냐?'라는 말과 함께 '그렇다면 미녀들만 있는 연화궁에서 최고의 미녀가 탄생했다' 고함을 친 사내가 다시 고함을 질렀다.

"와하하하—"

사내의 고함으로 비무대회장은 웃음바다가 되었다.

진우청의 늦은 등장에 뭔가 책망의 말을 하려던 소중부도 쓴웃음과 함께 두 사람을 비무대 중앙에 마주 서게 하고는 몇 마디 형식적인 주지 사항을 일러주었다.

이윽고 소중부는 손을 들어 비무 선언을 하고 비무대 아래로 내려갔다.

진우청은 뚱한 표정으로 전수윤을 쳐다보았다.

번쩍—

마주 선 전수윤의 눈에서 섬광이 뻗어 나왔다.

지극히 짧은 순간이었지만 동공을 태울 듯한 눈빛이었다.

진우청의 표현대로라면 전수윤의 전신을 둘러싼 호흡의 색깔이 죽음의 빛을 띠고 있었다.

하지만 이젠 그런 것 따위는 전혀 신경 쓰이지 않았다.

전신 혈맥으로 사부의 숨결이 고스란히 느껴지며 용의 비늘처럼 몸을 감싸는 느낌이었다.

진우청은 낮고 길게 숨을 빨아들였다.

아랫배에 가득 들숨이 뭉쳐지며 천룡신무를 추기 위한 최상의 몸 상태가 되어갔다.

모든 감각이 최고조로 열리며 사부의 말씀대로 자신의 몸뚱이 하나는 자기 마음대로 움직일 준비가 되었다.

'스읍—'

들숨의 반도 안 되는 날숨을 내뱉은 진우청은 다시 낮고 긴 들숨을 빨아들였다.

그러나 그 모든 것은 진우청 내부의 움직임일 뿐, 외부로는 단 한 점의 변화도 느껴지지 않았다.

진우청의 무심한 기세에 전수윤의 눈빛이 미미하게 흔들렸다.

온통 허점투성이 같았지만 한 가닥의 호흡도 읽을 수 없었고, 실체가 느껴지지 않았기 때문이다.

그때 진우청의 손이 슬쩍 움직였다.

움찔 어깨를 흔든 전수윤은 전광석화같이 검을 빼 들었다.

챙—

맑은 검명이 비무대 주변으로 흩뿌려지며 백색의 검인에서 양광이 반사되었다.

쓱쓱—

호흡을 감추고 있다가 갑자기 손을 들어 올린 진우청은 머리를 긁었다.

부스스한 머리카락이 허공으로 흩날렸다.

"푸하하하—!'

전수윤의 발검과 함께 격돌을 예상했던 관중들은 찰나적인 긴장을 풀고 어이없는 웃음을 터뜨렸다.

가까이 마주 선 전수윤으로서는 온통 경각심을 느끼게 만들었던 진우청의 움직임이었지만 관중들이 보기엔 너무도 태평스런 동작이었다. 그런 동작에 화들짝 놀란 전수윤의 발검은 한동안 터져 나오는 웃음을 멈추지 못하게 했다.

전수윤의 눈이 처음보다 배는 더 강한 살기를 내뿜었다.

아는 것이 병이었다.

차라리 아무것도 모르고, 어디서 이런 촌놈이 올라왔나 했으면 이런 망신은 당하지 않았을 것이다.

그러나 출전하기 전부터 비무보다는 처치해야 할 놈, 이기기보다는 죽여 버려야 할 놈이라는 당부와 아울러 무흔살수를 패대기친 놈이란 경고가 오히려 몸을 경직되게 만들었다.

어제 비발을 든 사내의 정체가 무흔살수란 것도 놀랄 일이었지만 그를 장난치듯 꺾어버린 진우청이기에 전수윤은 더욱 긴장할 수밖에 없었다.

우웅!

이기기보다는 죽여야 할 놈인 진우청을 향해 전수윤의 검이 진동음을 토했다.

검에 실린 내력이 아지랑이처럼 흘러나와 주변의 공기를 점점 더 강하게 진동시켰다.

머리를 긁던 진우청이 이번에는 코를 후볐다.

훤히 드러난 진우청의 가슴을 직시하며 막 공격을 하려던 전수윤은 코를 후비며 흔드는 진우청의 손 때문에 타점을 놓쳤다.

전수윤은 또다시 주춤할 수밖에 없었다.

묘한 방위, 묘한 손놀림!

머리를 긁다가 코를 향해 내려오는 손은 진수윤이 가격하고자 했던 투로였다.

진우청의 손은 교묘하게 그 투로를 방해하며 코를 후볐다.

"와하하하……!"

진우청의 움직임은 이번에도 극히 자연스러웠지만 전수윤의 움직임은 누가 보아도 극히 경직되고 주춤거렸다.

가까이서 대면하고 있는 전수윤의 심정이야 어떻든 관중들의 눈에는 그렇게밖에 보이지 않았다.

머리를 긁는 동작에, 쾌속한 발검!

코를 후비는 동작에, 움찔한 뒷걸음질!

뿌드득!

전수윤의 입에서 이가 갈리는 소리가 흘러나왔다.

그때 진우청의 입술이 움직였다.

"이젠 고지식한 노인이 내게 가르친 춤이 뱀춤이 아니라 천룡신무라는 깨달음을 만인 앞에서 확인할 순간인가?"

코를 후비던 진우청은 낮은 목소리로 중얼거리며 천천히 두 손을 들어 올렸다.

가슴께로 모아졌던 진우청의 두 손이 부드럽게 흔들리기 시작했다.

휘리릭—

가볍게 교차하는 것 같던 두 개의 손이 어느 순간 천수관음의 손처럼 늘어났다.

손바닥 안에 갇힌 공기가 진흙 반죽처럼 뭉쳐지며 공간이 왜곡되었다.

공간을 왜곡시키고 쳐다보는 사람의 시선과 정신마저 왜곡시킬 것 같은 손놀림이 순식간에 팔로, 그리고 철탑 같은 상체로 전해졌다.

바위같이 단단한 어깨가 흐물흐물 흘러내렸다.

허물어져 내리는 어깨를 따라 깍지동이 같은 상체와 통나무 같은 다리도 같이 허물어지는 것 같았다.

뭐라도 해야 했다.

하다못해 검날의 방향이라도 바꿔야 했다.

그러나 전수윤은 아무것도 할 수 없었다.

평생이 지난 것 같은 순간이었지만 실상은 눈 한 번 깜짝하는 것만큼 짧은 찰나의 순간이었다.

그 짧은 순간에, 앞에 선 진우청은 자신의 혼을 다 빼놓은 것 같은 움직임을 연출한 것이다.

"뭐야, 저건!"

관중들 속에서 의아한 목소리들이 흘러나왔다.

머리를 긁적이고 코를 후빌 때는 화들짝 놀라며 검을 쳐들던 전수윤이 정작 진우청이 손을 흔들며 자세를 잡자 꿔다 놓은 브릿자루처럼 서 있는 모습을 이해할 수 없었던 것이다.

"이젠 시작해 봅시다."

한 번의 움직임과 함께 몸을 푼 진우청은 장난은 그만 치겠다는 듯 정색을 하며 자세를 잡았다.

자세는 별게 없었다.

여전히 빈틈투성이고 하오문의 수법 하나 변변히 익히지 못한 것 같았다.

스윽─

전수윤의 발이 미세하게 움직였다.

지금 취하고 있는 진우청의 자세는 허술하기 짝이 없었지만 이상하게도 그 위치는 양지(陽地)이고, 자신은 햇볕이 들지 않는 음지(陰地)에 서 있는 기분이었다.

우선은 양(陽)의 위치를 점하고 뒤이어 쾌속한 일검을 뿌릴 생각이었다.

그 순간 진우청의 발 또한 미세하게 움직였다.

천룡신무의 춤사위 속으로 녹아들며 호흡과 동작이 일치되는 무의식적인 움직임이었다.

전수윤의 눈매가 위로 치켜졌다.

자신의 위치는 오히려 조금 전보다 더 짙은 음지로 밀려나는 것 같왔다.

여전히 허술한 자세였지만 진우청의 몸은 자신의 움직임에 그렇게 반응하고 있었다.

이래선 제대로 된 공격을 할 수 없다.

휘리릭—

전수윤은 진우청이 눈치채지 못하게 유리한 방위를 점하려는 생각을 버리고 어지럽게 검을 흔들며 신형을 움직였다.

공격 전에 한 번 몸을 풀기라도 하는 동작 같았다.

그 동작과 함께 진우청과 자신 사이에 굳건히 묶여 있는 음(陰)과 양(陽)의 끈을 잘라 버릴 심산이었다.

흔들!

전수윤의 움직임에 따라 진우청의 어깨도 바람에 흩날리듯 흔들렸다.

무너지는 것 같기도 했고, 악기의 음률에 맞춰 춤을 추는 것 같기도 했다.

'이건?'

전수윤은 가느다란 신음을 삼켰다.

상황은 조금도 나아지지 않았다.

자신과 진우청 사이에 존재하는 불균형의 기운은 오히려 더 심해졌다.

'기감(氣感)이 초인적으로 발달한 놈이다.'

전수윤의 뇌리 속으로 한 가닥 생각이 송곳처럼 꿰뚫고 지나갔다.

상대의 움직임과 그로 인해 변하는 주변의 기운을 동물적으로 감지하고, 본능적으로 반응하며 움직이고 있다는 느낌!

진우청의 움직임에서 전수윤은 그런 느낌을 받았다.

스윽!

전수윤은 검날을 틀었다.

역시 마찬가지!

진우청의 상체가 보일 듯 말 듯 옆으로 움직였다.

주르르—

전수윤의 이마를 타고 내린 땀 한줄기가 눈 속으로 흘러들었다.

"차앗—"

기합성과 함께 전수윤은 발끝으로 바닥을 박찼다.

점점 더 불리해지는 상황을 선공으로 타개하고자 함이었다.

도약과 함께 공격점을 예측할 수 없는 환검식이 펼쳐졌다.

다음 순간, 진우청의 어깨와 팔도 물결처럼 흔들렸다. 동시에 허리와 다리도 물결이 되어갔다.

슈아악—

순식간에 다가온 전수윤의 검이 진우청의 가슴을 베어갔다.

'베었다!'

전수윤은 내심 외쳤다.

그러나 바람 같은 움직임과 함께 백지장 한 장 차이로 검을 비껴낸 진우청의 신형은 여전히 그 자리에 서 있었다.

"젠장!"

지극히 단순한 동작으로 자신의 검을 흘려 버린 진우청의 움직임에 어이없는 심정이 된 전수윤은 대라환영검(大羅幻影劍)의 초식을 연속으로 뿌리며 진우청의 요혈을 공격해 들었다.

둥실!

한줄기 날숨과 함께 가볍게 몸을 움직인 진우청의 의식이 용무의 춤사위 속으로 녹아들었다.

어디로 피하고 어떻게 공격해야 할지 따위는 생각할 필요도 없었다.

그냥 흐르는 대로 춤을 추면 몸이 먼저 알고 움직였다.

호흡과 동작을 끝까지 일치시키지 못하고 벌어진 전수윤의 동작이 훤히 보였고 온갖 화려한 초식으로 짓쳐드는 검격이 거북이의 움직임처럼 느껴졌다.

천룡신무의 동작 속으로 녹아들수록 그건 더욱 확연히 느껴졌다.

눈 한 번 깜박이는 것을 백 개로 자른 순간만큼의 불일치도 허용하지 않고 호흡과 일치시켰던 용무의 수련은 초식에 얽매여 끊어지는 상대의 호흡과 동작들을 훤히 읽을 수 있게 했다.

또한 그 수유의 순간 속으로 파고들 수도 있게 했다.

진우청은 손을 뻗었다.

'엇!'

텅 빈 허공을 상대하는 기분만 느끼다가 처음으로 자신의 검에 뭔가가 걸리는 느낌을 받은 전수윤은 눈을 부릅떴다.

구름을 흩어내는 듯한 한 개의 손이 검신을 타고 올랐다.

전수윤은 쾌속하게 검신을 틀며 진우청의 손목을 베어갔다.

텅—

검신을 타고 오르던 진우청의 손등이 한발 앞서 전수윤의 검신을 팅겨냈다.

전수윤의 검이 휘청 흔들렸다.

전수윤은 필사적으로 신형을 뒤로 뺐다.

'대체 이건 무슨 무공이란 말인가?'

연신 탁한 숨결을 뱉어내며 전수윤은 뚫어져라 진우청을 쳐다보았다.

자신의 검을 잡아오거나 쳐내오는 마지막 손짓은 지극히 단순했다.

그러나 그 손짓을 이끌어낸, 단 한순간의 끊어짐도 없이 면면부절 이어지는 움직임은 구름이 흐르는 것처럼 가벼웠다.

그리고 그 움직임 속에서는 시간이 지날수록 가공할 기운이 흘러나왔다.

그것은 단전에 힘을 주고 억지로 끄집어내는 것이 아닌, 저 깊은 곳을 가득 채우고 너울너울 흘러넘치는 그런 기운이었다.

한없이 자유롭고 충만한 기운!

휘몰아쳐 오는 해일 같은 격랑은 아니었지만 해일마저 감싸 안고 허공으로 날려 버릴 것 같은 힘을 내포하고 있었다.

그 기운이 점점 더 강하게 진우청의 전신을 감싸고 두꺼운 벽을 만들어갔다.

"하앗—!"

믿을 수 없다는 표정과 함께 다시 한 번 고함을 지른 전수윤은 대라환영검의 후반부 초식을 한꺼번에 펼쳤다.

우우웅!

진우청의 몸이 제각각 살아 있는 것처럼 움직이며 전신을 감싼 기운이 한층 더 두껍게 퍼져 나갔다.

어느새 전수윤의 검이 두꺼운 벽에 팅기며 연신 뒤로 밀려났다.

파앗—

회오리를 일으키며 두터운 막을 뚫고 나온 진우청의 손이 전수윤의 어깨를 잡아갔다.

피해야 한다는 생각은 간절했지만 진우청의 손은 의식보다 빠르게 다가왔다.

전수윤의 어깨가 속절없이 진우청의 손아귀에 잡혔다.

"크윽!"

전수윤은 신음을 토하며 얼굴을 찡그렸다.

다섯 개의 손가락이 쇠갈고리처럼 어깨를 파고들었다.

붙잡힌 어깨에서 시큰하는 이상한 감각이 밀려오고 그때부터 한쪽 팔은 자신의 몸이 아닌 것 같았다.

필사적으로 혈을 틔우려 했지만 소용이 없었다.

전수윤의 어깨를 잡은 진우청은 임문정이 있는 천막 쪽을 쳐다보았다.

"이젠 개판을 칠 차례군."

휘익―

전수윤의 가슴 혈 한 군데를 더 건드린 진우청은 전수윤의 어깨를 세게 뿌리쳤다.

삼 장의 거리를 가볍게 뛰어넘은 전수윤의 신형이 임문정의 천막을 향해 날아갔다.

훌쩍 날아오른 보표 사내 하나가 전수윤의 신형을 받아 들고 가볍게 바닥으로 내려서려 했다.

의도는 그랬지만 전수윤을 받아 든 사내는 그대로 뒤로 밀리며 천막 위로 같이 떨어졌다.

와장창!

천막이 푹 꺼지며 다른 사람들이 손을 써볼 기회도 없이 기둥이 무너졌다.

파앗―

결국 다른 보표 사내 하나가 쾌검을 휘둘러 천막을 갈랐다.

갈라진 천막 사이로 전수윤의 신형을 받쳐 든 보표 사내가 떨어졌고, 천막은 완전히 무너져 내렸다.

"와아―!"

"우리의 미녀 최고다!"

잠시 후 떠나갈 듯한 함성이 터졌다.

언제 어디서든 패자에게 돌아가는 동정의 목소리는 승자를 향한 함성에 묻힐 뿐이다.

천막 근처에 있던 사람들도 의식을 잃은 패자에게 잠깐 동정의 눈길을 보낸 후, 즉시 승자를 향해 환호했다.

그들의 눈에는 진우청의 동작이 정형화된 초식을 뿌리는 사람들에 비해 뭔가 엉성하고 이상해 보였지만 오늘도 승리했다.

관중들은 그렇기에 더 환호를 보내는 것 같았다.

잠시 후, 진호산의 승리를 알리는 소중부의 목소리가 울렸다.

'조금은 속이 풀리는군.'

내심 중얼거리며 손을 탁탁 턴 진우청은 비무대를 내려왔다.

비무대 계단 끝에서 모래바닥을 밟던 진우청은 임문정과 눈이 마주쳤다.

여전히 임문정은 생각을 읽을 수 없는 표정이었다.

등치고 간 빼 먹는 상인들에겐 필수의 덕목일진 몰라도 정 떨어지는 얼굴이었다.

진우청은 고개를 돌렸다.

다음에는 더 위험한 병신 춤을 추는 인간을 내보낼 것이 틀림없다.

"그건 그때 일이고……."

진우청은 더 급한 일에 생각을 모았다.

"진호산……. 진호산이라 했겠다?"

자신이 만든 가명을 기억해 내지 못해 탈락할 뻔한 진우청은 다시는 안 잊겠다는 듯 두 번 세 번 되뇌었다.

"서쪽의 친구들……."

무심코 말을 하던 임문정은 입을 다물었다.

"숙부님께서 계셨다면 한바탕 눈총을 받았겠군. 장사꾼에겐 친구란 없다고 했는데 말이야."

입맛을 다신 임문정은 말을 이었다.

"서쪽의 동업자들이 바보들만 내보낸 모양이군."

전수윤을 쳐다본 임문정은 미미하게 얼굴을 찌푸리며 말했다.

"그럴 리가 없지요. 그랬다간 자신들이 더 손해일 테니까요."

임문정의 말에 옆에 서 있던 문사 차림의 젊은 사내가 주판알을 튕기며 답했다.

두 사람은 전혀 거리낌없이 말했지만 그 목소리는 밖으로 새어나가지 않았다.

무공을 익힌 것 같지도 않은 문사 차림의 사내가 모든 음파를 차단하고 있었기 때문이다.

"그런데 이렇게 맥없이 날아오는 건가?"

"한쪽을 너무 과대평가하고, 다른 한쪽은 너무 과소평가한 때문이지요. 그런 경우 절대로 이익을 보지 못하고 손해만 보게 되지요."

차르르―

청년은 처음부터 계산을 다시 하겠다는 듯 주판을 흔들어 주판알을 모조리 흘러내리게 했다.

탁탁탁!

탁탁—

주판알을 튕기는 소리가 경쾌하게 들려왔다.

"혈갈쌍독은?"

주판알 소리가 듣기 싫은지 임문정은 인상을 찌푸리며 물었다.

"저놈 손에 당한 것이 확실합니다. 아직 제대로 휘두르는 모습은 보이지 않았지만 쇠몽둥이 자국이 확실했답니다."

사내는 주판을 내려놓으며 답했다.

"저놈 때문에 노출되지 말아야 할 사람들이 노출되었습니다. 무흔살수와 혈갈쌍독……."

사내는 빠르게 덧붙이다 임문정의 표정을 보고 입을 다물었다.

"최대한으로 평가해 주었다고 생각했는데 그것마저 과소평가였군. 하지만 그게 덕이 될 수도 있지. 유가검보 인간들에게 훨씬 더 경각심을 불러일으킬 수도 있으니까."

임문정은 희미하게 미소를 지었다.

그때 한 사내가 상기된 표정으로 나타났다.

"유가검보의 일검대가 움직였습니다."

사내는 급하지만 낮은 목소리로 말했다.

"후후!"

사내의 보고를 들은 임문정의 눈에서 한광이 뻗어 나왔다.

"기다리고 기다리던 일이 드디어 열매를 맺었군. 유가검보의 일검대는 이백 명이 한데 뭉쳐 검진을 짜야 가장 큰 힘을 발휘하지. 그리고

이젠 더 이상 저놈에 대해서도 신경 쓸 필요가 없다. 같이 쓸어버리면
되니까."

　말을 마친 임문정은 고개를 돌렸다.

　"멸성계(滅城計)를 발동시키라고 전해라."

　"복명!"

　짤막하게 말한 사내의 모습이 다시 사라졌다.

　"범부는 죄가 없지만 품속에 든 금덩이가 죄지."

　임문정의 목소리가 스산하게 흩어졌다.

第二十三章

일곱대의 출현

일검대의 출현

"**저** 사람… 정체가 뭐지?"

유화경은 큰오빠 유화성을 향해 질문을 던지다가 입을 다물었다.

유화성의 표정이 눈에 띄게 굳어 있었기 때문이다.

"큰오빠!"

유화경은 유화성의 어깨를 흔들었다.

"으응?"

진우청에 고정됐던 시선을 돌린 유화성이 유화경을 쳐다보았다.

"왜 그래, 큰오빠? 사람 말도 못 알아듣고."

유화경은 유화성을 빤히 쳐다보며 말했다.

"응? 뭐라고 했지?"

아직도 굳은 표정이 풀리지 않은 유화성이 되물었다.

"방금 큰오빠가 뚫어져라 쳐다본 그 사람, 대체 정체가 뭐지?"

유화경은 낮게 가라앉은 목소리로 재차 물었다.

"그건 왜 묻는 거냐?"

평소의 표정으로 돌아온 유화성이 유화경을 향해 되물었다.

"어제 큰오빠가 무턱대고 인사를 시켜줬을 땐 워낙 큰오빠 성격이 그래서인 줄 알았는데……."

"그런데 이젠 뭐가 다르게 느껴지기라도 하는 거냐?"

유화성은 담담하게 말을 받았다. 하지만 두 눈은 막내 동생 유화경의 표정을 유심히 읽고 있었다.

유화경은 뭔가 복잡한 생각을 정리하는 듯 잠시 눈만 깜박거렸다.

"어쩐지 저 사람… 자신의 정체를 철저히 숨기고 있는 것 같아. 가명까지 쓰는 걸 보니 더 더욱 그런 생각이 들어. 어제 우리에겐 자신의 이름이 진우청이라 했는데……."

유화경은 진우청의 본명을 기억해 내며 의구심 가득한 눈빛을 했다.

"많은 사람들 앞에서는 본명을 쓰지 못하는 사정이 있겠지."

옆에 있던 유화결이 대수롭지 않다는 어투로 답했다.

"어쨌든 가명이지. 그리고 무공 역시 그래. 비무를 벌이는 모습은 마치 하오문의 문도 같았지만 절대로 하수는 아니야. 그건 장담할 수 있어."

유화경은 자신의 설명에 동의라도 구하듯 유화성과 유화결을 번갈아 쳐다보았다.

유화성은 점점 흥미있어하는 표정이 되어갔고 유화결은 적이 긴장한 표정으로 변해 있었다.

"어째서 하수가 아니라는 거냐?"

유화결이 불쑥 물었다.

자신의 말에 동의는커녕 오히려 반박을 하는 듯한 유화결의 질문에 유화경은 눈을 사납게 떴다.

구파일방의 한곳인 화산은 매화검법을 비롯해 많은 검법이 축적되어 있다.

그런 곳에서 지금껏 수련을 했다.

비슷한 실력의 사형제들과 수없이 검을 섞어도 보았고, 세상에 내려가면 당장 일문을 세워도 될 만한 사백, 사숙들의 검무도 숱하게 보아 왔다.

아직 내력이 부족하고 여자라는 한계 때문에 작은오빠 유화결과 대결하면 밀릴지 모르겠지만 상승검학들을 보는 눈만큼은 훨씬 높다고 자부할 수 있었다.

"난 뭐 화산에서 잠만 자다 온 줄 알아!"

유화경이 언성을 높였다.

"그러니까 하수가 아니라는 이유를 설득력있게 설명해 보란 말이지."

유화결은 계속 유화경의 비위를 긁듯 말했다.

유화결 역시 동생의 말에 반대하는 건 아니지만 동생의 무공에 대한 깊이를 알아보고 싶은 것이다.

"꼭 집어 설명은 할 수 없지만… 그 동작……."

말끝을 흐린 유화경의 시선이 먼 곳으로 향했다.

유화경은 잠시 화산의 풍광을 떠올리며 아련한 표정을 지었다.

그곳에 있을 때는 바깥 세상이 너무 그리웠는데 집으로 온 지 그리 오래되지 않았건만 이젠 그곳이 더 그리웠다.

그 그리움 속에서 한 노인의 모습도 문득 떠올랐다.

정원 진인(亭元眞人)!

장문인보다 한 배분 높은 원로 급의 신분이면서도 다 떨어진 누더기를 걸치고 금방이라도 쓰러질 것 같은 모옥에서 살았다.

노인은 그곳에서 손수 채소를 가꾸고 밥을 지어 먹으며 두문불출할 때가 많았다.

외떨어진 곳에서 그렇게 두문불출하며 살다가 한 번씩 모습을 드러내면 기행을 일삼았다.

그런 노인의 모습이 지금 이 순간 유화경의 뇌리에서 되살아난 것은 집으로 오기 전 마지막으로 본 그 노인의 기행과 조금 전 진우청의 움직임이 겹쳐졌기 때문이다.

마지막으로 본 노인의 기행은 어느 날 불쑥 무송 진인(無末眞人)의 처소에 나타나 비무를 청한 것이었다.

무송 진인이라면 장문인의 사형으로 무공에 있어서는 화산에서 세 손가락 안에 드는 사람이었다. 배분은 정원 진인이 높아도 무공으로는 상대가 되지 않을 것이었다.

금방이라도 꼬부라질 것 같은 사숙의 예상치 못한 요구에 무송 진인은 극구 사양했지만 정원 진인은 막무가내로 졸라 결국 비무가 이루어졌다.

비무 결과는 예상대로 무송 진인의 승리였다.

조르고 조르던 모습과는 달리 정원 진인이 비무 도중에 서둘러 패배를 자인했기 때문이다.

그러나 '졌네, 졌어! 역시 새파란 젊은이들은 힘들어!' 하며 손사래를 치고는 도망치듯 장내를 빠져나가는 정원 진인을 쳐다보던 무송 진인의 표정을 잊을 수가 없다.

승리했지만 패자 같던 표정!

그 후, 정원 진인은 다시 모옥에서 두문불출했고 유화경은 집으로 왔다.

그런데 오늘 정원 진인이 휘두르던 검이, 아니, 그 검로가 섬광처럼 뇌리에 떠올랐다.

정원 진인의 검로는 조금 전 진우청의 동작과 같은 느낌을 주었다.

검로와 인간의 몸 동작이 비슷하게 느껴진다는 말은 어폐가 있지만 수유의 순간 머리 속을 스쳐 가는 그런 느낌 한줄기는 너무 강렬했다.

정원 진인의 검로!

그때 자신의 식견으로는 그건 뭔가 흐트러지고 엄격한 투로를 벗어난 검초라는 생각이 들었다.

그러나 그 검법을 마주한 무송 진인은 승리를 하고서도 짧은 순간 참혹한 패배의 표정을 지었다.

유화경은 진우청의 움직임을 보고 난 후 무송 진인의 얼굴에 패배감을 안겨준 정원 진인의 검로가 자꾸만 떠올랐다.

'어쩌면…….'

유화경의 눈이 검게 빛났다.

어쩌면 그때 그 비무대회의 승자는 정원 진인이었는지도 모르겠다는 생각이 들었다.

그 초식을 잊은 검로! 그리고 오늘 본 진우청의 움직임!

유화경은 고개를 흔들었다.

"말로써 설명은 못하겠어. 하지만 아까 그 사람, 정체를 숨긴 고수일 수도 있다는 생각이 들어."

유화경은 조심스럽게 말하며 유화성을 쳐다보았다.

"네 생각은 어떠냐?"

유화경의 설명을 듣고 있던 유화성이 유화결에게 질문을 던졌다.

유화성의 질문에 유화결은 흠칫하며 고개를 돌렸다.

단 하루 사이에 형이 너무 달라 보였다.

가문의 숙원이었던 표풍무형의 초식으로 탈명철검 조탁의 팔을 자른 뒤부터 형은 이제까지의 형이 아니었다.

아니, 지금이 원래 형의 모습이었다.

유약한 듯했지만 잠룡의 기질을 감추고 있던 형!

그동안 술에 절고 과도한 슬픔에 절어 본래의 모습을 잃고 있었던 것이다.

그렇게 생각하니 잃었던 형을 다시 찾고 철벽의 성을 얻은 것처럼 마음이 든든했다.

'역시 형보다 나은 아우 없는 모양이야.'

유화결은 내심 중얼거리며 입을 열었다.

"화산의 여고수도 설명하지 못하는 것을 내가 어떻게 설명을 해! 화산 여고수 말대로 정체를 숨긴 고수가 맞겠지 뭘."

유화결은 내심과는 달리 뚱하게 내뱉었다.

"하여간……."

남에게 지기 싫어하는 성격 탓에 남을 칭찬하는 말도 못 참는 것 같다는 생각과 함께 유화경은 눈을 흘겼다.

"그런데 저 친구 정체가 뭐지, 형?"

잠시 후, 유화경이 했던 질문을 유화결이 똑같이 했다.

유화결 역시 형 유화성이 진우청을 우연히 소개해 준 것만은 아니라는 생각을 한 것이다.

"이 소저께선 혹시 알고 계십니까?"

유화결의 질문을 받은 유화성은 내내 대화에 끼지 않고 혼자만의 골똘한 생각에 잠긴 백봉령주에게 질문의 화살을 돌렸다.

"예? 에에!"

백봉령주가 깜짝 놀라며 비명처럼 답했다.

그 목소리가 비정상적으로 컸기에 유화성과 유화결은 물론 옆에 있는 다른 사람들마저 고개를 돌렸다.

"왜 그렇게 놀라세요, 언니? 나까지 간 떨어질 뻔했잖아요!"

깜짝 놀라는 백봉령주의 모습에 덩달아 놀란 유화경은 백봉령주를 보며 가슴을 쓸었다.

"큰오빠는… 언니가 어떻게 안다고 언니에게 물어보는 거야?"

유화경은 볼멘소리를 했다.

"집 나간 오빠를 찾으러 이곳저곳 다녔으니 아무래도 이곳에만 있는 우리들보다야 견문이 넓지 않을까 싶어서……."

유화성은 뒷말을 흐리며 고개를 돌렸다.

그 표정은 너무나 담담해 보였지만 백봉령주는 등줄기에서 식은땀이 흐르는 것을 느꼈다.

이 사내는 어느새 자신이 저 낮도깨비 같은 청년에게 관심을 두는 것을 알아챈 모양이었다.

하긴, 도대체 정체 파악이 불가능한 저 낮도깨비 때문에 몇 번이나 혼란스러워했으니 그러는 것도 무리가 아닐 것이라는 생각이 들었다. 그러나 백봉령주 역시 아무것도 아는 것이 없으니 고개를 흔들 수밖에 없었다.

"전혀 몰라요. 저도 화경 소저처럼 저 청년의 싸우는 모습이 혼란스러워서 쳐다보고 있었어요."

백봉령주는 놀란 가슴을 진정시키며 답했다.

그녀는 방금 한 말대로 진우청을 쳐다보고 있긴 했지만 혼란만 가중시키는 진우청의 정체에 대한 궁금증은 뒤로 미루어놓은 상태였다.

그녀가 지금 내심 안절부절못하고 있는 이유는 어젯밤 인가장으로 동태를 살피러 숨어들어 간 오 노야와 흑기조장 때문이었다.

계획대로라면 오늘 이른 아침 현기조장 묵시랑을 통하거나, 아니면 이곳에서 전음으로라도 소식을 전해와야 하는데 아직까지 감감무소식이었다.

무소식이 희소식이라 했지만 그건 시집간 딸에게나 통용되는 말이다.

정해진 시간에 와야 할 소식이 오지 않는다는 건, 특히 위험한 임무를 맡은 사람들이 그런다는 건 무슨 변고를 당했을 가능성이 크다.

절명자란 별호를 가진 오 노야의 실력을 믿지 못하는 건 아니지만 걱정이 되지 않을 수 없었다.

그런 초조하고 복잡한 생각들 때문에 머리가 어지러울 지경이 된 상태에서 불쑥 날아온 유화성의 질문은 심장을 멎게 할 뻔했다.

"그러시군요. 좀 더 기다려 봅시다. 이번에도 승리했으니 다시 출전하겠지요. 그땐 정체를 좀 더 파악할 수도 있을지도 모르고……. 그나저나 술 벌레가 발동을 하는데……."

고개를 끄덕인 유화성은 이내 입맛을 다시며 유화경이 싸 들고 온 음식보따리에 시선을 주었다.

그러나 술 대신 유화경의 따가운 눈총 세례만 받은 유화성은 얼른 고개를 돌렸다.

동시에 비무대 동쪽 편에 있던 관중들도 같이 고개를 돌리며 웅성거렸다.

웅성거리는 소리는 점점 더 커져, 나중에는 모든 시선들이 비무대 동쪽으로 쏠렸다.

"유가검보의 검대다!"

누군가 고함을 질렀다.

"유가검보의 일검대다!"

뒤따라 또 다른 목소리가 들리며 소란은 점점 크게 일어났다.

순식간에 관중석 전체로 퍼져 나간 소란은 비무대 위에까지 영향을 미쳐 한참 대결을 벌이던 두 중년인은 잠시 비무를 중단했다.

이런 소란 속에서는 서로 정신이 흐트러지기 마련이다. 그러니 죽기 살기로 싸워야 하는 전쟁터도 아닌데 더 이상 비무를 벌일 필요가 없었던 것이다.

비무대회까지 중단시킨 유가검보 일검대의 출현에 유화결은 잔뜩 얼굴을 찌푸렸다.

어제 예선에서 일승을 거두고 집으로 돌아갔을 때, 집 안의 분위기는 이런 일을 어느 정도 예상 가능케 했다.

그동안 자신을 비무대회로 끌어내기 위한 인장호의 줄기찬 공작들……

결국은 인장호의 의도대로 비무대회에 참가하자마자 깜짝 놀랄 만한 고수들의 출현!

와중에 탈명철검 조탁과 유화성의 대결……

천만뜻밖으로 형 유화성이 조탁의 팔을 잘라 한 가지 위험은 제거했지만 더 많은 위험이 남아 있었다.

악명이 자자한 흑사편 동태승과 광음마각 천개일…….

그 모든 것들이 유화결 자신을 노리는 것 같은 의심을 들게 했다.

이젠 형 유화성도 함께…….

부친 유상목과 일검대주인 막내 숙부 유상기는 의심이 아니라 아예 그렇게 확신했다.

밤새 노심초사하며 모든 광산과 집 주변에 비상경계망을 발동시킨 부친은 결국 이곳까지 일검대를 보낸 모양이다.

일검대 인원은 총 이백 명인데 이곳에는 그 절반인 백 명이 나타났다.

비무대회를 이용해 유가검보의 자식들에게 딴 짓을 하면 가만히 있지 않겠다고 경고라도 하듯 그들은 중무장을 하고 있었다.

흑색무복에 가슴과 어깨에는 갑주를 착용했다.

전쟁터의 병사들이 착용하는 것처럼 두꺼운 것은 아니었지만 그들의 갑주는 훨씬 가볍고 견고했다.

그리고 검은 언제라도 뽑을 수 있도록 왼손에 굳게 쥐고 있었다.

온 장내를 압도하는 유가검보 일검대의 모습에 웅성거리던 소음은 언제 멈췄는지 뚝 그쳐지고 작은 기침 소리마저 들릴 것 같은 정적이 비무대 주변으로 내려앉았다.

그 정적을 깨뜨리며 일검대주 유상기가 본부석을 향해 목소리를 높였다.

"이런! 우리 때문에 흥이 깨졌구려. 정말 죄송하오!"

유상기는 소중부 등을 향해 가볍게 고개를 숙이고 다시 고함을 질렀다.

"다른 해와 달리 올해의 현성비무대회는 명성이 자자한 고수들이 많이 참석하셨다는 소문을 듣고 우리 검보에서도 구경을 하러 왔소! 그러니 비좁지만 조금씩 자리를 양보해 주시오! 아울러 구경을 하면서 우리가 도울 일이 있으면 즉시 뛰어올라 도와드리겠소!"

유상기는 좌중을 둘러보며 다시 한 번 인사를 했다.

구경을 하고, 도울 일이 있으면 즉시 뛰어올라 돕겠다고 했지만 그 말은 이곳에서 지켜보다가 조금이라도 유가검보의 자식들에게 위해가 되는 상황이 벌어지면 즉시 검을 뽑겠다는 뜻이었다.

서슬 퍼런 유상기의 고함에 누구도 입을 열지 못하고 그들의 움직임만 지켜보았다.

"모두들 자리를 잡고 견문을 넓혀라!"

유상기가 일검대 무사들을 보고 지시를 하자 백 명의 무사들이 일사불란하게 움직였다.

반은 유화성 등이 있는 곳으로 파고들어 울타리처럼 자리를 잡고, 나머지 반은 조를 짜서 관중석 곳곳에 포위하듯 자리를 잡았다.

똑같은 복장으로 무장한 백 명의 무사들이 한곳에 도열해 있을 때는 숨이 막힐 것 같은 위압감을 뿌렸지만 수많은 관중들 사이에 파묻히자 위압감과 긴장감도 따라 파묻혔다.

한동안 사방을 뒤덮었던 정적이 서서히 걷혀지고 웅성거림과 소란이 다시 일었다.

그리고 처음의 분위기를 회복했다.

"불필요한 행차를 하셨습니다, 숙부님."

잔뜩 찌푸렸던 표정을 최대한 편 유화결이 유상기를 향해 말했다.

음성 역시 최대한 누그러뜨렸지만 다 감추지 못한 불만의 기운이 섞여 있었다.

"네 형의 부탁대로 네가 오늘 불참했다면 이런 번거로운……."

"그건 저보고 죽으라는 말과 같습니다!"

숙부의 말을 다 듣지도 않은 유화결이 언성을 높였다.

"너무 강하기만 하면 꺾이는 법이야."

유상기는 핀잔 어린 눈빛과 함께 유화결의 말을 받았다.

"제가 인장호 그놈 따위에게 당할까 걱정이십니까?"

"그놈 따위야 문제가 아니지. 그러나 거력패도 염호광이나 탈명철검 조탁 같은 사람은 문제가 되지 않느냐?"

"그들은 나올 수 없습니다."

유화결은 짤막하게 말했다.

"그렇지! 하지만 그런 사람들에 버금가는 실력을 가진 마두들이 득실거리니 하는 말이 아니냐. 광음마각 천개일, 흑사편 동태승은 어떠냐? 그들은 어제 부전승을 하고 비무대를 내려올 때 너희들을 향해 잡아먹을 듯한 시선을 보냈다던데?"

매서운 눈매를 한 유상기가 묻자 유화결은 대답을 못했다.

"그리고 혈우검(血雨劍) 공손구상은 어떻느냐?"

"공손구상?"

유화결과 유화경이 동시에 목소리를 높였다.

"혈우검 공손구상이 이곳에 있단 말입니까?"

유화결이 물었다.

"어제저녁 온갖 정보망을 가동시켜 들은 소식이다."

유상기는 무거운 안색과 함께 유화결을 쳐다보았다.

"상금 일만 냥이 탐날 수도 있겠지요."

"물론 그럴 수도 있겠지. 그러나 그걸로는 뭔가 부족해. 뿐만 아니라, 무흔살수란 인간도 이곳으로 움직였다는 정보가 있다. 그런 인간들이 정체를 숨기고 비무대회에 참가했거나, 관중들 사이 어느 곳에 숨어 있다는 말이다. 그들이라면 비무대 위에서 실수를 가장하여 너에게 치명적인 상처를 입힐 수도 있고, 관중들 사이에서 암습을 할 수도 있다."

유상기는 무거운 한숨을 내뿜었다.

"그들이 왜?"

유화경도 긴장된 얼굴로 물었다.

"그걸 정확히 알면 왜 이러겠느냐. 하지만 뱀 같은 인장호 그놈이라면 이보다 더한 짓도 벌일 수 있을 것이다. 그들은 우리가 아는 것보다 훨씬 오래전부터 동방회와 손잡았다는 사실도 밝혀졌다. 인장호 그놈은 동방회의 힘을 이용하여 네게서 받은 수모를 열 배, 백배 돌려주고자 하는지 모르지. 자신의 실력으로 불가능하다면 남의 힘을 빌어서라도 널 처치하려고 할 수도 있다. 그러고도 남을 놈이니까."

유상기는 말과 함께 미간을 찌푸렸다.

"말도 안 돼요. 어릴 적 싸운 일을 가지고 어떻게 그런 짓을 벌인단 말인가요? 무흔살수라면……?"

유화경은 강하게 고개를 저었다.

추정이긴 하지만 무흔살수는 무림명숙들을 몇이나 암살한 자객이다.

그런 자객이 인장호 따위의 청부에 응할 리도 없었고, 유화결은 무림명숙도 아니었다.

차라리 그자는 누군가 다른 사람을 처치하러 온 것이란 말이 더 설득력있다.

"그자에 대해서는 아직 확실한 것은 아니다. 정보 자체도 어제저녁 갑작스럽게 날아든 것이고… 뭔가 다른 목적이 있을 수도 있겠지."

유상기는 유화경의 생각에 동조하며 고개를 끄덕였다.

"어쨌든 나나 형님 입장으로서는 이러지 않을 수 없다. 별일없으면 그것을 다행으로 여기고 오랜만에 이렇게 바람을 쐬는 것도 좋지 않으냐?"

말을 마친 유상기는 호기심 어린 눈빛으로 비무대 위를 쳐다보았다.

비무대 위에는 유가검보 일검대의 출현으로 잠시 멈춰졌던 비무가 다시 시작되고 있었다.

유화성도 숙부 유상기의 시선을 쫓아 비무대 위로 눈길을 주었다.

잠시 후, 두 사람의 비무가 끝이 나고 또 다른 사람들의 비무가 시작되었다.

지금 비무를 벌이는 두 사람도 특별한 것이 없었다.

실력이나 본색을 숨긴 고수도 아니었다.

한 사람은 첫날 일승을 거두고 결선에 오른 사람이었고, 다른 한 사람은 둘째 날 일승을 거둔 사람이었다.

역시 위협이 될 만한 사람들의 이름은 거의 유화결이 속한 이조에 몰려 있었다.

일조에 속한 사람들 중에서 가장 위협이 될 만한 사람은 곰방대노인이었다. 이젠 그 노인의 별호가 절명자라는 것을 알았지만…….

아마도 새벽에 인가장에서 마주치지 않았더라면 그 노인에게 제일 큰 경각심을 느끼고 있을 것이다.

다행히 그 노인이 최소한 인가장과 한패가 아니란 사실은 알았으나 머리 속의 혼란은 가중되었다. 절명자란 별호는 처음 들었지만 그만한 실력이면 또 다른 세력의 출현이라고 볼 수도 있었다. 그만큼 노인의 실력은 월등했다.

그리고 굳이 한 사람을 더 꼽자면 진우청이었다.

천성으로 봐서는 음습한 목적을 가슴에 품고 이곳에 스며든 사람은 아닐 것 같았다. 그러나 그 정체와 움직임은 도저히 예측을 불가능하게 했다.

문파와 유파를 짐작할 수 없는 몸놀림!

얼핏 보면 뭔가 엉성한 움직임으로 여겨지기도 하겠지만 자신의 판단으론 적이라면 가장 위험한 적이었다.

가까이서 마주해 본다면 아마도 그건 더욱 확실해질 것 같았다.

차후에 더 위험한 존재들이 될 수도 있겠지만 이 비무대회장에서는 아닐 것 같았다.

그렇다면 결국 위험은 동생 화결이 속한 이조에 있다고 볼 수 있다.

'대체 무슨 짓을 벌이는 걸까? 그리고 동방회 외에 또 다른 세력이 나타난 것일까?'

혼란스런 심정에 유화성은 소중부가 부르는 소리도 듣지 못했다.

"화성아!"

숙부 유상기가 유화성의 주의를 일깨웠다.

유화성은 난마처럼 복잡한 상념에 빠지며 자신도 모르게 감았던 눈을 번쩍 떴다.

그새 비무가 끝나 있었다.

그리고 그 다음으로 자신의 차례가 된 것 같았다.

유화성이 비무대로 오르자 장내가 떠나갈 듯한 함성이 울렸다.

팔은 안으로 굽는 법이다.

이곳 출신인 유화성!

그동안 구제 불능의 폐인이라 생각했던 유가검보 장남의 건재는 휘주 현민들의 아낌없는 갈채를 받았다.

"매방권(枚房券) 대협 나오시오!"

소중부는 유화성의 상대로 나올 비무자를 호명했다.

매방권이란 사내는 첫날의 예선을 통과한 사십대 후반쯤 되어 보이는 강퍅한 인상의 도객이었다.

한 자루 장도를 가슴에 품은 모습이 언뜻 동영의 무사를 떠올리게 했다.

그러나 복장이나 생김새는 중화인의 특징을 모두 가지고 있었다.

매방권이 비무대 중앙으로 다가와 유화성과 마주하자 웅성거리던 소리들이 줄어들고 모두들 두 사람의 일거수일투족에 신경을 곤두세웠다.

소중부의 몇 마디 당부가 있은 뒤, 두 사람은 서로를 향해 포권을 쥐었다.

"어제 본 공자의 표풍검법은 정말 환상적이었네. 최선을 다할 테니 한 수 가르쳐 주시게."

매방권은 진심이 묻어나는 목소리로 말했다.

유화성은 잠시 가라앉은 눈빛으로 매방권을 쳐다보았다.

동방회 놈들의 수작으로 보아 누군가 특별한 사람을 자신의 상대로 내보낼 줄 알았는데 지금 이 사람은 동방회의 수작과는 상관없는 사람 같았다.

자신을 쳐다보는 눈에 한 점 살심도 없어 보였고, 뭔가에 강요당한 비굴함의 기운도 느껴지지 않았다.

사내의 눈에는 강한 상대를 만나 자신의 성취를 확인해 보고 싶은 무인의 열정만이 가득했다.

'하긴, 탈명철검 조탁 대협도 싸울 때는 그랬지.'

유화성은 어제 자신과 겨뤘던 조탁의 눈빛을 떠올렸다.

대결이 끝난 이후에는 팔을 잘린 고통은 아랑곳 않고 떳떳하지 못한 자신에 대해 짙은 회환을 느끼는 듯했지만 대결의 순간만큼은 무념무상의 허공 같았다.

유화성은 사내의 눈에서 시선을 거두며 입술을 움직였다.

"과찬이십니다. 어제 같은 불상사가 생기지 않기만을 바랄 뿐입니다."

"칼날 위에 발을 딛고 살아가는 무인인 이상 그건 어쩔 수 없지. 부끄럼을 느끼지 않게끔 자네도 최선을 다해주게."

매방권은 다시 한 번 진지한 목소리로 당부했다.

유화성은 거두었던 시선을 다시 들어 매방권을 쳐다보았다.

매방권의 눈에는 여전히 살심이 느껴지지 않았다.

혼란스런 기분마저 그 눈빛에 씻겨지는 기분이 들었다.

'놈들의 목표는 결국 화결인가?'

매방권의 눈빛에서 한 가닥 살의도 읽지 못한 유화성의 머리 속으로 다시 떠오른 생각이었다.

어제는 자신이 불쑥 참가하여 탈명철검 조탁을 꺾으며 허를 찔렀다.

그러자 놈들은 대진표를 마음대로 조작, 일조와 이조로 나누고 자신과 화결을 격리시켰다.

그 결과, 오후에 치러질 이조의 대결에서 유화성 자신은 멍하게 쳐다만 봐야 하는 입장이었다.

그런 동방회의 수작이 화결을 노리고 있다는 생각을 더욱 굳혀주었다.

인장호란 놈!

유화성은 입술을 질끈 깨물었다.

철부지 어린 시절 원한 때문에 이런 일을 벌인단 말인가?

동방회의 힘을 빌려 그물을 조이듯 조여놓고는 화려하게 복수를 하겠단 말인가?

그럼 동방회는?

대체 인가장에서 무엇을 제공했기에 이런 식으로 졸렬한 어릿광대 짓에 동참을 한단 말인가?

유화성은 실타래처럼 엉킨 생각들을 시작을 알리는 소중부의 목소리와 함께 접었다.

비무에 충실해야 할 시간이었다.

두어 걸음 뒤로 물러난 유화성은 몸을 가볍게 했다.

그것은 표홀한 바람처럼 휘몰아치는 표풍검법을 펼치기 위한 가장 기본적인 자세였다.

화산파의 매화검법과 비슷했지만 그것과는 또 다른 표풍검법!

슬쩍 물러나 서 있는 유화성의 자세는 어느새 바람이 되어갔다.

챙―

유화성의 모습을 주의 깊게 쳐다보던 매방권은 장도를 빼 들었다.

일반적인 도보다 족히 한 자는 더 길어 보이는 장도가 시퍼런 이빨을 드러냈다.

유화성도 천천히 검을 뽑아 들었다.

어제, 탈명철검 조탁의 팔을 자른 그 보검이 고색창연한 빛을 토했다.

눈이 부신 듯 유화성의 청풍검을 쳐다보던 매방권이 서서히 자세를 잡았다.

"구차한 인사 같은 건 집어치우고 바로 시작하세."

매방권이 말했다.

"그러지요!"

유화성도 고개를 끄덕였다.

"그럼!"

경고음과 함께 매방권의 칼이 벼락 치듯 떨어져 내렸다.

쾌속하게 허공에서 떨어져 내리자 장도는 본래 길이보다 더 길어 보였다.

장도가 이마 한 치 위로 떨어져 내릴 때까지 움직이지 않던 유화성이 어느 순간 바람처럼 신형을 옮기며 청풍검을 휘둘렀다.

번쩍—

청풍검에서 뻗어 나온 빛이 매방권의 장도에서 뻗어 나온 빛을 관통하고 지나갔다.

그러나 두 개의 무기가 부딪친 곳에서는 어떤 충돌음도 새어 나오지 않았다.

휘익—

떨어져 내리다가 거짓말처럼 방향을 바꾼 장도가 이번에는 유화성의 허리를 양단해 오고 있었다.

장도의 공격이라고는 도저히 믿을 수 없는 쾌속한 도법이었다.

한 자는 더 긴 길이!

거기에 더해진 쾌속한 공격은 장병기의 장점은 극대화시키고, 약점은 극소화시킨 살벌한 공격이었다.

쾌도식을 펼쳐 오는 매방권의 공격에 유화성 역시 표풍일섬의 쾌검으로 맞받아쳐 갔다.

두 개의 원이 서로 마주치며 짧은 순간 각각의 원이 찌그러지는 듯했다.

그러나 이번 역시 병기끼리 맞부딪치는 아무런 충돌음도 울리지 않은 채 두 사람은 동시에 한 발씩 뒤로 물러섰다.

"졌네!"

잠시 후, 매방권이 패배를 시인하며 등을 돌렸다.

"뭐, 뭐야?"

"어떻게 된 거야?"

단 두 번 격돌 후 갑작스런 매방권의 패배 선언은 모든 관중들을 어리둥절하게 만들었다.

두 번의 격돌 모두 쇳소리 한 번 터져 나오지 않았고, 두 사람 모두 어느 한곳 상처를 입지 않았다.

상처는 물론, 아무리 쳐다보아도 옷깃 하나 잘린 흔적을 찾을 수 없었다.

그런데도 매방권은 패배를 선언하며 등을 돌리고 있었다.

"대체 왜 패배를 선언했는지 이유를 밝히시오!"

매방권의 발이 비무대 계단을 밟자 가까이 있던 관중들 중 누군가 소리를 쳤다.

그러나 매방권은 입을 굳게 다문 채 묵묵히 계단을 걸어 내려왔다.

"대체 왜?"

유화성의 승리를 선언해야 할 소중부도 매방권을 향해 소리를 질렀다.

비무 도중 어느 한쪽이 패배를 자인했으니 그냥 다른 한쪽의 승리를 선언하면 되겠지만 그 뒷감당을 할 자신이 없었다.

궁금증을 이기지 못한 관중들이 패배의 이유를 밝히라고 고함을 질러대면 할 말이 없는 것이다.

"매 대협! 왜 패배를 자인했는지 밝혀주고 가시오!"

자존심이 상했지만 소중부는 질문을 던졌다.

모래바닥 위에 내려선 매방권은 걸음을 멈추었다. 그리고 눈을 질끈 감았다.

아마도 갈등을 하고 있는 것 같았다.

그렇게 잠시 서 있던 매방권은 칼집에 넣었던 장도를 꺼냈다.

가까이에 서 있던 관중들이 급급히 물러났다.

휘익—

매방권이 자신의 장도를 비무대 위로 던졌다.

내력이 담기지 않고 한 자루 창처럼 일직선으로 날아오는 장도를 소중부가 어렵지 않게 잡아챘다.

손에 든 장도를 잠시 쳐다보던 소중부는 고개를 끄덕였다.

그때까지도 관중들은 매방권이 패한 이유를 알지 못하고 목만 길게 빼었다.

"고맙소, 매 대협!"

이미 관중 속으로 파묻힌 매방권을 보며 소중부는 고개를 끄덕여 인사했다. 그리고 매방권의 장도를 들어 올렸다.

왼손으로 장도를 들고 오른손에 약간의 공력을 주입한 소중부는 도신을 두드렸다.

장도가 다섯 개의 쇳조각으로 떨어져 내렸다.

유화성이 휘두른 청풍검에 매방권의 장도는 최소한의 폭만 남긴 채 예리하게 잘려져 있었던 것이다.

그것이 두 번의 격돌에도 쇳소리가 나지 않은 이유였고, 매방권이 패배를 시인한 이유였다.

"유화성 공자 승!"

소중부는 우렁찬 목소리로 유화성의 승리를 선언했다.

"와아!"

"와—!"

뒤늦게 환호성이 울려 퍼졌다.

환호성을 뒤로한 채 비무대 아래로 내려온 유화성의 시선이 임문정의 시선과 얽혔다.

단 두 번의 휘두름으로 상대의 검을 다섯 조각으로 자른 것은 일종의 경고였다.

임문정의 가슴에 세로로 새겨진 다섯 가지 색깔을 한 막대기 모양의 무늬!

아마 동방회에서 통용되는 무슨 표식 같았다.

위에 것이 제일 짧고 아래의 것이 제일 길었다.

매방권의 장도 역시 그것과 똑같은 모양으로 잘렸다.

유화성은 임문정의 가슴 대신 매방권의 장도를 자르며 경고한 것이다.

피식!

언제 어떤 때라도 속내를 알 수 없는 밀랍 같은 표정을 한 임문정의 입가에 처음으로 짙은 미소 한 가닥이 어렸다.

조소라고도 할 수 없고 냉소라고도 할 수 없는 야릇한 미소였다.

'저게 무슨 해괴한 짓인가? 같은 남자들끼리…….'

유화성의 대결을 유심히 지켜보고, 임문정과의 눈싸움까지 흥미진진하게 지켜보던 진우청은 와락 눈살을 찌푸렸다.

둘 다 여장을 시켜놓으면 사내들이 줄줄 따를 정도의 생김새였다.

그러나 유화성은 수염 자국이 얼굴 가득 자리하고 있어 사내다움을 돋보이게 했지만 임문정은 반대였다.

그런 임문정이 유화성의 눈빛을 받고 피워 올리는 미소는 절로 눈살을 찌푸리게 만들었다.

임문정의 미소가 점점 더 짙어졌다.

아울러 진우청의 눈살도 더 깊게 찌푸려졌다.

처음에는 해괴망측하게만 보이던 임문정의 미소가 차츰 마치 먹이를 잡아놓은 요괴의 눈빛 같은 느낌이 들었다.

"카악— 퉤!"

진우청은 바닥에 침을 뱉고 등을 돌렸다.

유화성과 매방권의 대결 뒤로 계속 비무가 벌어졌지만 별게 없었다.

딱 한 번, 창과 곤을 든 두 사람의 대결만이 진우청의 관심을 끌었다.

"한심한 인간들!"

좀 더 두 사람의 대결을 지켜보던 진우청은 고개를 흔들었다.

두 사람이 펼치는 몽둥이 후리기 기술은 한 번 보고 익힐 수 있을 정도로 간단한 것이 아니었지만 굳이 배우고 싶은 것도 없었다.

모든 것은 백운 노인이 가르쳐 준 가장 기초적인 초식코다 나을 게 없었다.

처음 잠깐은 어지럽고 화려한 공격에 관심이 쏠렸지만 그 동작들의 대부분은 속임수와 남들에게 멋지게 보이려고 쓸데없이 움직이는 것들이었다.

결국은 몇 가지 기본적인 동작에서 파생된 것들일 뿐이었다.

한심한 점은 거기에 있었다.

몇 가지 가장 기본적인 것!

두 사람은 가장 기본적인 그것들은 제대로 펼치지 못하면서 화려하고 산만한 동작들은 제대로 펼치기 위해 무수한 노력들을 기울인 흔적이 온몸과 온 동작 구석구석 넘쳐흘렀다.

뿌리는 몇 가닥 안 되는 나무가 무수한 가지를 뻗고 크나큰 열매를 맺을 수 없다.

설사 어떤 특이한 재배법으로 그렇게 됐다고 해도 조금만 세찬 바람이 불면 쿵 하고 넘어갈 뿐이었다.

그 쿵! 하는 소리가 비무대 바닥으로부터 흘러나왔다.

뿌리가 훨씬 덜 튼튼한 나무 한 그루가 바람에 쓸려 먼저 넘어진 것이다.

"와아!"

승자에 대한 갈채가 쏟아졌다.

그러나 진우청은 손톱만큼의 갈채도 보내고 싶은 마음이 일어나지 않았다.

"아무리 봐도 사부의 춤만한 것이 없어."

중얼거리던 진우청은 진호산이란 이름에 급히 고개를 들었다.

서른두 명 중, 열여섯 명이 가려지고 다시 여덟 명을 가리는 승부가 시작된 것이다.

　이번에는 자신의 이름을 까먹지 않은 진우청은 여유있게 비무대 위로 올랐다.

　진우청의 모습이 보이자 관중석에서는 요란한 고함 소리와 웃음소리가 울려 퍼졌다.

　그건 이젠 피할 수 없는 꼬리표가 된 것 같았다.

　입맛을 다신 진우청은 소중부를 쳐다보았다.

　소중부가 상대를 호명했다.

　상대의 이름은 오덕관!

　바로 절명자 오무평이었다.

　"오덕관 대협 출전하시오!"

　소중부의 목소리가 다시 한 번 크게 울렸다.

　웅성거리던 침묵이 서서히 가라앉았다.

　그들은 거력패도 염호광을 곰방대 하나로 물리친 노인을 기억하고 있던 것이다.

　진우청의 상대로 그 노인이 호명되자 관중들은 웃음을 멈추고 침을 꿀꺽 삼켰다.

　긴장감이 가득한 비무대회장에서 웃음을 선사하며 호감을 주던 진우청이 버거운 상대를 만났다는 생각들이 번져 나간 것이다.

　이 대결은 대진표를 손에 쥐고 있는 임문정의 농간일 공산이 컸다.

　그러나 임문정에게는 불행하게도 오덕관, 아니, 절명자 오무평의 모습은 나타나지 않았다.

　한 번 더 오덕관의 이름을 불렀지만 끝내 오무평이 나타나지 않자 소중부는 오른손을 들었다.

"진호산 공자 부전승이오!"

더 이상 기다릴 수 없다는 표정과 함께 소중부는 진우청의 승리를 선언했다.

"와아—"

"우리의 미녀가 무서워 기권했다."

오무평의 불참으로 아쉬움 가득한 웅성거림이 잠시 뒤 함성으로 바뀌었다.

진우청과 오무평의 대결을 구경하지는 못했지만 진우청의 승리를 기꺼워하는 사람들이 많은 때문이었다.

진우청의 부전승 뒤로 유화성도 한 사람을 더 이기고, 일조의 승자 여덟 명이 가려졌다.

소중부의 고함으로 점심 시간이 선언되며 오전의 비무대회가 막을 내렸다.

*   *   *

"대체 어떻게 된 일이죠?"

백봉령주는 점심때가 다 끝나가는 시점에 나타난 오무평을 보며 눈알이 빠질 만큼 눈을 크게 떴다.

오무평이 제때에 나타나지 않아 진우청과 대결을 벌이는 난처한 상황은 맞이하지 않았지만 그동안 속이 시커멓게 타버린 것 같았다.

"큰 싸움이 있었다네. 그 싸움에서 흑기조장 그 아이가 주화입마에 빠질 뻔했네."

오무평은 최대한 빠르게 새벽의 일을 설명했다.

인가장에서는 유화성의 도움으로 겨우 빠져나왔지만 흑기조장의 상태가 심상치 않았다.

주화입마의 전조가 나타나는 흑기조장을 업고 천신만고 끝에 포위망을 빠져나와 숲 속에 은신하여 진기를 주입하다가 하마터면 오무평 자신도 같이 주화입마에 빠질 뻔했던 것이다.

흑기조장만큼은 아니었지만 인가장에서 대감도를 든 사내와 광음마각 천개일을 같이 상대하며 오무평 역시 심맥이 손상되었던 것이다.

은신처에서 내내 사경을 헤매다가 겨우 주화입마의 위험에서 벗어난 후 이제야 달려온 것이다.

"그쪽 상황은……?"

가슴을 쓸어내린 백봉령주는 빠르게 물었다.

"예상대로 흑사편 동태승과 광음마각 천개일은 그곳에 있었네. 하지만 그보다 더 놀라운 것은 흑령권이 그곳에 있다는 것이었네. 그 때문에 심기기 흐트러진 흑기조장이 기색을 드러내고……."

오무평의 목소리는 더 이상 이어지지 못했다.

백봉령주가 더 큰 소리로 흑령권의 이름을 되뇌었기 때문이다.

"흑령권! 흑령권이라면 서왕문의 사람이에요. 그들이 왜?"

백봉령주의 눈이 어지럽게 흔들렸다.

"반신반의했는데 그게 확실한 모양이구먼? 그래서 흑기조장 그 아이가 은신이 드러날 정도로 놀랐구먼."

"노야께서 우리 측 인물임을 모르듯이 흑령권 역시 서왕문의 인물임을 아는 사람은 거의 없다가 최근에 비공식적으로 그것이 밝혀졌어요. 그러니 십중팔구는 그렇다고 봐도 돼요!"

백봉령주는 빠르게 답하고는 입을 다물었다.

흑령권이란 고수 한 사람이 중요한 것은 아니었다.

그의 존재가 서왕문과 연결되어 있다는 것이 문제였다.

북제성, 남패천, 동방회와 함께 현 강호를 사등분하고 있는 세력인 서왕문!

그곳의 인물임이 확실한 흑령권이 인가장, 아니, 동방회와 함께 있었다는 말은?

무림의 오랜 대치 관계가 깨어질 전주곡이 울린 것이나 마찬가지였다.

또한, 이곳 상황은 처음 자신들이 생각했던 것보다 수십 배는 더 심각했다.

처음에는 동방회가 이곳 휘주에 지부를 세우는 것이 약간 눈에 거슬리는 정도였다.

그런데 단 며칠 사이 이곳에서 알아본 상황은 무언가 훨씬 거대한 음모가 진행되고 있다는 것을 느낄 수 있었다.

문제는 그것이 뭔지 도저히 알 수 없다는 것이었지만 이젠 서왕문의 인물까지 가세하고 있다는 것을 안 이상 사태는 자신들 능력 밖의 일이다.

최대한 빨리 총단에 알리고 오늘밤, 자신들은 은밀히 빠져나가야 한다.

동방회가 이곳에서 무슨 짓을 벌이는지는 알아내지 못했지만 서왕문이 동방회와 손잡고 있다는 징후를 발견했다는 것은 어쩌면 더 큰 수확이었다.

그 시각, 임문정의 천막 안에서도 분주한 움직임이 일고 있었다.

"시체가 오고 있습니다."

주판을 든 사내가 임문정에게 낮은 소리로 보고했다.

"우리 할 일은 다 끝났군. 이후부터는 서쪽의 친구… 아니, 서쪽의 동료들과 집사 공야순(公冶徇)이 알아서 할 테니……."

임문정은 희미한 미소를 짓고는 팔을 목뒤로 돌렸다.

"언젠가는 그들도 적이 될 것이지만 현재로선 동료이니 그들의 행운을 빌며 우린 이만 사라지도록 하세."

임문정은 길게 기지개를 켰다.

"장사꾼 가문의 복수가 어떤 것인지, 그리고 우리 가문을 건드린 대가가 어떤 것인지 철저히 가르쳐 주지."

차갑게 내뱉은 임문정은 천천히 몸을 일으켜 천막을 빠져나갔다.

第二十四章

전운(戰雲)

전운(戰雲)

점심 시간이 지난 후, 곧바로 북이 울리며 제이조 서른두 명 간의 대결이 시작되었다.

이조는 유화결이 속해 있고 흑사편 동태승, 광음마각 천개일 등의 마두들이 속해 있어 그들의 격돌을 기대하며 모두들 침을 꿀꺽 삼켰다.

과연 이곳의 두 개 세력인 유가검보와 인가장의 대결이 비무대 위에서 펼쳐질지, 아니면 인가장이 어떤 식의 음모로 유화결을 해코지할지 하는 추측과 함께 긴장이 고조되었다.

그 관심의 긴장에 대한 화답이 적극적으로 나타났다.

대진표를 손에 든 소중부가 유화결의 이름을 부른 것이다.

유화성은 물론, 일검대주 유상기도 바짝 긴장하며 유화결의 상대가 누구인지 신경을 곤두세웠다.

그러나 유화결의 상대로 나온 사람은 크게 우려할 인물이 아니었다.

유화결은 비교적 간단히 상대를 제압하고 열여섯 명이 겨루는 이조의 결선 대열에 올랐다.

그 뒤 두어 번의 대결이 더 벌어졌다.

그리고 소중부의 입에서 인장호의 이름이 호명되었을 때 장내는 물을 끼얹은 것처럼 순식간에 조용해졌다.

비록 이조 결선 첫판부터 유화결과 대결을 벌이지는 않았지만 인장호와 유화결의 이름은 가장 큰 관심사였다.

쥐 죽은 듯 조용하던 관중석이 술렁거리기 시작했다.

소중부가 인장호의 이름을 불렀지만 인장호의 모습이 보이지 않았기 때문이다.

본부석 가까운 곳이나, 동방회 회주의 아들 천막 속에는 보이지 않았지만 어느 곳엔가 있으리라 생각했는데 인장호의 모습은 보이지 않았다.

인장호의 이름을 부르는 소중부의 목소리가 다시 한 번 크게 울려 퍼졌다. 그러나 인장호의 모습은 여전히 보이지 않았다.

관중석에서는 더 큰 술렁거림이 일었다.

이제껏 인장호가 현성비무대회장에 유화결을 끌어내리려고 얼마나 많은 수작을 벌여왔던가?

뒷골목 불량배들을 동원하여 유화결이 비무대회장으로 나오게끔 온갖 소문을 만들고, 온갖 비열한 짓거리들도 서슴지 않았다.

그런데 소중부의 두 번 외침에도 그 모습을 보이지 않는다는 것은 도무지 말이 되지 않았다.

"한 번만 더 부르겠네, 인장호 공자!"

소중부가 마지막으로 인장호의 이름을 불렀다.

웅성거리던 소리들이 사라지고 적막이 온 관중석을 가득 채웠다.

"인장호 공자 실격이오! 동시에 호남의 황석(黃石) 공자 부전승이오!"

세 번의 호명이 있고 나서도 인장호가 나타나지 않자 소중부는 인장호와 비무를 벌이기로 한 황석이란 젊은이의 부전승을 선언했다.

"뭐야? 대체 이게 어떻게 돌아가는 일인가?"

"인장호가 기권을 하다니? 그럼 여태껏 그놈이 벌인 짓은 무어란 말인가?"

관중석에서 온통 술렁거리는 소리가 진동했다.

'도대체 뭔가?'

유가검보의 일검대에 둘러싸인 자리에 앉은 유화성의 눈이 송곳날 같은 빛을 뿜었다.

그간의 모든 의문들은 인장호와 동생의 대결로 다 풀리리라 생각했다.

차라리 인장호와 동생이 대결을 하는 상황이 조금이라도 빨리 벌어진다면 그건 오히려 가장 바람직했다.

결과야 어찌 됐든 대결이 끝나고 나면 일검대와 함께 뒤로 안 돌아보고 빠져나갈 생각이었다.

비무와 상관없이 관중석에 숨어 있다는 마두들이 신경 쓰이지만 백 명이나 되는 일검대 소속 무사들을 어찌할 수는 없을 것이다.

문제는 동생과 인장호가 싸우기 전에 그 야비한 놈이 동방회의 힘을 빌어 고용한 마두들을 비무대로 올려 보내 동생을 처치하려고 할 때인데 그땐 자신이 나설 참이었다.

실수를 가장한 살초가 뿌려지는 순간, 그렇게 할 생각이었다.

고집불통 동생이 절대로 비무를 포기하지 않으니 위험 부담이 크긴 해도 그 방법밖에 없었다.

그런데 인장호란 놈이 비무대회 결선에 불참하고 실격을 당해 버렸다.

이건 대체 무슨 말인가?

유화성의 머리가 급격히 회전했다.

이렇게 불참하고 실격패할 것이라면 왜 그동안 그렇게 기를 쓰고 유화결을 비무대회에 출전하게 만들었을까?

그 야비한 놈은 유화결을 자신의 손이 아닌 다른 사람의 손으로 처치하기를 바라며 불참한 것인가?

그러나 그것도 말이 안 된다.

광음마각이나 그 외 다른 인간들의 손을 빌어 유화결을 처치하려면 인장호는 계속 버티고 있으며 동생의 자존심을 긁어야 한다. 그래서 어떻게든 대진표를 조작해 마두들과 유화결을 싸우게 만들어야 한다.

그런데 이렇게 자신이 불참해 버리면 동생 유화결 역시 당장이라도 검보로 돌아가면 그만이다.

'대체 왜?'

유화성은 계속해서 풀리지 않는 의문에 고개를 치켜들었다.

아직까지도 인장호의 실격패 선언으로 인한 관중석의 술렁거림은 가라앉지 않고 있었다.

'대체 왜?'

유화성은 똑같은 의문을 계속 되뇌며 사방을 둘러보았다.

관중 속 그 어느 곳에도 인장호의 모습은 보이지 않고 낯선 사람들의 얼굴만 보였다.

어느 순간!

"조호이산지계(調虎離山之計)!"

유화성은 벼락같이 소리를 질렀다.

"뭐야? 무슨 소리야, 형?"

자신을 이곳까지 오게 만든 인장호의 불참으로 인해 어이가 없는 표정으로 비무대 위만 쳐다보고 있던 유화결은 유화성의 고함에 흠칫 놀라며 유화성을 쳐다보았다.

"숙부님!"

유화성은 급박한 목소리로 숙부 유상기를 불렀다.

유화결 못지않게 어이없는 표정을 하고 있던 유상기는 유화성에게로 시선을 돌렸다.

"지금 즉시 관중석에 흩어져 있는 일검대 소속 무사들을 모두 이곳으로 모이게 하십시오! 어서요!"

유화성은 더욱 큰 목소리로 고함을 질렀다.

"무슨 일이냐?"

전에 없이 서두르며 고함을 지르는 유화성의 모습에 유상기는 슬쩍 눈살을 찌푸리며 말했다.

"길게 설명할 시간이 없습니다. 즉시 그렇게 해주십시오. 그리고 화경이, 화경이는?"

유화성은 유화결을 쳐다보며 다급하게 물었다.

"여자들끼리만 가는 곳이라며 이 소저와 같이 가서 아직 안 왔잖아? 그런데 왜 그래, 형?"

유화결은 유화성의 얼굴에 드리워진 급박한 기운을 느끼며 같이 목소리를 높였다.

"대체 언제 갔는데 아직 안 온단 말이냐? 호위는 철저히 하고 갔겠지?"

유화성은 유화경과 백봉령주가 찾아간 객점 쪽을 연신 바라보며 소리를 질렀다.

"열 명을 딸려 보냈어. 그런데 왜?"

유화결은 도저히 영문을 모르겠다는 표정으로 답하며 숙부 유상기를 쳐다보았다.

"도대체 왜 그러느냐, 화성아?"

유상기도 똑같은 표정으로 물었다.

"설명을 드릴 시간 없습니다! 숙부님, 어서 일검대 무사들을 이곳에 모아주십시오! 그리고 최대한 빨리 본가로 돌아갈 준비를 하십시오!"

연속해서 고함을 지른 유화성은 빠르게 관중 속으로 파고들었다.

"결국은 낮술을 마셨군."

진우청은 급하게 관중들 사이를 헤집는 유화성을 보며 고소를 머금었다.

한 이틀 멀쩡한 모습을 보이는가 싶더니 벌겋게 달아오른 얼굴과 함께 관중들 사이로 허둥지둥 움직이는 모습은 거나하게 취한 상태 같았다.

"그런데 왜 이리로……?"

유화성이 곧장 자신에게로 다가오는 것을 보며 진우청은 주위를 두리번거렸다.

혹시 유화결이나 유화경이 근처에 있나 싶은 것이다.

그러나 어디에도 그들의 모습은 보이지 않았고, 관중들을 밀치며 다가온 유화성은 곧바로 자신 앞에 섰다.

진우청은 두어 번 눈을 끔벅거렸다.

가까이에서 보니 술에 취한 것은 아니었는데 유화성의 고습은 술에 취했을 때보다 더 이상했다.

"혹시라도 내 동생들이 위험에 처하면 목숨을 구해주게!"

유화성은 다짜고짜 말했다.

'낮술도 아니고… 어제 먹은 술이 아직 덜 깬 것인가?'

도저히 이해가 안 가는 유화성의 행동에 진우청은 할 말을 잃고 그를 쳐다보기만 했다.

"약속해 주게!"

유화성이 윽박지르듯 다시 말했다.

"낮도깨비에라도 홀렸습니까? 술기운도 안 느껴지건만……."

진우청은 눈살을 찌푸렸다.

"제발 부탁이네!"

유화성의 목소리가 다급하게 이어졌다.

"비무대 위에서 동생과 만날 경우를 대비해 하는 말인 모양인데… 뭐, 그렇게 하지요. 비무인데 죽일 이유까지야……."

유화성의 말을 '비무대회에서 동생 화결을 만나면 좀 봐주라' 는 뜻으로 해석한 진우청은 흔쾌히 고개를 끄덕거렸다. 유화성이면 몰라도 유화결이라면 피치 못해 목숨이 위험해질 상황까지 가지 않고도 끝낼수 있을 것 같았다.

"고맙네!"

진우청이 크게 고개를 끄덕이자 유화성은 다시 관중들 속으로 사라졌다.

*　　　*　　　*

"언니! 표정이 왜 그래요? 혹시 그때 그놈들이 여기에도?"

유화경은 객점에서 나오며 시종 초조한 표정을 감추지 못하는 백봉령주를 보며 걱정스런 목소리로 물었다. 그리고 주변을 두리번거렸다.

주변에는 자신들과 같은 목적으로 객점을 찾아갔다 나오는 여인들이 끊이지 않았지만 백봉령주를 노리는 사람들은 없어 보였다. 설사 그런 사람들이 있다 하더라도 열 명이나 되는 일검대 소속 무사들이 은밀히 호위하고 있기에 걱정이 없었다.

"아, 아니에요. 속이 좀 좋지 않나 봐요."

백봉령주는 서둘러 변명하고 표정을 누그러뜨렸다.

"난 또……."

유화경은 안심하는 기색과 함께 한숨을 내쉬었다.

그러나 그 한숨은 쏜살같이 달려오는 한 인영으로 인해 다 뿜어내지도 못하고 급히 멈추어졌다.

"큰오빠!"

바람처럼 달려오는 유화성을 보고 유화경은 깜짝 놀라 고함을 질렀다.

"별일없는 것이지?"

급하게 신형을 멈춘 유화성은 유화경과 백봉령주를 번갈아 보며 말했다.

"별일? 무슨 일? 그러고 보니 큰오빠가 이곳까지 쫓아온 것은 별일이네, 참!"

유화경은 어이없는 표정을 하며 답했다. 그녀는 여자들 뒷간 가는 데까지 허둥대며 쫓아온 유화성의 행동이 도저히 이해되지 않은 것이다.

유화성은 잠시 호흡을 골랐다. 그리고 주변에 있는 무사들을 손짓으로 불렀다.

"난 이 소저와 함께 할 얘기가 좀 있으니 넌 먼저 가 있거라."

유화성은 유화경을 보고 빠르게 말했다.

"오, 오빠!"

점점 이해하기 힘든 행동만 하는 유화성을 보며 유화경이 눈을 크게 떴다.

"지금은 아무것도 묻지 말고 내 말대로 해라!"

유화성은 일검대 무사들과 함께 떠밀듯이 유화경을 숙부와 유화결이 있는 곳으로 돌려보냈다.

"고, 공자님!"

다짜고짜 유화경을 자신에게서 떼어내고 자신의 팔을 끄는 유화성을 보며 백봉령주는 두 눈을 크게 떴다.

언제나 모든 것에 무관심한 듯 술독에 빠져 있었지만 모든 것을 알고 있는 것 같던 사내!

그 사내가 이처럼 급하게 서두르는 모습은 심상치 않은 기분이 들게 했다.

"나는 지금 내 예상이 모두 틀렸으면 좋겠소. 한없이 실없는 놈이 되더라도 그렇게 되었으면 좋겠소."

백봉령주의 팔을 끌고 도로 객점 안으로 들어온 유화성은 빠르게 말했다.

"무슨?"

백봉령주는 걱정스런 얼굴이 된 채 답했다.

"우선 소저의 정체부터 밝혀주시오. 소저가 누군지는 아직 모르겠지만 최소한 적은 아닐 것이란 생각은 하고 있소. 아영과는 핏줄이 아니면 결코 그렇게 닮을 수 없는 특징들이 많으니까요."

유화성은 찌르듯이 백봉령주를 쳐다보았다.

아영이란 이름이 나오자 백봉령주의 표정이 여러 차례 변했다.

"미안해요."

마침내 백봉령주는 시선을 떨어뜨렸다.

"지금은 그걸 따질 상황이 아니오. 최대한 빠르게 대처해야 하오. 이 소저가 알고 있는 것을 내게 가르쳐 주시오!"

"어떤 것을 말씀하시는지요?"

백봉령주는 너무 갑작스런 유화성의 행동에 갈피를 잡을 수가 없었다.

"우선 동방회가 이곳에서 무슨 짓을 꾸미고 있는지에 대해서 알고 있는 바를 말해 주시오."

유화성은 단도직입적으로 말했다.

백봉령주는 잠시 생각을 정리했다.

이곳에서 동방회가 무슨 일을 꾸미고 있는지 그 핵심은 아직 알아내지 못했고, 그나마 알고 있는 것도 어디부터 얘기를 꺼내야 할지 판단이 서지 않았다.

그 실마리는 유화성이 잡아주었다.

"그것보다는… 먼저 이 소저의 정체는 무엇이고, 무슨 목적으로 여기에 왔는지부터 말해 주시오."

유화성의 말에 백봉령주는 입술을 움직였다.

"전 아영과 외사촌 간이에요. 아주 어릴 때는 같은 마을에 살며 친형제처럼 지냈는데 아영이 멀리 이사를 간 열 살 때 이후로는 만나지 못하다가 마지막으로 한 번 만났어요. 그리고…… 전 남패천의 사람이에요."

백봉령주는 간략하게 자신의 정체를 밝혔다.

"남패천? 남패천이 왜……?"

부릅뜬 눈으로 고함을 치던 유화성은 입을 다물었다.

동방회가 이곳에 왔다면 남패천도 오지 말란 법이 없다. 지금 현재 무림의 정세로는 동방회와 남패천이 가장 충돌 가능성이 높으니까.

그렇다면 자신의 판단이 잘못된 것일까?

유가검보와는 상관없이 모든 것은 남패천과 동방회의 싸움으로 귀결되는 것일까?

그랬다면 정말 좋겠지만 모든 정황들은 그게 아닌 것 같았다.

유화성의 상념을 끊으며 백봉령주의 입술이 다시 움직였다.

"우리… 그러니까 남패천의 정보 조직인 비원각(秘苑閣)에서는 최근 동방회의 움직임을 주시하다가 그들이 이곳에서 무슨 일을 꾸민다는 정보를 입수하고 은밀히 조사를 벌였어요. 그러던 중, 동방회가 유가검보에 많은 관심을 쏟고 있다는 걸 알아냈어요. 그래서 처음에는 유가검보와 동방회가 손을 잡은 것으로 의심했어요. 그건 우리 남패천에서는 무척이나 신경이 쓰이는 일이라 좀 더 많은 노력을 기울인 결과, 동방회는 이곳 유가검보에 간세를 여러 명 심고는 무언가를 노리고 있다는 사실을 알아냈어요."

빠르게 말한 백봉령주는 잠시 말을 끊고 마른침을 삼켰다.

"유가검보와 동방회가 손을 잡은 것이 아니라는 데 대해서는 다행이란 생각이 들었지만 동방회가 적지 않은 노력을 기울이며 이곳 유가검보에서 노리는 것이 무언지는 알아야 했고, 비원각에서는 그 적임자로 나를 지목했어요. 아영과 난 외모에서……."

"됐소!"

유화성은 백봉령주의 말을 끊었다.

그 이후부터 백봉령주가 어떤 식으로 자신에게 접근하고, 자신의 집으로 들어왔는지는 직접 겪은 일이다.

유화성은 타 들어가는 목구멍 속으로 억지로 침을 넘겼다.

백봉령주의 대답을 미루어보면 이곳에서 벌어지는 일은 동방회와 남패천의 싸움이 아닌 것이다.

역시 우려대로 동방회의 목적은 자신의 가문을 노린다는 것이다.

남패천의 개입은 그 이후이다.

"그들이 우리 가문에서 노리는 것이 무엇인지 알아냈소?"

유화성은 다시 질문을 던졌다.

"아직 그걸 알아내지 못했어요. 비원각에서도 많은 노력을 기울였고, 여기 와서 우리도 다각도로 알아보았지만 아직……."

백봉령주는 답답한 한숨을 내쉬며 답했다.

유화성은 질끈 입술을 씹었다.

이들이 적이 아니란 것은 확실해졌지만 모든 상황은 그대로였다.

그리고 그대로인 그 상황은 시시각각 가문을 덮쳐 오고 있었다.

"그런데 무슨 급박한 일이라도……?"

이번에는 백봉령주가 질문을 던졌다.

이 사내는 자신이 유가검보로 들어간 그날부터 자신의 연극을 눈치챈 것 같은 느낌을 받았다.

그런 사내가 지금 이 순간 불현듯 자신의 정체가 궁금해서 이렇게 급히 달려온 건 아닐 것이다.

뭔가 이상한 징후를 발견한 것 같았다.

"인가장의 장남 인장호가 비무대회에 출전하지 않았소."

유화결은 빠르게 말했다.

"그자의 목적이 화결 공자님과의 비무가 아니었던가요?"

백봉령주는 어이없다는 표정으로 물었다.

"혹시 다른 사람을 이용해 화결 공자님을……?"

"그러려면 인장호 그놈은 더 더욱 출전을 해야지요. 그놈이 없으면 화결이는 더 이상 비무대회에 출전할 이유가 없으니까요."

"역시 그렇죠?"

백봉령주는 고개를 끄덕거렸다.

"그렇다면 대체 그들의 목적이 무얼까요? 무얼 노리고 이런 번잡한 일을 벌였을까요?"

"인장호는 미끼였을 뿐이오. 검대를 분산시키기 위한."

유화성이 혼잣말처럼 중얼거렸다.

"미끼라니, 그게 무슨 말이죠?"

백봉령주가 물었다.

"소저의 정체를 알고, 동방회와 어떤 다른 세력 간의 다툼이 없다는 것을 알고 나니 더욱 확실해졌소. 이런 비무대회를 열고, 뜻밖의 고수들을 출전시켜 계속 화결이를 노리고 있는 것 같은 분위기를 만들어가면 유가검보의 검대가 이곳으로 올 수밖에 없지요. 지금 일검대의 반이 이곳에 와 있지요."

유화성은 자괴감 어린 표정을 지었다.

"그게 어찌 됐다는 거죠? 일검대의 반이 이곳에 있다고 무슨 일이 벌어지는가요? 오히려 더 안전하지 않나요?"

백봉령주는 이해할 수 없다는 표정을 지었다.

"만약 놈들이 노리는 것이 화결이나 우리 가문이 가지고 있는 무언가가 아닌, 우리 유가검보 자체라면……?"

유화성의 손끝이 가늘게 떨리고 있었다.

"말도 안 돼요. 유가검보가 무슨 작은 무도관도 아닌데 어떻게 그런 생각을 한단 말인가요? 유가검보 정도의 세력과 싸우는 건 전쟁이나 마찬가지예요. 많은 인원을 투입하고, 근 열흘은 싸워야 결판이 날 거예요. 지금 동방회의 인물들로 추측되는 사람들은 흑사편 동태승, 광음마각 천개일, 그리고 이미 패해서 사라진 탈명철검 조탁과 거력패도 염호광 정도와 몇 명 더 있다고 보아져요. 아무리 그들이 고수라도 유가검보를 상대할 순 없어요!"

백봉령주는 강하게 고개를 저으며 말했다.

"어제까지라면 몰라도 오늘이면 인원은 충분하지요."

번쩍 하고 섬광을 내뿜은 유화성의 눈이 비무대회장 주변의 관중들을 훑었다.

어제에 비해 또 두 배는 더 되는 관중들이 비무대회장 주변을 가득 메우고 있었다.

"서, 설마 저들이……!"

유화결을 따라 관중들을 쳐다보던 백봉령주는 와락 고개를 돌려 유화성을 쳐다보았다.

"저들 중에 십분지 일만 일검대 수준의 실력자라면 검보는 오늘밤을 넘기지 못할 수도 있소."

유화성의 눈빛이 점점 더 강렬해졌다.

입을 벌린 백봉령주는 자신도 모르게 고개를 저었다.

생각지도 못한 일이었다. 아니, 일어나서는 안 되는 일이었다.

그러나 한 번 둑이 무너진 생각은 걷잡을 수 없이 이어졌다.

"서왕문, 서왕문의 인물이 이곳에 있다는 단서를 조금 전에 포착했어요! 세상에……!"

백봉령주는 자신의 두 손으로 입을 막았다.

서왕문이 동방회와 손잡고 그들의 세력을 비무대회 관중으로 위장시켜 은밀히 투입했다면…….

은밀히 투입할 필요조차 없었다. 처음부터 예상 밖의 고수를 내세우고 온갖 방법으로 잔뜩 고무시켜 놓은 비무대회의 결선에는 인산인해를 이루며 구경꾼들이 모여들었다. 그냥 그들과 함께 산책하듯 들어오면 되는 일이었다.

그렇다면 이 모든 것들이 유가검보 자체를 무너뜨리기 위한 동방회의 계획이었단 말인가?

일만 냥의 상금을 내걸고 예년과는 비교할 수 없이 큰 비무대회를 열어 관중이 물밀듯 모이게 한 것과 인장호를 미끼로 유화결을 끌어내고, 위기감을 증폭시켜 유가검보의 전력을 양쪽으로 분산시킨 것은 아무런 의심도 받지 않고 대규모의 인원을 끌어들여 전력이 분산된 유가검보를 단숨에 무너뜨리기 위한 계획?

백봉령주는 온몸에 소름이 끼쳐 오는 느낌을 받았다.

그렇게 생각하면 정교하게 맞아떨어지는 계획 같았지만 왜 그런단 말인가?

그들이 왜 이런 극단적인 방법으로 유가검보를 무너뜨리려 한단 말인가?

아무리 무림 간의 싸움이 치외법권적인 성격을 띠고 있다고 하지만 안휘성에서 제일 큰 검보 하나를 무너뜨리는 것은 함부로 가능한 일이 아니다.

"유가검보를 무너뜨리는 것도 결코 쉬운 일이 아니지만 유가검보는 화산파와는 형제지간이나 마찬가지인 사이가 아닌가요! 그런데 무엇 때문에……!"

백봉령주는 강한 부정이 서린 목소리로 고함을 쳤다.

"그 무엇 때문이라는 질문에 막혀 미처 이런 사태까지 예상하지 못한 결과를 맞이했소!"

유화성은 이를 악문 후 말을 이었다.

"그들이 유가검보에서 무엇을 얻고자 하는지, 유가검보를 무엇 때문에 무너뜨리려 하는지 아직까지도 도저히 알 수 없소. 하지만 그걸 덮어두면 막혔던 생각이 이어지오. 만약 그들에게 앞서 말한 그 모든 것을 감수하고서라도 유가검보를 무너뜨릴 이유가 있다면……. 그래서 이런 일을 벌였다면?"

거의 성공한 것이다.

일검대는 반으로 나눠졌고, 다른 인원들도 광산과 채석장으로 분산되었다.

활활 타오르는 유화성의 눈빛이 다시 비무대 주변의 관중들에게로 향했다.

"비약이 너무……."

"나 역시 이 모든 것이 혼자만의 터무니없는 비약이었으면 좋겠소!"

유화성의 목소리가 갈라져 나왔다.

"어, 어떻게 하죠, 이젠?"

유화성의 눈빛과 음성에 동화된 백봉령주가 자리에서 일어서며 허둥거렸다.

"소저는 동료들과 함께 소리없이 이곳을 빠져나가시오. 절명자라는 노인 정도라면 큰 어려움이 없을 것이오."

몸을 일으킨 유화성은 빠르게 말했다.

"좀 전까진 그럴 생각이었는데 이젠 그럴 수 없어요! 마지막 순간 아영과 약속했어요!"

절명자가 자신의 동료라는 것을 유화성이 알고 있다는 사실도 의식하지 못한 채 백봉령주는 소리를 질렀다.

그러나 유화성은 백봉령주의 말이 끝나기도 전에 밖으로 몸을 날렸다.

유화성이 몸을 날린 후 백봉령주는 넋 나간 사람처럼 멍하니 앉아 있었다.

도대체 말이 안 되는 억지 소리 같았지만 뇌리 한구석에서는 계속해서 경종이 울려댔다.

백봉령주는 급히 이층 객실로 올라갔다.

"노야! 어서 마차를 준비해 주세요. 그리고 전서구도 함께!"

백봉령주는 다급한 표정으로 오무평에게 지시했다.

"이곳으로 말인가?"

오무평은 의아한 표정을 지으며 말을 이었다.

"그래요. 아마도 이곳에서 분란이 일 것 같아요. 그러니 최대한 중무장한 채 와주세요."

백봉령주는 급하게 말했다.

"마차는 유가검보 가까운 곳에 있지 않은가? 자네와 현기조장이 그 곳에 있었으니……. 그리고 그곳에 도착한다 하더라도 모든 준비를 마치는 데는 시간이 훨씬 더 걸리고……."

오무평의 말을 들은 백봉령주는 초조한 표정을 지었다.

자신들에게 무슨 위험이 닥쳐도 유가검보에서 닥칠 줄 알았다.

유가검보 소유의 광산이나 채석장에서 뭔가 발견되면 폭파시키고 그곳에서 마차에 올라 탈출할 생각이었다.

그런데 마차는 정작 이곳에서 더 필요하게 되었다.

"그래도 최대한 빨리 도착하셔서 마차를 이리로 몰아오세요, 노야!"

백봉령주는 타 들어가는 심정으로 말했다.

"알겠네."

오무평은 객실 뒷문으로 나가 신형을 날렸다.

그러는 사이, 강변의 관중들 사이에서 소란이 일고 있었다.

그 소란은 이제껏 비무를 치르면서 수없이 발생했던 소란과는 너무 달랐다.

자리에서 일어선 백봉령주는 급히 객실을 빠져나왔다.

"크아아아―"

비무대 위에는 무릎을 꿇은 한 중년인이 처절한 절규를 토하고 있었다.

그 중년인 옆에는 가슴 부위에 상처를 입은 듯 옷이 갈라진 청년이 누워 있었다.

청년은 인장호였다. 그리고 그는 이미 산 사람이 아니었다.

인장호의 부친 인가덕은 아들의 시체 옆에서 피를 토하듯 통곡했다.

비무의 열기로 한껏 고조되었던 장내의 분위기는 찬물을 끼얹은 듯 가라앉았다.

이번 비무대회장에 유화결을 끌어내기 위해 그토록 광분했던 인장호가 결선 대회에 출전하지 않은 상황이 도저히 이해가 되지 않았던 사람들은 인장호의 시체를 보며 그 의문을 해소했다.

그러나 뒤이어 더 큰 의문이 구름처럼 일어났다.

대체 누가 인장호를 죽였단 말인가?

그런 의문과 동시에 앞으로 벌어질 사태에 대한 두려움을 일게 했다.

'이것이었구나. 결국은 이렇게…….'

급히 비무대회장에 도착한 백봉령주는 비무대 위에 있는 인장호의 시체를 보며 가슴이 덜컥 내려앉는 기분을 느꼈다.

모든 상황은 유화성의 짐작대로 흘러가고 있었다.

이곳으로 달려올 때까지도 반신반의했다.

동방회가 아무리 큰 힘을 축적했다고 하지만 안휘성의 제일 큰 검보를 무너뜨리리란 생각은 도저히 할 수 없었다.

화산파와 구대문파의 개입도 불사할 만큼 무모할 것이라 생각지 않았다.

그러나 이젠 충분히 그럴 수 있는 인간들이란 판단이 들었다.

인가장의 장남 인장호까지 이렇게 시체로 만들어 올 인간들이라면 어떤 짓이라도 할 수 있을 것이다. 또한 인장호의 죽음은 동방회의 사주를 받은 인가장이 유가검보를 칠 수 있는 커다란 구실을 제공한 것이다.

백봉령주는 자신도 모르게 경직되어 오는 근육을 억지로 이완시키며 비무대 위로 시선을 고정시켰다.

비무대 위에 무릎을 꿇은 인가덕의 오열은 영원히 끊이지 않을 것처럼 계속됐다.

자식을 잃은 부모의 슬픔은 어느 누구나 똑같았다.

악인이든 선인이든…….

인가덕의 통곡은 한참이나 더 계속됐고 아무도 쉽사리 만류하지 못했다.

결국은 인가장의 집사 공야순이 다가가 인가덕을 달랬지만 망연자실한 인가덕은 여전히 바닥에 주저앉아 멍하니 하늘만 쳐다보았다.

인가덕을 대신한 공야순이 비무대회 중앙으로 걸어나왔다.

공야순의 얼굴에서 뭉클 살기가 피어올랐다.

"만장하신 여러분!"

분기 가득한 고함 소리가 장내를 진동시켰다.

목소리에 적지 않은 공력을 불어넣은 것이리라.

"여러분의 즐거운 행사를 방해한 행동 차후 백배 사죄하겠소. 여러분도 두 눈으로 직접 보고 계신 바와 같이 우리 인가장의 장남 인장호 공자는 오늘 아침 한 구의 주검이 되어 집으로 왔소."

비분강개한 공야순의 목소리가 이제는 통곡처럼 울려 나왔다.

한참 열기가 달아오르던 비무대회는 중단되었지만 아들의 시체를 놓고 통곡하는 인가덕의 모습과 공야순의 목소리에 그 누구도 불평을 토로하거나 소란을 피우지 못했다.

먹구름처럼 자욱하게 내려앉는 정적 속에서 공야순의 목소리가 다시 울렸다.

"그리고 인 공자의 죽음이 이곳에서 열리는 비무대회와 절대로 무관하지 않기에 우리는 여러분의 유흥을 멈추면서까지 이곳에 올랐소."

인장호의 죽음이 비무대회와 연관이 있다는 공야순의 목소리에 적막이 감돌던 비무장 주변에 서서히 소란이 일어났다.

"우리 인 공자가 그동안 이번 비무대회를 위해 얼마나 많은 준비를 했는지, 그리고 이렇게 화려한 비무대 위에서 누구와 그토록 비무하기를 원했는지 여러분도 잘 알 것이오. 우리 인 공자는 저기 앉아 있는 유가검보의 둘째 공자인 유화결 공자와 필생의 비무를 원했고 만반의 준비를 해왔소!"

고함과 함께 공야순의 손가락이 유가검보의 사람들이 자리한 곳을 가리키자 관중석이 일렁이며 모든 시선들이 유가검보의 사람들 쪽으로, 그리고 유화결 쪽으로 모아졌다.

"오, 오빠!"

하얗게 질린 표정의 유화경이 유화결과 유상기를 쳐다보았다.

아직 상황의 시작에 불과했지만 그 상황이 어떤 식으로 흘러갈지 짐작이 갔다.

"가만히 있어라!"

유상기도 굳어진 표정으로 말했다. 그리고 고개를 사방으로 돌려 유화성을 찾았다.

갑자기 일어서서 일검대의 모든 검수들을 이곳으로 모으라던 유화성의 얘기가 이제야 이해가 되었다.

그동안 술에 찌들어 폐인처럼 지냈지만 조카 유화성은 비무대회장에서 풍기는 음모의 기운을 누구보다 먼저 감지했고 지금의 상황 역시 한발 앞서 간파하고 몸을 움직인 것이다.

아마도 지금쯤 검보로 달려가 상황을 알리거나 다른 조치를 취하고 있을 것이라는 생각이 들었다.

이곳으로 데리고 온 일검대원 백 명이면 그 누구도 두렵지 않았지만 그래도 모르는 일이었다.

공야순의 목소리가 다시 울렸다.

"그렇게 준비를 한 우리 인 공자의 실력에 위협을 느낀 저 유가검보의 무리들이 우리 인 공자를 살해했소! 아주 비열한 방법으로……!"

유가검보 사람들을 향해 한참 동안 손가락을 가리키고 있던 공야순은 결정적인 말을 내뱉고 인가덕처럼 통곡성을 터뜨렸다.

웅성거리던 관중석의 소란이 훨씬 더 커지며 이곳저곳에서 슬며시 자리를 빠져나가는 사람들도 생겼다.

"지금 무슨 수작을 벌이고 있는 것이오?"

점점 커져 가는 소란 속에서 유상기의 목소리가 쩌렁쩌렁하게 울렸다.

공야순과는 비교할 수 없을 정도로 순후한 공력이 느껴지는 목소리는 술렁이는 관중석의 소란을 대번에 가라앉혔다.

비록 유가검보주의 막내 동생이었지만 근 사 년 동안 일검대 대주직을 맡아오며 크고 작은 싸움을 치러낸 유상기의 신위는 결코 가볍지가 않았다.

또한 유상기의 고함 소리와 함께, 이미 한곳에 모인 일검대 소속 대원 백 명이 당장이라도 검을 뽑을 자세를 갖추자 처음보다 더 강한 정적이 주변을 에워쌌다.

기세 좋게 나오던 공야순도 그 분위기에 압도되어 잠시 말을 잇지 못했다.

"크아아—"

정적이 감돌던 장내에 다시 인가덕의 통곡성이 울려 퍼졌다. 자식의 주검 앞에서 이성을 상실한 인가덕에겐 그 어떤 위압도 딴 세상의 얘기 같았다.

인가덕의 통곡 소리에 다시 비통한 표정이 된 공야순이 고함을 지르려는 찰나 인가덕이 통곡을 멈추고 일어섰다.

"수작이라고? 네놈 눈엔 아들의 주검을 안고 통곡하는 내 모습이 수작으로 보이느냐? 내 아들……. 내 아들의 몸에 모든 증거가 있는데 수작이란 말이냐?"

피를 토하듯 외친 인가덕이 인장호의 찢어진 상의를 걷어 올렸다.

인장호의 상의가 걷어 올려지고 알몸의 상체가 드러나자 다시 소란이 일었다.

인장호의 상체에는 선명한 검상이 새겨져 있었다.

이미 피는 말라져 있었지만 쩍 갈라진 살점은 보는 것만으로도 섬뜩함을 느끼게 만들었다.

그 섬뜩한 상처는 오른쪽 옆구리에서부터 이상한 궤적을 그리며 그어져 올라가 심장에서 훨씬 깊이 파고들어 있었다.

옆구리에서는 베기의 공격이었고, 심장에 이르러 찌르기 공격으로 생명을 끊는 치명적인 검초였다.

"표풍관일(飄風貫日)!"

누군가의 입에서 탄식 같은 목소리가 울렸다.

바람처럼 휘몰아쳐 올라가 해를 꿰뚫는 표풍관일의 수법!

인장호의 상체에 새겨진 상처는 표풍검법 전반부의 한 초식이었다.

"맞다! 표풍관일이다!"

잠시 후 누군가 맞장구를 쳤다.

그와 함께 둑이 무너지듯 목소리들이 터져 나왔다.

군중 심리란 것은 그래서 항상 위험했다.

누군가 거두절미하고 '이게 옳으니 이렇게 합시다' 하고 고함을 친후, 덩달아 몇 사람이 옳소! 옳소! 하고 선동하면 그 이면에 깔린 내막은 생각해 보지도 않고 우르르 일어선다.

지금 관중석에서는 그런 상황이 벌어지고 있었다.

물론, 그 선동하는 사람들은 짜여진 대로 움직이는 것이겠지만······.

"으음!"

유상기는 침음성을 터뜨렸다.

어처구니없는 모함이었다. 그러나 그걸 확실히 뒤집지 못한다면 큰 낭패를 당할 수도 있다.

"그 정도의 검상이라면 다른 사람이 충분히 흉내 낼 수 있소! 그리고 인가장의 장남이 그런 상처를 입고 죽으면 그 의심이 우리에게로 제일 먼저 돌아올 텐데 우리가 왜 그런 바보 짓을 한단 말이오?"

유상기는 어처구니없다는 표정과 함께 불끈 내력을 불어넣어 고함을 쳤다.

유상기의 반박과 함께 점점 커져 가던 소란이 조금 줄어들었다.

당장 눈에 보이는 인장호의 시신만 따진다면 유가검보의 소행으로 여겨야겠지만 한 번만 더 생각해 본다면 유상기의 말이 지당했다.

"그 점에 대해서는 우리가 설명하겠소!"

소란이 줄어들고, 다시 적막이 내려앉으려는 찰나, 두 명의 인영이 비무대 위로 모습을 드러냈다.

한 명은 짙은 흑의에 키가 큰 중년인이었고, 다른 한 명은 보통의 키에 갈색 폐포를 걸친 노인이었다.

한쪽으로 휩쓸리려는 상황을 겨우 진정시킨 유상기는 비무대 위로 오르는 두 사람과 함께 전신을 덮쳐 오는 불길한 예감에 자신도 모르게 검갑을 움켜쥐었다.

인가장의 장남을 아무 거리낌 없이 시체로 만들 정도로 잔인한 놈들이라면 뭔가 다른 올가미도 준비했을 것이다.

그런 예감이 유상기의 뇌리 속으로 강하게 자리잡아 갔다.

"우린 이곳 비무대회를 구경하러 오다가 오늘 새벽 우연히 이 사건을 목격한 사람들이오."

자신들을 간단히 소개한 흑의 중년인이 말을 이어갔다.

전혀 목소리를 높이는 것 같지도 않았지만 흑의 중년인의 말은 비무대회장 구석구석까지 또렷하게 퍼져 나갔다.

그것만으로도 중년인의 내력이 고수의 수준임을 충분히 짐작할 수 있게 해주었다.

"처음 목격했을 때는 너무 먼 거리인지라 세세한 상황은 알 수 없었지만 열 명도 넘는 사람들이 한 명을 상대로 쉴 새 없이 검을 휘두르고 있다고 느꼈소. 나하고 상관없는 일이니 그냥 지나칠까 하는 생각도 했지만 한 명을 상대로 너무 많은 인간들이 이리 떼처럼 달려드는 상황이 신경을 거슬리게 만들어 우리는 사건 현장으로 몸을 날렸소."

중년인의 설명을 모든 관중들은 침을 꿀꺽 삼키며 귀를 기울였다.

"하나 거리가 워낙 멀었기에 우리가 싸움터에 도착했을 때는 많이 늦은 상태였소. 다수를 상대하며 기력이 떨어진 청년은 결국 흉수 한 명의 공격에 심장을 찔리고 절명했소. 그리고 복면을 쓴 흉수들은 합공으로 청년을 처치한 것도 모자라 그 현장을 은닉하고자 시체에 기름을 뿌리고 불을 지르려 하고 있었소."

중년인은 그 장면이 제삼자인 자신으로서도 삭이기 힘들다는 듯 분 개한 음성으로 말했다.

조용하던 관중석이 다시 술렁이기 시작했다.

"우리는 더 이상 참을 수 없었소. 그래서 복면을 쓴 흉수들을 공격 했소. 그런데 그들은 결코 만만치 않은 실력들을 지니고 있었소. 나 하 나뿐이었다면 그들에게 당해 고인과 같이 불에 타 죽었을 것이오. 옆 에 계신 노선배님의 실력이 워낙 출중하셨기에 흉수들을 핍박하기까지 이르렀소."

중년인은 갈색 폐포 차림의 노인을 쳐다보고 다시 말했다.

"밀리기 시작한 흉수들은 어떻게 하든 고인의 시신만은 뺏어서 흔적 을 남기지 않으려 하는 것 같았지만 노선배의 주먹 앞에서 그것은 불 가능했고 나중에는 자기 목숨을 부지하는 것도 힘들다고 생각했는지 사방으로 흩어져 도망치기 시작했소. 그러나 다행스럽게도 우리는 그 들 흉수 중, 두 명을 생포했소."

낮고 긴 중년인의 설명이 끝을 맺었다.

비무대 주변의 관중들은 흉수 두 명을 생포했다는 중년인의 말에 서 서히 흥분하기 시작하더니 급기야는 그 흉수를 끌어내라고 고함을 지 르기 시작했다.

비무대 위의 중년인과 노인의 얼굴에서 흐릿한 음소가 흘렀다.

"끌고 와라!"

고함을 지른 사람은 중년인에게 잠시 자리를 양보한 인가덕이었다.

인가덕이 부들부들 떨리는 음성으로 재차 고함을 지르자 관중들 속 에서 여러 명의 사내들이 흑의 복면을 한 채 결박된 두 인영을 끌고 비무대 위로 올라왔다.

"복면을 벗겨라!"

"어서 복면을 벗겨라!"

관중석에서 다시 고함이 터져 나왔다.

"복면을 벗겨라!"

인가덕이 고함을 질렀다.

즉시 주변에 있던 인가장의 사내들이 흑의인 두 명의 복면을 벗겼다.

온통 땀에 젖은 얼굴이 복면 아래로 드러났다.

짐작했듯이 그들은 유가검보의 무사들이었다.

정확히 말한다면 그들은 유가검보의 향주들이었다.

그것도 젊은 향주들이 아닌, 제법 고참 축에 속하는 향주들이라 휘주 인근의 사람들이라면 대부분 그들의 얼굴을 알고 있었다.

'저들이었구나……'

온통 웅성거리는 소란 속에서 백봉령주는 신음성을 삼켰다.

삼검대 소속의 향주 나지강 외에 다른 검대 소속 향주 몇 명도 동방회에 포섭당했다는 것은 알았지만 구체적인 신원은 몰랐는데 저들이었던 모양이다.

저들 두 사람의 이검대 소속 향주는 이들의 손에 생포되고 참담한 심정을 가눌 길 없다는 표정을 짓고 있었지만 그건 연극일 것이다.

저들은 인장호와 싸우지도 않았을 것이고, 애초에 정해진 각본대로 움직이고 있음이 확실했다.

백봉령주는 입술을 깨물었다.

일이 이렇게 순식간에 일어날 줄 몰랐다.

이럴 줄 알았으면 처음부터 모든 것을 털어놓고 유가검보주와 공개적으로 상의하는 것이 나았다. 지금 생각하니 그런 후회가 들었지만 처음에는 도저히 그럴 상황이 아니었다.

총단에서는 동방회와 유가검보가 손을 잡고 무슨 일을 꾸미고 있을 가능성도 배제하지 않았다. 또한, 남패천과 유가검보는 우호적인 관계가 아니었다. 오히려 대립하는 관계에 더 가까웠으므로 자신들의 행동은 제약이 있을 수밖에 없었다.

하지만, 그 무엇보다도 일이 너무 빠르게 진행되었다.

어렵게, 어렵게 유가검보에 잠입하고 채 사흘도 지나기 전에 걷잡을 수 없는 상황이 벌어졌다.

이젠 그런 후회는 백번을 해도 소용없다.

인장호의 시체에, 증인까지 둘씩이나 준비하고, 포섭된 이검대 소속 향주들까지 끓어앉혀 놓았으니 저들은 그것을 구실로 밀어붙일 것이다.

지금의 수작은 마지막 요식 행위일 뿐이리라.

이곳에 모인 수많은 관중들을 의식하고, 또 차후에 이곳의 일을 동방회가 아닌 인가장과 유가검보의 싸움으로 소문내기 위한…….

백봉령주는 등줄기에 식은땀이 흐름을 느끼며 시선을 돌렸다.

"이건 모함이오! 모두 누군가 꾸민 모함이오!"

소란스런 움직임 속에서 유상기가 고함을 질렀다.

"모함? 모함이라고……? 이 찢어 죽일 놈! 이렇게 완벽한 증거들이 있는데 모함이란 말이냐?"

유상기의 고함에 인가덕은 절규를 하듯 소리쳤다.

"저 두 사람이 모든 걸 꾸몄다면 모두가 속은 것이오."

유상기도 지지 않고 소리를 지르며 검갑으로 중년인과 노인을 가리
켰다.

당장이라도 몸을 날려 검을 휘두를 듯한 유상기의 모습에 소란들이
다시 잦아들었다.

"무슨 사연이 있고, 무슨 음모가 있는지 우린 모르겠소. 우린 유가검
보나 인가장 어느 곳과도 원한을 맺고 싶지 않소. 우리는 그냥 어젯밤
겪은 일을 있는 그대로 말해 주었을 뿐이오. 음모든 모함이든 그건 두
가문이 알아서 가리시오. 모함이라면 이들 두 사람이 가장 확실히 밝
혀주겠지요."

그 말과 함께 증인으로 나섰던 두 사람은 훌쩍 비무대 아래로 사라
졌다.

유상기는 다시 신음을 삼켰다.

그들 역시 한패일 것이지만 그건 심중뿐이었다. 그나마 그들은 신속
히 사라졌다.

이제부터 중요한 것은 표면상에 나타난 증거들이었다. 그것들이 상
황을 이끄는 데 더 큰 작용을 할 것이다.

아니나 다를까, 집사 공야순이 다시 고함을 질렀다.

"똑똑히 말해라! 누구의 사주를 받고 우리 인 공자를 해쳤느냐?"

공야순은 유가검보의 이검대 소속 향주 한 명의 목에 검을 들이대며
물었다.

"말할 수 없소!"

질문을 받은 사내가 강한 어조로 말했다.

"말하지 않으면 이 자리에서 죽는다! 대신 바른대로 말을 하면 죽이
지는 않겠다! 네놈들은 주인 명을 받은 개들일 뿐이니까!"

공야순은 다시 소리를 질렀다.

"절대 말 못하오!"

목에 칼을 들이댄 향주는 죽음도 불사하겠다는 듯 완강히 대답을 거부하며 고개를 흔들었다. 그리고 유상기를 쳐다보았다.

향주의 눈에서 충성을 다짐하는 무사의 기개가 엿보였다.

"음!"

유상기는 입 밖으로 신음을 토했다.

차라리 처음부터 유가검보에서 시킨 일이라고 시인했다면 사전에 짜여진 음모라고 밀어붙일 수도 있었다. 그러나 이검대 소속 향주는 악착같이 대답을 거부하며 죽음으로서 비밀을 지키겠다는 자세를 고수했다. 그리고 더없이 충직한 눈빛으로 자신을 쳐다보고 있었다.

그런 이검대 소속 향주의 모습에, 이 모든 것이 혹시 누군가가 꾸민 음모일 수도 있지 않을까 의심을 하던 사람들도 서서히 그런 의심을 접게 되었다.

"이 쳐 죽일 놈! 어서 말해라, 어서!"

인가덕이 갑자기 뛰어들며 공야순이 들고 있던 검을 빼앗았다. 그리고 대답을 거부하는 향주의 어깨를 찔렀다.

"크윽!"

어깨를 찔린 유가검보의 향주가 신음을 흘렸다. 그리고 인가덕을 향해 침을 뱉었다.

"이, 이놈!"

인가덕이 검을 높게 들어 올렸다. 그러나 공야순이 급히 만류해 검이 향주의 목을 자르는 사태는 피했다.

"젊은 혈기가 가상하구나."

공야순이 이제껏 질문을 던진 향주에게서는 더 이상 답을 얻기를 포기했다는 듯 다른 한 명의 향주에게 다가가 말을 걸었다.

"퉤!"

그러나 또 다른 유가검보의 향주 하나도 공야순의 얼굴에 침을 뱉었다.

"그냥 이 자리에서 죽여라! 우리 검보는 네깐 장사꾼 놈들에 굴하지 않는다!"

다른 향주는 훨씬 더 강경한 태도로 고함을 질렀다.

감탄을 자아내게 할 만한 기개와 의기였지만 그건 유가검보에 대한 올가미를 더욱 조이게 만드는 튼튼한 밧줄 역할을 했다.

"누구도 지시를 하지 않았다. 하지만 돈의 힘만 믿고 건방지게 날뛰는 냄새나는 놈들은 용서할 수 없다."

이검대 향주 이진석(李晉席)의 말에 장내는 쥐 죽은 듯한 정적이 흘렀다.

아무도 지시는 하지 않았다! 그러나 인장호를 죽인 것은 유가검보 소속 향주들의 소행이다!

그 말은 폭풍의 시발점 역할을 한다는 것을 모두들 느끼고 있었다.

비록 유가검보의 수뇌부가 지시를 하지 않았다지만 개의 잘못은 주인이 책임을 져야 하고 그 책임이 어떤 것일지는 짐작이 갔다.

"이래도, 이래도 더 할 말이 있느냐? 뚫린 입이 있으면 어디 계속 떠들어보아라!"

인가덕이 두 눈 가득 혈광을 번뜩이며 검을 치켜들고 유상기를 가리켰다.

유상기는 수염만 부르르 떨 뿐 아무 말도 하지 못했다.

어차피 이들의 행동은 유가검보를 치기 위한 구실을 만드는 것일 뿐이란 생각이 들었다. 그러니 지금으로선 어떤 말을 해도 소용없을 것이다.

내막은 철저히 감추어두고 드러난 증거만으로 모든 것을 꾸며 나갈 것이다. 또한 그 내막을 밝힐 시간은 절대로 주지 않을 것이다.

이젠 저 두 향주 놈들만이 상황을 뒤집을 유일한 끈이었다.

그런데 그 끈마저 끊어져 나가고 있었다.

"크윽!"

"큭!"

인가덕의 손에서 검을 뺏어 든 공야순이 두 명의 향주들 목을 베었다.

왜?

목이 베어지는 이검대 향주들 눈에 그런 의문이 강하게 떠올랐다. 각본대로 움직인 이후에 보장된 부귀영화가 저승행일 줄이야…….

그들의 눈빛은 공야순의 잔인한 칼질에 묻혀 허망하게 사라졌다.

예기치 못한 사태에 잠시 당황한 표정을 한 인가덕을 제치고 공야순이 다시 고함을 질렀다.

"이놈들은 누구의 지시도 받지 않았다고 했지만 우린 절대로 믿을 수 없소! 정말 그렇다면 저기 저렇게 겹겹이 둘러싸고 앉아 있는 일검대 무사들은 무엇이오? 뭔가 켕기는 게 있으니 백 명이나 되는 무사들을 끌고 이곳까지 온 것이 아니겠소? 이제 그만 가증스런 표정은 치우고 무인답게 인정하시오!"

공야순이 검첨으로 유상기와 유화결 등을 호위하고 있는 유가검보 일검대 무사들을 일일이 가리키며 소리를 질렀다.

그 소리에 모든 관중들의 시선이 유가검보 사람들에게로 향했다.

유상기는 부서져라 검병을 움켜쥐었다.

놈들의 수작에 놀아났다는 생각이 든 것이다.

이런 비무대회를 개최한 것도, 인장호를 이용해 조카 화결을 끌어내고 전혀 예상 밖의 고수들을 출전시켜 대진표를 마음대로 조작하며 지속적으로 화결을 위협하는 인상을 주어 일검대를 이곳까지 오게 만든 것도…….

그 모든 것들이 이 순간을 위한 수작이었다.

'대체 이놈들이 무얼 믿고 이런 억지를?'

유상기는 치밀어 오르는 분노에 눈을 부릅떴다.

호랑이 코털을 잡아 뽑는데도 한도가 있는 것이다.

일검대 인원 백 명이면 인가장 정도는 한 시진 안에 쓸어버릴 수 있다.

'지금까지는 꼼짝없이 각본대로 움직였지만 이제부터는 그 각본을 갈기갈기 찢어주겠다.'

유상기는 검을 들어 올렸다.

그러나 공야순의 목소리가 한발 앞서 울려 퍼졌다.

"무림동도 여러분!"

언제부터 상인 가문인 인가장이 무림과 친구였는지 모르겠지만 공야순의 목소리는 계속해서 울렸다.

"여러분도 똑똑히 듣고 보았듯이 우리 인가장의 장남 인장호 공자는 유가검보에서 죽었소! 정정당당한 비무로는 도저히 이길 수 없고, 유화결이 우리 인 공자에게 지면 체면이 깎인다는 생각을 한 저놈들은 인간으로서 하지 못할 파렴치한 짓을 저질렀소! 하지만 원통하게도 우리

인가장은 무력으로는 저 짐승 같은 놈들을 이길 수 없소! 그래서 우리는 제안을 하나 하고자 하오! 여기 계신 동도 분들 누구든지 저 파렴치한 인간들을 베어주면 목 하나에 은자 일천 냥씩 쳐드리겠소! 특히 유가 연놈들의 목은 은자 일만 냥을 쳐드리겠소!"

공야순은 은자 일만 냥이란 말과 함께 검첨으로 유화결과 유화경, 유상기를 차례로 가리켰다.

너무 엄청난 말에 장내는 한참 동안 얼어붙었다.

"이젠 쓰러질 차례구만. 역용술의 효력이 떨어지고 있어."

역할을 끝낸 사내는 공야순을 향해 눈짓을 하고는 바닥으로 쓰러졌다.

"장주!"

쓰러진 사내를 공야순이 급히 부축했다. 그리고 비무대 아래를 향해 고함을 질렀다.

"어서, 어서 장주를 모셔라!"

지시와 함께 기다리고 있었다는 듯 몇 명의 사내들이 사내를 데리고 내려갔다.

시끄러워지던 관중석이 이젠 술렁거리고 있었다. 그리고 그 술렁거림은 일정한 규칙이 있었다.

일단의 관중들이 관중석의 뒤쪽에서부터 천천히 안으로 조여오고 있었다.

"그 말 사실이오?"

조여오던 관중들 중에서 누군가 소리를 질렀다.

"사실이오! 하늘을 우러러 맹세하오! 우리 가주께서 이미 모든 준비를 끝냈소! 동전 한 푼 틀리지 않을 것이오!"

공야순이 득달같이 답했다.

"좋군!"

이번에는 다른 쪽에서 나직하지만 모든 사람들의 귀에 또렷이 들리는 목소리가 울렸다.

"천 냥보다는 일만 냥에 더 관심이 가는데……."

또 다른 쪽에서도 비슷한 목소리가 울렸다.

"네 명의 목을 한꺼번에 따면 사만 냥인가? 그런데 한 놈은 안 보이는군!"

악마의 웃음소리 같은 소리들이 계속해서 들려왔다.

"파렴치한 인간들의 목을 따며 현상금 사냥에 동참할 사람들은 앞으로 나서고 그렇지 않은 사람들은 모두 물러나시오! 현상금의 배분이 줄어드는 것을 막기 위해서 사냥꾼의 수를 줄일 수도 있으니까 말이오!"

다른 곳에서 관중들을 위협하는 목소리가 울렸다. 쓸데없이 얼쩡거리면 유가검보 사람들뿐만 아니라 누구든 벨 수 있다는 말이었다.

그 고함 소리와 함께 앞쪽에 있던 관중들이 비명을 지르며 뒤쪽으로 물러났다.

비무 구경은 이제 끝났다.

대신 피를 튀기는 혈겁이 일어날 상황이었다.

비무는 웃고 떠들며 관전이 가능했지만 혈겁은 그 모든 것이 불가능하다.

한시라도 멀리 떨어지는 것이 장수의 지름길이었다.

온 관중석에서 비명이 울리며 남녀노소를 불구하고 관중석을 빠져나가느라 난리법석의 상황이 벌어졌다.

넘어지기도 하고 짓밟히기도 하며 관중들이 강변 저쪽으로 몰려가자 현상금을 노리고 싸움에 참가하려는 사람들의 모습들이 드러났다.

처음에는 누군가 장난으로 그런 소리를 지른다고 생각했다.

감히 유가검보의 일검대 백 명을 상대로 사냥이니 어쩌니 하는 말을 할 수 있으리라 상상하지 못한 것이다.

그러나 관중들이 뒤로 물러나고 사냥꾼들의 모습이 드러났을 때 모든 사람들은 저마다 한마디씩 경호성을 질렀다.

유가검보 사람들을 중심으로 둥글게 포위망을 형성하고 있는 사람들은 유가검보의 일검대 무사들보다 훨씬 숫자가 많았다. 그리고 그들은 무슨 관군들처럼 질서 정연하게 서 있었다.

비록 차림새와 무기는 각각 달랐지만 그들 개개인의 몸에서 풍겨 나오는 기운은 유가검보의 일검대보다 몇 배는 더 조직적이었다.

"이, 이놈들은?"

자신들을 포위하고 서 있는 무리들을 쳐다본 유상기의 얼굴이 창백해졌다.

많은 관중들 사이에 파묻혀 있다가 순식간에 나타난 이들은 결코 어중이떠중이 모여든 현상금 사냥꾼들이 아니었다.

한 집단에 소속되어 고도의 수련을 거친 자들이란 느낌이 절로 들었다.

'이걸 믿고 이놈들은……!'

유상기는 이를 악물었다.

인가장의 도발이 어이없다고 생각했는데 이제 절대로 아니었다.

포위망을 구축하고 선 자들 개개인은 결코 일검대 소속 무사들 아래가 아닌 것 같았다.

어쩌면 일검대 소속 무사들 몇 명이 저들 한 명을 상대해도 힘들지 몰랐다.

유상기는 먹구름처럼 넘쳐 오는 불안감을 떨쳐 버리고자 심호흡을 했다.

전쟁터에서 수장의 사기가 떨어지면 그 아래 병사들은 오합지졸이 되듯이 지금 자신의 일거수일투족은 일검대의 사기와 직결된다.

억지로라도 의연하게 행동하며 가장 효과적으로 무사들을 이끌어야 한다.

아마도 이런 일을 예상하고 유화성이 본가로 달려갔을 테니 본가에서 구원대가 올 때까지만 버티면 승산이 있을 것이다.

챙!

유상기는 호기있게 검을 뽑았다.

맑은 검명이 사방으로 퍼져 나가며 피를 뜨겁게 했다.

"우하하하! 가소롭기 짝이 없구나! 감히 안휘성 제일의 검보인 유가검보를 상대로 사냥을 하겠다고? 하하하하!"

유상기는 최대한 큰 소리로 광소를 토했다.

호쾌한 유상기의 웃음소리에 긴장으로 굳어졌던 유가검브 일검대의 표정이 펴졌다.

그리고 투지가 넘치는 자세로 바뀌며 같이 검을 빼 들었다.

챙!

챙!

거의 동시라 할 만한 순간에 차가운 검명이 사방으로 울려 퍼졌다.

검명과 함께 일백 개의 검에서 반사되어 나오는 광채가 쳐다보는 이의 망막을 태울 듯 뻗어나갔다.

한 개의 검이 내뿜는 광채만으로도 보통 사람들은 간담이 오그라드는 기분을 느낀다. 하물며 백 개의 검이 한꺼번에 뽑혀 허공을 찌르자 그 기세는 하늘이라도 갈라 버릴 것 같았다.

그러나 그런 기세는 유가검보 무사들을 상대로 포위망을 형성한 사냥꾼들에겐 전혀 통용되지 않았다.

유가검보 일검대원들의 검이 뽑힌 후에도 그들은 조금의 동요도 보이지 않고 처음의 모습 그대로 스산하게 서 있었다.

오히려 그들의 표정은 더욱 호기롭게 변하며 유가검보 검대원들을 비웃는 듯했다.

그런 사내들의 모습에서 유상기는 물론이고 유화결과 유화경은 자신도 모르게 온몸이 경직되어 옴을 느끼며 검을 쥔 손에 더욱 힘을 주었다.

第二十五章

혈전(血戰)

혈전(血戰)

"웃기지도 않는군!"

관중들 틈에 섞여 얼떨결에 뒤로 밀려난 진우청은 임문정이 있던 천막 쪽으로 시선을 고정시키며 중얼거렸다.

이제껏 자리를 지키고 있던 임문정은 인장호의 시체를 안은 인가덕이 비무대 위로 오르기 전에 소리없이 사라져 버렸다. 마치 이젠 자신들의 일을 다 마쳤다는 듯이…….

"유가검보에서 인장호를 죽였다고?"

진우청은 어이없는 표정으로 하! 하고 웃음을 흘렸다.

인장호는 어제 오후 자신에게 걷어차여 무릎뼈가 부서지고 갈비뼈 몇 개도 같이 부러졌을 것이다.

아무리 용한 의원을 데리고 와서 온갖 양약을 복용시킨다고 해도 한 달간은 제대로 걷지도 못할 것이다. 어쩌면 평생 절뚝거리고 다닌다

해도 이상할 것이 없었다.

정말 더러운 놈이란 생각과 함께 필요 이상의 힘까지 들어가며 무릎
관절을 제대로 걷어찼다.

무릎뼈가 사기그릇처럼 조각나는 그 순간의 느낌이 아직 생생하다.

그런 놈이 열 명도 넘는 유가검보 무사들을 상대로 칼부림을 하고
그들의 검에 맞아 죽었다고?

"그래서 독까지 써가며 날 죽이려 했군."

진우청은 어제저녁에 자신에게 독공을 펼치며 보지 말아야 할 것을
너무 많이 봤기에 죽어야 한다던 허경군이란 놈의 말이 이젠 이해가
되었다.

무릎뼈가 부러진 인장호, 혈유, 이여옥의 동방회행!

그 모든 것을 생생히 목격한 자신이기에 죽여서 화근을 없애려 한
것이다.

"가증스런 놈!"

진우청은 텅 빈 천막 쪽을 바라보며 내뱉었다.

그래도 어제 이여옥을 넘겨주는 자리에서는 제법 호기가 느껴졌었
다.

물론 이여옥 앞이라 그랬겠지만 군더더기없는 행동과 말투에서 이
여옥을 인장호 그놈이 하는 것처럼 다루지 않을 것이라는 안도감도 들
었다. 그런데 이런 짓을 벌이는 걸 보니 만정이 떨어지는 기분이었다.

인장호 그놈은 반쯤 죽여놓아도 속이 안 풀릴 것 같은 놈이긴 했다.

그런 놈들의 말로는 항상 이렇게 비참하기 마련이다.

결국 그놈은 어제 자신에게 당해 움직일 수도 없는 상태에서 유가검
보의 검초를 흉내 낸 검에 찔려 세상을 하직했을 것이다.

"그렇다고 시체까지 이용해서 이런 짓을……."

진우청은 아침에 천막에서 임문정을 만났을 때의 얼굴을 떠올렸다.

아무리 타고난 놈이라도 이런 일을 벌이기 전이면 얼굴이나 눈빛에 변화가 드러날 것이지만 그놈은 추호도 그런 기색이 없었다.

놈은 너무나 태연하고 여유로웠다.

고개를 설레설레 흔든 진우청은 시선을 돌렸다.

그 순간, 일검대를 포위하고 있던 사내들이 사냥을 하는 늑대처럼 뛰어오르며 일검대를 덮쳐 갔다.

날카로운 검명이 연속적으로 울렸다.

진우청은 얼른 고개를 들고 그들을 쳐다보다가 아랫배로 호흡을 뭉쳤다.

등 뒤로 강한 살기가 느껴지며 살벌한 기운 한줄기가 날아들었다.

진우청의 상체가 갈대처럼 흔들렸다.

쾌속하게 날아온 암기 하나가 진우청이 있던 자리를 지나가며 다른 사람의 어깨에 꽂혔다.

"아악!"

암기에 맞은 사내 하나가 비명을 토하며 쓰러졌다.

진우청은 얼른 신형을 돌려 암기를 날린 자를 찾았다.

물씬 살기를 풍기며 다섯 명의 사내들이 관중들 사이를 헤집고 다가오고 있었다.

독공으로도, 비무대 위에서도 죽이지 못한 진우청을 유가검보 사람들을 쓸며 같이 해치우기 위해 달려오는 사내들이었다.

피잉—

다시 미세한 파공음이 들리며 이번에는 몇 개의 암기가 동시에 날아왔다.

몸을 틀려던 진우청은 생각을 바꾸었다.

맹독이 발라져 있는지 좀 전에 암기를 맞은 사람의 얼굴이 시커멓게 타 들어가고 있었다.

그냥 피하면 또 다른 사람들이 그렇게 죽어갈 것이다.

휘이잉—

순식간에 뽑혀진 용곤과 호곤이 바람을 갈랐다.

두 개의 몽둥이로 암기를 모두 튕겨낸 진우청은 용곤과 호곤을 하나로 합쳤다.

합쳐졌다 싶은 순간 용호곤이 빨랫줄처럼 길게 늘어났다.

미끄러지듯 움직이는 진우청과 그 손에서 뻗어 나온 용호곤이 또 다른 암기를 뿌리려던 사내의 가슴을 찔렀다.

퍽!

갈비뼈가 왕창 부서져 나가는 소리와 함께 사내의 입에서 비명 대신 선혈이 터져 나왔다.

"아악—!"

갑작스레 사람 하나가 쓰러지며 얼굴이 시커멓게 변하고 뒤이어 진우청의 공격을 받은 사내 하나도 피를 토하며 쓰러지는 것을 본 구경꾼들이 비명을 질렀다.

"모두 물러서시오!"

진우청은 고함을 질렀다. 그리고 거의 동시에 용호곤을 휘둘렀다.

가죽 북이 터지는 소리와 함께 다른 한 명의 사내가 폭풍에 휩쓸린 듯 날아갔다.

퍼퍼퍽!

다시 묵직한 격타음이 연속적으로 터졌다.

어느새 두 개로 분리된 용곤과 호곤이 다가온 사내들의 허리와 어깨, 복부를 두드려 비명도 지르지 못하고 쓰러지게 만들었다.

"아아악—!"

순식간에 다섯 명의 사내가 바닥에 뒹굴자 급급히 물러나던 관중들 사이에서 찢어지는 듯한 비명 소리가 들렸다.

물러나라는 진우청의 고함 소리를 듣고 채 세 발자국도 움직이기 전에 일어난 사태였기에 그들은 여전히 위험 지역 내에 있었던 것이다.

암기를 날리는 사내들도 위험했지만 그들에게는 두 개의 쇠몽둥이를 들고 서 있는 진우청이 더 위험한 존재로 느껴졌다.

잠시 후 진우청이 서 있는 자리 근처로 둥글게 공터가 만들어졌다.

쟁—

진우청은 용곤과 호곤을 하나로 합쳤다.

근거리 공격에서는 용곤과 호곤으로, 원거리 공격에서는 용호곤으로의 전환이 자연스럽게 이루어졌다.

쟁—!

쟁강—

이젠 유가검보 일검대원들과 그들을 포위한 사람들 간의 싸움도 본격적으로 시작되어 날카로운 쇳소리들이 사방으로 울려 퍼졌다.

진우청은 분노가 물들기 시작하는 눈으로 잠시 그들의 싸움을 지켜보았다.

싸움이 막 시작된지라 유가검보의 식구들인 유화결 등은 검대원들에게 둘러싸여 있었지만 조금만 더 지나면 그들도 피를 튀기는 싸움을 벌이게 될 것이다.

'어딜 간 것이지?'

진우청은 일검대원들에게 둘러싸인 사람들 중에서 유화성의 모습은 여전히 보이지 않음을 느끼고 짧은 의문에 빠졌다.

아까 무작정 자신에게로 다가와 동생들을 살려달라고 했을 때는 전혀 영문을 몰랐는데 그 사내는 이런 사태를 모두 예상했다는 생각이 들었다.

휘익—

잠시 상념에 잠겼던 진우청은 바닥을 향해 용호곤을 내리찍었다.

퍼억!

쓰러진 자들 중에서 제일 타격을 적게 입었던 사내 하나가 사력을 다해 암기에 손을 뻗으려다 용호곤 끝에 복부를 가격당하고는 허옇게 눈을 뒤집었다.

"우승하면 상금 만 냥을 준다고……?"

진우청은 잇새로 중얼거렸다.

"그리고 약속을 어기지 않는 사람들이라고……?"

진우청의 입이 옆으로 비틀어졌다.

"개떡……!"

한마디 욕지거리를 내뱉은 진우청은 천천히 용호곤을 들어 올렸다.

동료들 다섯이 실패하고 뻗은 것을 본 일단의 무리들이 빠르게 달려오고 있었다.

"정확히 일만 냥… 아니, 이자 열 곱으로 붙여서 십만 냥어치만 떡을 쳐주지."

휘리릭! 하고 용호곤을 머리 위로 한 바퀴 돌린 진우청은 달려오는 사내들을 향해 마주 다가갔다.

　　　　　*　　　　*　　　　*

　휘익—

　발끝에 걸리는 땅바닥을 세차게 내리찍은 유화성의 신형이 쏜살처럼 달려나갔다.

　검보가 가까워질수록 오히려 마음은 더 급해졌다.

　다급한 마음에 놈들이 움직이기 전에 한발 앞서 자신이 판단한 상황을 알리고 구원군을 이끌고 다시 비무대회장으로 올 생각이었지만 불안감은 점점 가중되었다.

　놈들은 지금까지 은밀하고 철저하게 준비한 후 움직였다.

　그래서 마지막 순간에 와서야 겨우 놈들의 계획을 눈치챌 수 있었다.

　그만큼 철저한 놈들이라면, 그리고 일검대를 비무대회장으로 분산시키고 다른 검대도 광산과 채석장으로 분산시키게 계략을 꾸민 놈들이라면 본가라고 해서 가만 놔둘 리가 없었다.

　각개격파가 그 다음 순서일 것이다.

　그렇다면 이곳으로 오는 것보다 차라리 그곳 비무대회장에 있는 것이 나았다.

　머리 속으로는 그런 판단을 했지만 발길은 멈추어지지 않았다.

　그래도 혹시나 본가 쪽이 무사하다면 만반의 준비를 갖추게 하고 나서 구원대를 이끌고 비무대회장으로 달려갈 작정이었다.

　지푸라기라도 잡는 심정이 된 유화성은 더욱 세차게 땅을 박찼다.

　까마득히 검보의 지붕이 보였다.

유화성은 가슴이 덜컥 내려앉는 기분을 느꼈다.

검보의 지붕 위로 짙은 연기 한줄기가 보였다.

유화성은 피가 나도록 입술을 깨물었다.

한발 앞서 달려온다는 생각도 물거품이 되었다.

저 연기는 위기 상황이 닥쳐 밖으로 나간 검대원을 불러들이는 신호였다.

그러나 본가로 달려올 검대원들은 없을 것이다.

아마도 지금쯤이면 광산이나 채석장, 비무대회장에서도 똑같은 상황이 벌어지리라.

'내 눈이 틀리지 않아 자네가 내 동생들을 살려주기만을 비네.'

진우청의 모습을 떠올린 유화성은 더욱 힘주어 입술을 깨물었다.

주르르—

악물린 입술에서 선혈이 흘러내렸지만 유화성은 그것도 의식하지 못하고 세차게 땅을 박찼다.

*   *   *

진우청은 머리 위로 한 바퀴 돌린 용호곤을 천천히 앞으로 내밀었다.

초식이랄 것도 없는 단순한 배곤(排棍)의 자세였다.

그런 쇠몽둥이에 동료 다섯 명이 순식간에 바닥에 쓰러진 것을 본 일단의 사내들은 긴장한 눈빛으로 신중하게 진우청의 주변에 둘러섰다.

휘리릭—

사내들이 신속히 흩어지며 포위망을 형성하는 것을 본 진우청은 곤을 앞으로 내민 자세에서 천강검초의 초식을 펼치며 준비 운동을 하듯한 바퀴 휘둘렀다.

우웅―

용호곤 끝에서 무거운 천강음이 울려 퍼졌다.

천강음의 발출에 몸을 움찔한 사내 하나가 반대편의 동료와 눈빛을 교환한 후 진우청을 향해 동시에 몸을 날렸다.

한 사람은 평범한 검을, 다른 한 사람은 협봉검을 들고 있었다.

가벼운 협봉검이 먼저 진우청의 목을 노리고 날아들었다.

협봉검 끝이 가까이까지 왔을 때 용호곤이 빛살처럼 뻗어나갔다.

후발선지(後發先至)!

사내의 협봉검 끝이 진우청의 목 한 치 앞에서 멈추었다. 그리고는 주인의 몸을 따라 튕겨지듯 뒤로 날아갔다.

휘익―

협봉검을 든 사내의 가슴을 찌른 진우청은 용호곤 끝에서 느껴지는 반탄력을 그대로 이용해 반대편에서 짓쳐드는 평범한 검을 든 사내의 가슴을 똑같이 찔렀다.

평범한 검 역시 진우청의 가슴 한 치 앞에서 멈추어졌다가 주인과 함께 급격히 뒤로 튕겨 날아갔다.

설명은 길었지만 두 사람이 진우청이 찌른 용호곤에 튕겨 나간 것은 거의 동시였다.

용호곤이 늦게 움직였지만 순간을 가르는 빠르기는 비교할 수 없는 수준이었기에 두 사람이 뒤로 튕겨 나가는 모습은 무심코 수평으로 들려진 용호곤에 두 사람이 재수없게 앞뒤에서 같이 부딪쳐 튕겨 나가는 형상이었다.

두 사람을 한꺼번에 날려 버린 진우청은 허리 어림으로 용호곤을 휘익 감아 돌린 후 배후배곤(背後背棍)의 자세를 잡았다.

순식간에, 그것도 극히 단순한 동작에 동료들이 쓰러진 것을 본 사내들은 온몸 가득 살기를 피워 올리며 포위망을 더욱 조여왔다.

웬만한 인간들이라면 순간적으로나마 주춤거리는 모습을 보일 것이건만 동료들의 패배를 보며 한층 더 진한 살기를 내뿜는 이들은 혹독한 수련과 많은 실전 경험을 거친 자들이란 생각이 절로 들게 했다.

'그러거나 말거나!'

진우청은 내심 중얼거렸다.

아무리 실전 경험이 많고 혹독한 훈련을 쌓았다고 한들 자신만 하랴.

그 지옥 같은 비탈길을 하루 몇 번씩 물지게를 져다 나르고, 물지게를 내려놓자마자 용무를 수련한 십 년의 시간을 합친다면 어떤 혹독한 훈련을 받은 인간도 따라올 수 없을 것이다.

엄중한 자세로 포위는 하였지만 즉시 달려들지 못하고 빈틈을 살피는 사내들을 보며 진우청은 발끝을 움직였다.

스스스—

무릎을 굽히지도 않고 발끝만 살짝 움직였는데도 진우청의 몸은 미끄러지듯 앞으로 쏘아졌다.

"어엇!"

이제까지 철저하게 침묵을 지키던 사내 하나가 이형환위(移形換位)의 신법을 무색하게 하며 자신의 코앞으로 다가드는 진우청을 보고 경호성을 토했다. 그리고 반사적으로 검을 쳐올렸다.

투닥!

검을 반도 쳐올리지도 못한 사내의 입이 딱 벌어졌다.

코앞에서 일렁거리던 진우청의 모습은 어느새 반대편에 서 있는 동료를 향해 쏘아지고 있었다.

투닥—

반대편에 있는 동료의 가슴에서 자신의 옆구리에서 터졌던 것과 똑같은 격타음이 터진 것을 들은 후에 사내는 비명을 질렀지만 그것은 입 안에서만 맴돌았다.

가슴을 가격당한 동료 역시 비명은 내지르지 못한 채 자신처럼 입만 딱 벌리는 것을 보며 사내는 바닥으로 무너졌다.

쨍—

두 명의 사내들을 꺼꾸러뜨린 진우청은 다른 사내 하나가 휘두르는 검을 막았다.

찌이잉—

용호곤과 부딪친 사내의 검이 곤신을 타고 주르르 미끄러져 왔다.

호수(護手)가 있는 검과 달리, 곤은 손을 보호할 장비가 아무것도 없다는 약점을 최대한 이용한 공격이었다.

쨍—

진우청의 손이 빠르게 움직이며 머리 속까지 상쾌하게 만드는 쇳소리가 울렸다.

진우청의 손가락을 잘라가던 사내는 자신의 검이 곤신을 타고 흐르는 것이 아니라 허공을 가르고 있음을 느꼈다.

용곤과 호곤으로 분리된 용호곤이 더 이상 검이 타고 흐를 곤신을 감춰 버렸기 때문이다.

투다탁—

사내의 어깨와 양 옆구리에서 세 번의 격타음이 연속으로 울렸다.

어깨뼈와 갈비뼈가 왕창 무너져 내리는 느낌을 받은 사내는 입을 딱 벌렸지만 숨통을 조여오는 고통은 어떤 소리도 지를 수 없게 만들었다.

사내는 그 자리에서 모래 탑이 무너지듯 허물어졌다.

다시 한 명의 사내를 때려눕힌 진우청은 용곤과 호곤을 동시에 휘둘렀다.

우웅—

웅—

두 개의 단곤에서 각각 천강검식이 펼쳐지며 천강음도 두 가닥이 울렸다.

서걱!

초식을 익히고, 짚단이나 나무둥치를 베며 수없이 상상만 해보았지 결코 익숙하지는 않은 감촉이 검을 쥔 손을 통해 고스란히 뇌리로 전해져 왔다.

그것은 살아 있는 인간의 살과 뼈를 베는 느낌이었다.

물씬—

뒤이어 더운 피비린내가 얼굴을 향해 뿜어져 왔다.

피를 뒤집어쓴 유화결은 동생 유화경을 쳐다보았다.

어릴 때부터 화산에 입문하여 검을 익혔지만 아직 사람을 죽인 경험이 없는 유화경은 파랗게 얼어붙은 얼굴로 제대로 된 초식을 뿌리지 못하고 있었다.

'젠장!'

유화결은 이를 악물었다.

자신 역시 살아 있는 사람의 몸뚱어리를 베며 제정신이 아닌 것 같은데 동생은 오죽하랴.

허공을 향해 초식을 뿌리는 것과 사람의 목숨을 끊으며 검을 휘두르는 것은 절대로 같을 수 없다.

한 번도 살인을 해보지 않은 사람에게는, 특히 아직 소녀의 껍질을 다 벗지 못한 유화경에게는 그건 천양지차였다.

휘익—

유화경은 현실을 제대로 인식하지도 못하고 무의식적으로 검을 휘둘렀다.

화산에서 수없이 갈고닦은 화산검의 초식이 하나도 떠오르지 않았다.

꿈속에서도 휘두를 수 있는 검초였지만 아비규환의 피분수를 목격하며, 일검대 대원들의 처절한 비명 소리를 듣고 나서부터는 백치라도 된 것처럼 머리 속이 비어버렸다.

비록 포위망 속에 갇히긴 했어도 일검대 대원들 백 명은 성벽같이 자신들을 둘러싸고 있었다.

그래서 조금도 겁나지 않았다.

조금 전까진 그랬다.

그러나 검이 뽑혀지고 싸움이 시작되면서부터는 그 성벽이 너무도 허술하다는 것을 느꼈다.

시시각각 균열이 갔고 결국은 구멍이 뚫리며 자신에게도 검이 날아들었다.

숙부 유상기와 작은오빠 유화결의 도움이 아니었으면 지금쯤 자신도 쓰러진 일검대원들처럼 바닥에 드러누워 있을 것이다.

화산에서 비무를 벌일 때는 반 시진 동안 연속으로 휘둘러도 거칠어지지 않던 호흡이 일각이 지나기 전에 목구멍까지 차 오르며 불덩이를 삼킨 것처럼 단내가 났다.

"정신 차려, 이 멍청아!"

작은오빠 유화결의 목소리가 들렸다.

그 목소리와 함께 날카로운 쇳소리도 들렸다.

아마도 자신에게로 날아드는 검 하나를 막아낸 모양이었다.

유화경도 무의식적으로 다른 검 하나를 막아냈다.

초식을 펼친 것도, 내력을 집중한 것도 아니었다.

그냥 삶을 향한 본능이 그렇게 생명만 유지시킨 것이다.

"정신 차리세요, 화경 소저!"

백봉령주의 다급한 목소리도 들렸다.

쨍—

다시 한 개의 검을 쳐냈지만 현실에서의 일이 아닌 것 같았다.

"뒤로!"

일검대 대원 한 명이 앞을 막아서며 유화경의 신형을 밀쳤다.

"어딜!"

"크윽!"

음산하고 낮은 목소리와 답답한 비명 소리가 동시에 들리며 유화경을 보호하던 일검대 대원이 가슴을 파고든 검을 잡고 무릎을 꿇었다.

"어서……."

자신의 가슴을 관통한 검날을 필사적으로 움켜쥔 사내가 마지막 힘을 쏟으며 유화경을 재촉했다.

유화경은 이를 딱딱 부딪치며 검을 휘둘렀다.

일검대원의 가슴에서 검을 다 빼내지 못한 사내의 목이 허공으로 솟구쳤다.

몸과 분리되어 바닥으로 떨어져 내리면서도 고통스럽게 부릅뜬 눈은 여전히 자신을 쳐다보고 있었다.

"아아악—!"

유화경은 미친 듯이 비명을 지르며 검을 휘둘렀다.

쌔앵—

발작 같은 그녀의 검에 또 다른 서왕문 무사 한 사람이 가슴이 갈라지며 쓰러졌다.

"으흐흑— 모두… 모두 죽여 버릴 거야!"

두 번째로 살인을 한 유화경은 울부짖으며 앞으로 쏘아져 나갔다.

최초로 살인을 하며 목구멍까지 차 올라 숨을 쉬기 힘들게 만들던 피 냄새가 두 번째 살인과 함께 씻은 듯이 사라졌다.

첫 번째 살인과 함께 온 뇌리를 가득 채운 고통에 일그러진 얼굴이, 두 번째 살인과 함께 깨끗이 지워졌다. 그리고 그 자리에 화산의 검초가 선명하게 떠올랐다.

유화경의 검에서 비로소 화산의 절기들이 쏟아져 나왔다.

공황 상태에 빠진 채 얼어붙어 있던 유화경이 비로소 제대로 검을 휘두르는 것을 본 유화결과 백봉령주는 한시름 놓은 얼굴을 하며 자신에게로 날아드는 검들을 막아갔다.

'이렇게는 한 시진도 힘들다.'

유상기는 낙엽처럼 쓰러지는 일검대 무사들을 보며 생각했다.

자신에게는 세 명의 고수들이 집요하게 따라붙으며 검을 휘둘러 오고 있었다.

사전에 약속이 되어 있는 듯 세 사내는 너무도 완벽하게 합공을 하며 자신의 손발을 묶어, 부하들을 지휘하는 것은 물론이고 조카들을 돌볼 여유조차 가지지 못하게 했다.

이런 상황을 예상하고 평소에 여러 종류의 검진을 무수히 연습했다.

이백 명의 일검대 중, 이곳에 온 대원들은 백 명밖에 되지 않으니 그 효력도 반으로 줄어들겠지만 검진을 구성하면 지금보다 몇 배는 더 효과적으로 대처할 수 있다.

그러나 세 명의 고수에 철저히 손발이 묶인 유상기는 검진을 발동시킬 수 없었다.

놈들은 처음부터 철저히 준비하고 검진을 발동시키기 전에 자신을 옭아맨 것이다.

대체 이놈들은 누구일까, 대체 누구기에 이런 일을 꾸민단 말인가?

쉴 새 없이 날아드는 세 개의 검을 막으면서도 유상기의 머리 속에서 그런 의문이 떠나지 않았다.

무인의 삶이란 것이 칼날 위에서 노닐다 칼날 위에서 스러지듯, 무가(武家)의 운명 역시 그랬다.

패권 다툼 속에서 작은 가문 하나는 하룻밤 사이에 쓸어버릴 수도 있고, 반대로 자신들의 가문이 그렇게 사라져 갈 수도 있다. 그러나 그것도 패권 다툼이라는 이유가 있었다.

최근 유가검보가 패권 다툼을 한 일이 있었던가?

광산 때문에 인근 인가장과 알력이 있긴 했지만 그건 전혀 패권 다툼의 수준이 아니었다.

그런데도 이렇게 전면전을 걸어오는 이 무리들은?

검을 휘두르며 생각을 이어가던 유상기의 표정이 급격히 굳어졌다.

'설마?'

유상기는 불길한 예감에 심장이 오그라드는 느낌을 받았다.

만약 본가에서도 이곳과 똑같은 상황이 벌어지고 있다면?

이런 일을 꾸미고 일검대를 양쪽으로 분산시키는 데 성공한 놈들이라면 충분히 그럴 수 있을 것이다.

평소라면 그것이 불가능했다.

유가검보와 전면전을 벌이려면 그만한 인원들을 움직여야 했고, 아무리 야음을 틈타고 은밀히 움직이더라도 그건 포착이 된다.

그러나 이번에는 상황이 달랐다.

엄청나게 규모가 커진 비무대회와 구름처럼 몰려든 관중들!

그 속에 파묻혀 들어왔다면 동시에 두 곳을 공격하는 것도 전혀 불가능하지 않았다.

왜 이제야 그런 생각이 든 것일까?

그렇다면 유화성이 구원대를 이끌고 오는 것은 꿈도 꾸지 말아야 한다.

서걱—

심적인 흔들림과 함께 드러난 파탄 속으로 검 한 자루가 파고들어 어깨를 스쳐 갔다.

치명적이진 않았지만 연쇄적인 파탄을 만들기에는 충분한 상처였다.

"대주님!"

향주 한 명의 다급한 목소리가 들렸다.

그러나 목소리로 그칠 뿐 어떤 도움도 주지 못했다.

쟁—

한 개의 검을 튕겨내자 다른 검 하나가 허리를 쑤시고 들었다.

유상기는 급히 신형을 틀며 표풍소설의 검초를 펼쳤다.

표홀한 바람이 눈송이를 휩쓸 듯 유상기의 검이 허리로 날아드는 검을 쳐냈다.

허리로 쑤셔드는 검을 쳐낸 순간 등줄기를 향해 한 자루의 도가 사정없이 떨어져 내림을 느꼈다.

한 번 승기를 빼앗기거나 균형이 깨어지면 이처럼 힘든 것이다.

이곳에 있는 일검대와 본가가 한꺼번에 공격을 당할지도 모른다는 동요와 함께 빼앗긴 승기는 계속해서 유상기를 위기로 내몰았다.

쉬이익—

등 뒤로 떨어져 내리는 칼이 더욱 시린 느낌을 주었지만 어쩔 도리가 없었다.

최대한 요혈을 비껴 나가기만 바랄 뿐이었다.

"숙부님!"

유화경의 목소리와 함께 등줄기를 노리던 자가 바닥으로 쓰러졌다.

'네가?'

유상기는 믿기지 않는 심정으로 흐트러진 자세를 바로잡았다.

놓친 승기를 되돌려주고 절체절명의 위기를 피하게 해준 사람이 얼어붙어 있던 유화경일 줄은 생각지도 못했다.

'표범의 새끼는 결국 표범이 되는가?'

한 명을 쓰러뜨린 유상기는 거친 호흡을 가다듬으며 유화경을 쳐다보았다.

피를 뒤집어쓴 유화경의 눈빛이 야수처럼 번뜩이고 있었다.

조금 전까지 파랗게 질려 있던 얼굴이라고는 믿어지지 않았다.

"괜찮으냐?"

유상기는 날아드는 검을 쳐내며 유화경에게 물었다.

"괜찮아요. 모조리… 모조리 죽여 버리겠어요."

유화경은 악귀에게 혼령을 제압당한 사람처럼 중얼거리며 한 발 앞서 검을 휘둘렀다.

"물러서라!"

용호곤에 또 한 명의 희생자가 생기자 분노한 목소리가 들리며 진우청을 둘러싼 사내들이 얼른 뒤로 물러섰다.

거의 일방적으로 쓰러지는 부하들을 보며 한 중년인이 몸을 날려 오고 있었다.

쨍―!

용곤과 호곤을 하나로 결합한 진우청은 호흡을 가다듬으며 어깨를 쭈욱 폈다.

"겨우 한 놈 때문에 이런……!"

여러 명의 부하들이 회생 불능의 모습으로 쓰러져 있는 것을 보며 중년인은 기가 막힌 표정을 지었다.

유가검보 일검대 백 명과 싸우는 곳보다 오히려 이곳에서 더 많은 부하들이 쓰러져 버린 것이 어이가 없는 모양이었다.

"대체 뉘시오, 당신들은?"

호흡을 한 번 가다듬은 진우청은 중년인의 얼굴을 유심히 쳐다보며 물었다.

말로는 현상금 사냥꾼들이라 했지만 절대로 그렇진 않을 것이다. 이렇게 조직적으로 움직이는 인간들이라면 결코 만만치 않은 단체에 속해 있을 것이다.

"남들은 나를 보고 손 대주라고 부르네."

"손 대주?"

중년인의 대답에 진우청은 눈살을 찌푸렸다.

중년인은 자신의 질문에 친절하게 답해주었지만 그건 대답을 하나마나 한 것이다.

그냥 성씨에 대주라는 명칭 하나만 더 붙여서 자신을 소개해 줘봐야 정체를 파악하는 데는 아무 도움이 되지 않았다.

"내 질문은 그게 아니고……."

"됐네!"

진우청이 덧붙이자 중년인은 손을 흔들었다.

질문에 답할 필요성을 느끼지 않는다는 행동이었다.

'하긴…….'

진우청도 입을 다물었다.

손 대주든, 발 대주든 그게 무슨 상관이랴.

자신을 처치하라는 명령을 받고 왔으니 그렇게 할 것이고 자신 역시 용호곤을 휘둘러 꺼꾸러뜨리면 될 것이다.

중년인을 쳐다보던 진우청은 신속히 주변 상황을 살폈다.

싸움이 본격적으로 시작되며 바닥에 뒹굴고 있는 사람들도 늘어났다.

그들을 보며 진우청은 눈살을 찌푸렸다.

바닥에 뒹구는 사람들의 옷은 검은색이 주를 이루고 있었다.

그들은 유가검보의 일검대들이었다.

'안휘성 제일의 검보라고 하더니⋯⋯.'

진우청은 다시 시선을 돌려 유가검보의 가족들이 있는 곳을 바라보았다.

유화결과 유화경, 그리고 일검대주라던 유상기의 모습이 눈에 들어왔다.

일검대가 만든 울타리가 무너지며 이젠 그들도 날아드는 도검에 위험한 지경으로 치닫고 있었다.

여전히 유화성은 보이지 않았다.

유화성이 있었다면 상황이 훨씬 나아졌을 것이라는 생각이 들었지만 그는 득달같이 자신에게로 달려와 동생들을 부탁한다는 말을 하고 사라진 후 아직까지 보이지 않았다.

"이젠 그만 자신을 살피는 게 어떤가?"

진우청의 시선이 다른 곳으로 향해 있는 것을 본 중년인이 낮은 목소리로 말하며 검을 들어 올렸다.

진우청은 중년인에게로 시선을 모으며 용호곤을 앞으로 내밀었다.

그리고 천천히 발을 움직여 곤을 앞으로 내미는 동작에 가장 어울리는 자세를 잡았다.

그건 백운 노인이 가르쳐 준 곤술의 기본 자세도 아니고, 백운 노인 가문의 검법인 천강검식에 있는 자세도 아니었다.

그냥 가장 편한 자세, 그리고 호흡이 온몸으로 가장 고르게 흐르는 자세였다.

우웅—

가장 편한 자세를 잡은 상태에서 가장 편하게 이어지는 호흡 한 가닥이 용호곤으로 스며들자 용호곤이 생명을 띠고 진동음을 토했다.

　우우웅—

　다시 한 번 더 호흡이 스며들자 용호곤은 금방이라도 살아 움직일 것 같았다.

　'우웃!'

　자신을 손 대주로 밝힌 서왕문의 유성대주(流星隊主) 손덕후(孫德后)는 용호곤 끝 단면이 순간적으로 커다랗게 확대되는 느낌에 신음을 삼켰다.

　가만있는 곤끝이 갑자기 굵어질 리는 없다.

　그런 느낌은 곤끝에서 뻗어 나오는 기운 때문이었다.

　그 기운이 자신의 단전에서 뻗어 나온 기운을 억누른 때문이었다.

　손덕후는 슬쩍 발을 움직여 신형을 이동시켰다.

　지금의 위치에서는 곤끝의 단면에 막혀 아무것도 할 수 없을 것 같았다.

　우웅—

　곤초에서 뻗어 나오는 진동음이 다시 들리며 그 단면이 아까보다 오히려 두 배는 더 넓어진 느낌을 받았다.

　'실력을 숨긴 곤의 달인?'

　손덕후는 자신도 모르게 그런 의심을 품었다.

　한 자루 곤에 자신의 몸을 숨기고 곤과 하나가 되는 경지!

　다른 자세는 어떨지 모르겠지만 지금 자신을 겨누고 있는 진우청의 자세에서 손덕후는 그런 느낌을 받았다.

　손덕후는 일순 심한 혼란을 느꼈다.

　몸을 날리며 언뜻 본 진우청의 곤술은 허술했다. 그런데 직접 마주

하고 보니 이런 단순한 자세조차도 더할 수 없는 경계심을 불러일으켰다.

스슥—

손덕후는 빠르게 신형을 움직였다.

이번에는 위치뿐만 아니라 자세까지 완전히 바꾸었다.

'스읍!'

진우청은 무의식적으로 호흡을 고르며 곤을 잡은 자세를 바꾸었다.

황산의 동굴 속에서 용무의 동작에 철저하게 일치시키던 호흡!

그땐 미칠 정도로 힘들었지만 그걸 완성하고부터는 어떤 순간에도 동작과 호흡이 가장 자연스럽게 어울리는 흐름을 읽고 느낄 수 있었다.

그건 읽는다기보다는 몸이 알아서 그 흐름 속으로 녹아들게 되었다는 말이 더 어울리리라.

그 흐름이 지금 이 순간에도 자신도 모르게 이어졌다.

우우웅—

용호곤이 더욱 강한 진동음을 토했다.

주르륵!

손덕후의 이마 위로 식은땀 한줄기가 흘러내렸다.

위치의 이동과 함께 자세까지 완전히 바꾸는 순간, 진우청의 자세 또한 자연스럽게 바뀌며 투로가 콱 막히는 느낌을 받았다.

동시에 진기의 흐름까지 막혀왔다.

진기의 흐름이 고르지 못하게 되자 곤끝의 단면이 보름달만해지는 느낌을 받았다.

"헉!"

외마디 비명을 지른 손덕후는 필사적으로 상체를 틀었다.

보름달만하게 느껴진 곤끝이 어느새 목을 쑤셔들고 있었던 것이다.

진기의 흐름이 원활하지 못하고 틈이 생기자 용호곤 끝은 구멍이 난 조각배 바닥으로 물줄기가 솟구쳐 오르듯 자연스럽게 찔러든 것이다.

휘이잉—

용호곤이 다시 바람을 가르며 횡으로 쓸어왔다.

목에 구멍이 나는 상황을 겨우 면한 손덕후는 쾌속하게 검을 쳐올렸다.

섬전 같은 쾌검이었다.

때로는 섬전 같고, 때로는 유성 같아 서왕문 소속 감숙의 한 지부에서 그가 맡은 조직의 이름도 유성대였다.

까앙—!

폭음과 함께 손덕후는 신음을 삼켰다.

용호곤과 마주치는 순간 호구가 찢어질 듯한 느낌을 받은 손덕후는 와락 인상을 찌푸렸다.

애검, 유성검(流星劍)의 한가운데에 뭉턱 이빨이 빠져 있었다.

절세의 보검은 아니었지만 이렇게 심한 손상은 입어본 적이 없는 검이었다.

그러나 그걸 길게 애석해할 시간이 없었다.

아무리 애검의 이빨이 빠진 것이 애석하다 할지라도 자신의 이빨만 하겠는가?

용호곤이 원을 그리며 얼굴을, 그것도 이빨을 향해 날아오고 있었다.

손덕후는 선풍보를 밟으며 유성검을 뿌렸다.

찌이잉—

손덕후의 유성검에서도 검명이 울려 퍼졌다.

그만큼 이번 공격에 쏟아 부은 내력이 크다는 의미였다.

두 개의 병기가 다시 부딪치며 폭발음에 가까운 쇳소리가 울렸다.

충격파와 함께 이번에는 유성검 끝부분의 이빨이 뭉턱 빠져나갔다. 그리고 아까 이빨이 빠진 중간 부분이 뚝 꺾어지며 반 토막이 되어버렸다.

손덕후의 상체 한곳이 용호곤 앞에 고스란히 노출되었다.

그곳으로 용호곤이 물이 스며들 듯 날아들었다.

퍼퍽!

떡 치는 소리가 나며 손덕후가 그 자리에서 무너졌다.

손덕후를 쓰러뜨린 진우청은 용호곤을 쳐다보았다.

진우청의 입이 보일 듯 말 듯 옆으로 찢어졌다.

'생각보다 훨씬 멋진 몽둥이군!'

두 번의 부딪침과 함께 어김없이 이빨이 뭉턱 빠진 손덕후의 검과는 달리 용호곤의 표면은 미세한 자국 하나 남지 않았다.

"역시 몽둥이만한 무기가 없다니까!"

진우청은 만족한 미소를 흘렸다.

머리카락도 두 가닥으로 쪼갤 만큼 날카롭기는 하지만 날 부분이 그만큼 얇아진 검이나 도에 비하면 몽둥이는 얼마나 멋진 무기인가?

날이 없으니 굳이 각도를 조정하여 휘두를 필요도 없고, 손상된 날을 대장간에서 다시 세우고 숫돌에 갈아야 하는 귀찮은 작업도 필요없고…….

진우청은 몽둥이란 무기의 효용에 점점 더 매료되며 용호곤을 분리시켰다.

손덕후의 부하들인 듯한 사내들이 떼로 몰려오고 있었다.

파앗—

진우청은 발끝으로 슬쩍 모래바닥을 찍었다.

한차례 흔들린 진우청의 신형이 몰려오는 사내들 중간에서 멈춰 섰다.

"엇!"

사내들이 비명을 질렀다.

진우청으로서는 미끄러지듯 달려나가 사내들 한복판에서 우뚝 선 것이지만 사내들이 느끼기엔 사라진 진우청의 신형이 코앞에서 불쑥 솟아난 것이다.

투다다닥!

놀란 사내의 입이 다물어지기도 전에 네 개의 격타음이 거의 동시에 터져 나왔다.

네 명의 사내들이 짚단처럼 무너졌다.

입을 딱 벌린 채 무너지는 사내들을 보며 진우청은 용호곤의 장점에 또 한 번 매료되었다.

검이나 도에 상처를 입고 쓰러지는 사람들은 처절한 비명을 질렀다.

단 일 격에 목이 잘리는 사람이 아닌 이상 거의 그랬다.

그러나 용호곤에 가격당하고 쓰러지는 인간들의 입에선 비명이 흘러나오지 않았다.

모두 숨이 막힌 표정으로 입만 딱 벌린 채 쓰러졌다.

불구대천지 원수라 할지라도 자신의 공격에 쓰러지며 내지르는 처절한 비명 소리가 기꺼울 리는 없다. 그냥 이렇게 말없이 쓰러져 주는 게 훨씬 나았다.

투다닥—

다시 세 줄기 격타음이 들리며 세 명의 사내가 아주 조용히 바닥에 드러누웠다.

그리고 또 두 명!

이젠 몇 명인지도 모를 사내들을 쓰러뜨린 진우청은 유호경 쪽을 쳐다보고는 급히 용곤과 호곤을 결합했다. 그리고 그것을 지렛대 삼아 포위망을 훌쩍 뛰어넘었다.

"헉! 헉!"

유상기는 거친 숨을 몰아쉬었다.

유화경을 보호하며 몇 번 검을 휘둘러 보지도 못하고 다시 흩어졌다.

유상기는 이빨이 부서져라 앙다물며 검을 휘둘렀다.

이미 온몸 곳곳에 크고 작은 상처들을 입고 있었다.

아까까지는 세 명이 자신의 발을 철저히 묶고 있었지만 이젠 몇 명인지도 모를 놈들이 교대로 자신에게 검을 휘둘렀다.

전투가 벌어지면 그 수장을 먼저 잡으라는 말처럼 유상기에겐 처음부터 날카로운 검들이 집중되고 있었다.

'마지막인가?'

세 개의 검을 한꺼번에 쳐냈지만 심장 한복판을 향해 찔러드는 검은 어쩔 수 없었다.

까앙—!

심장으로 날아들던 검이 위로 튕겨졌다.

한 노인의 검이 절체절명의 위기에서 유상기의 목숨을 구한 것이다.

"백운 어르신!"

유상기는 자신의 목숨을 구하고 다른 한 명의 심장을 가른 백운 노인을 보며 신음처럼 중얼거렸다. 자신 가문과는 비교도 안 되는 작은 무도관을 운영하고 있었지만 여러모로 친분이 있었다.

"뒷일을 어찌 감당하시려고……!"

숨을 몰아쉰 유상기는 백운 노인을 보고 소리를 질렀다.

목숨을 구해준 건 뼈에 사무쳤지만 유가검보도 우습게 알고 이런 짓을 벌이는 놈들과 맞서게 된다면 결과가 뻔했다. 어쩌면 지금 백운 노인의 행동으로 인해 백운도장은 유가검보와 같은 운명을 맞이할지도 몰랐다.

"뒷일은 뒤에 감당하기로 하고 우선은 코앞에 닥친 일부터 해결하세나."

백운 노인은 연신 날아들던 검을 쳐내며 말했다.

노인의 가세로 인해 유상기는 목숨을 구했지만 한순간만 삐끗해도 다시 목숨이 위태로워지는 상황은 달라지지 않았다.

"저보다… 제 조카들……"

유상기는 이제는 어디에 있는지조차 모를 유화결과 유화경의 안위를 백운 노인에게 부탁하려 했지만 그 말을 끝맺지도 못할 만큼 쾌속하게 검 두 자루가 날아들었다.

'제발 살아남아라… 화결아, 화경아!'

유상기는 눈을 돌릴 새도 없이 두 개의 검을 한꺼번에 쳐냈다.

第二十六章

종횡무진(縱橫無盡)

종횡무진(縱橫無盡)

　　　　　　　　　　"으윽!"

　다리 어림에 검상을 입은 유화결은 억눌린 신음을 토했다.

　어깨에도 이미 두 개의 검상을 입었다. 그리고 다시 다리에 한 개의
검상!

　큰 상처들만 그랬다. 자잘한 상처는 몇 개나 될지 짐작도 안 갔다.

　특히, 동생 화경을 보호하기 위해 계속 신경을 쓰다 보니 온몸이 상
처투성이가 되었다.

　일검대원들에 비해 자신과 유화경에게는 훨씬 많은 도검들이 집중
되었다. 아마도 검보의 혈족이라서 그럴 것이다.

　쨍―!

　유화결의 검이 다시 급하게 떨어지며 옆구리로 날아드는 검을 막았
다.

"아악!"

급기야 동생 유화경의 비명 소리가 들려왔다.

"화경아!"

유화결은 고함을 질렀다.

쨍―!

유화경을 향해 날아들던 검을 백봉령주의 왼손에 들린 비도가 쳐냈다.

그녀도 곳곳에 상처를 입고 은사비도를 휘두르고 있었다.

은사비도의 장점은 허공을 격하며 날리는 데 있었지만 거리가 확보되지 못한 이런 혼전 속에서는 오히려 역효과를 내기 쉬웠다. 그래서 그녀는 비도로서의 장점은 버린 채 두 개의 소도로만 사용할 뿐이었다.

"이쪽으로……!"

유화경을 향해 다급한 고함을 지른 백봉령주는 날아드는 검을 피하며 비도를 찔러 넣었다.

'조금만 더…….'

백봉령주는 속으로 자신을 독려했다.

조금만 더 기다리면 오 노야와 동료들을 실은 마차가 달려온다.

자신의 손으로 직접 설계하고 만든 마차!

마차와 그들이 가세하면 이곳에서 살아날 확률이 훨씬 높아진다.

너무 갑작스럽게 터진 일이라 한시라도 빨리 마차를 준비시키지 못한 것이 한스러웠다.

휘리릭―

결국 백봉령주는 손에 쥐고만 있던 소도를 날렸다.

지금 상황에서 소도를 날린다는 것은 회수는 불구하고 여러 개의 도

검에 은사가 걸려 자신의 팔이 도로 딸려갈 위험이 있었지만 유화경의 등 뒤에서 검을 쳐드는 사내를 묵과할 수 없었다.

"크윽!"

목을 꿰뚫린 사내는 비명과 함께 스르르 뒤로 무너졌다.

"망할 계집!"

동료의 죽음을 본 다른 사내 하나가 백봉령주를 향해 득달같이 달려 들었다.

백봉령주는 사내를 향해 날린 비도를 급히 회수했다.

까가각―

예상했던 대로 어지럽게 휘둘러지는 검들에 걸린 은사에서 쇠를 깎는 소리가 들렸다.

"크윽!"

은사에 목이 걸린 사내 하나가 더 쓰러졌다.

한 번의 비도술로 두 사내를 처치한 격이니 평소라면 고무될 일이었지만 지금은 정반대의 심정이었다.

사내가 쓰러지며 사내의 몸뚱이에 걸린 은사가 이리저리 감겨 얽혀졌다.

빈틈을 노린 다른 한 사내의 검이 허공에서 떨어져 내렸다.

백봉령주는 남은 한 개의 비도마저 허공으로 던졌다.

"어딜!"

콧방귀를 뀐 사내는 검으로 비도를 쳐내며 그 여세를 몰아 쾌속하게 백봉령주의 가슴을 찔러들었다.

백봉령주는 급히 왼손의 은사를 끊은 후 신형을 회전시켰다.

그러나 오른손에 걸린 은사가 움직임을 방해했다.

그 틈 사이로 사내의 검이 어김없이 쑤시고 들었다.

"언니!"

허벅지 한쪽이 붉게 물든 유화경이 고함을 지르며 검을 던졌다.

"크으윽!"

유화경의 검에 복부를 관통당한 사내는 그 자리에서 굳어진 듯 섰다가 털썩 무릎을 꿇었다.

위기를 넘긴 백봉령주는 오른쪽 손목에 감긴 은사마저 끊어냈다. 그리고 바닥에 뒹구는 검 한 자루를 차올렸다.

그 순간 맨손이 된 유화경을 향해 두 개의 칼이 양쪽에서 날아들었다.

유화경은 필사적으로 검을 피하며 몸을 굴렀다.

그러나 그곳은 또 다른 적의 도검 앞이었다.

자신 앞으로 굴러온 유화경을 향해 사내 하나가 회심의 미소를 지으며 검을 들어 올렸다.

유화경은 악착같이 눈을 부릅뜨며 자신의 목숨을 끊어오는 사내를 쳐다보았다.

그녀의 눈에는 죽은 원귀가 되어서도 자신을 죽인 사내의 모습을 잊지 않겠다는 표독함이 어려 있었다.

그건 화산의 검을 익힌 그녀의 마지막 자존심과도 같은 것이었다.

난전이 벌어진 처음에는 피가 튀고 살점이 떨어져 나가는 상황에 얼어붙은 듯 경직되었지만 마지막 순간에는 화산의 기개를 온몸으로 표출하고 있었다.

죽음을 의식한 유화경의 망막 속으로 시커먼 먹구름이 가려왔다.

태양 빛을 가리는 먹구름은 순식간에 전신을 덮쳤다.

퍼퍽!

먹구름 속에서 피류이 터지는 소리가 울렸다.

유화경은 백지장처럼 창백한 얼굴로 먹구름처럼 태양을 가린 사내를 쳐다보았다.

먹물을 칠한 듯 짙은 묵광을 뿜어내는 몽둥이!

그 몽둥이가 부챗살처럼 여러 개의 잔영을 남기며 눈앞을 스쳐 지나가고 있었다.

퍽!

유화경을 공격하던 두 명을 쓰러뜨린 몽둥이는 백봉령주를 향해 달려들던 사내의 가슴을 가격했다.

사내가 입을 딱 벌린 채 뒤로 튕겨 나갔다.

뒤이어 사내의 입에서 분수처럼 붉은 피가 쏟아졌다.

몽둥이에 실린 힘이 내부까지 파열시킨 모양이었다.

찌잉—

청명한 쇳소리가 울리며 한 개의 몽둥이가 순식간에 두 개로 분리되었다.

그리고 두 개의 몽둥이는 마치 딴사람이 휘두른 것처럼 제각각 생명을 띠고 휘둘러졌다.

몽둥이에 걸린 또 다른 사내 두 명이 뒤로 튕겨 나가며 쓰러졌다.

'저 사람은……?'

저승 문턱에까지 갔다가 되돌아온 유화경은 넋을 놓고 진우청을 쳐다보았다.

어제 처음 보았을 땐 이상한 옷차림과 함께 무척 둔한 사람이란 인상을 받았다.

그래서 표풍검법으로 옷깃 하나 건드릴 수 없는 경공의 고수일지도 모른다는 큰오빠 유화성의 말에 웃음까지 터뜨렸다.

그러나 지금 이 순간 유화경은 큰오빠의 말이 하나도 틀리지 않다는 것을 느낄 수 있었다.

순식간에 허공에서 떨어져 내려 연기처럼 난전 속을 스며드는 움직임은 바람도 쫓아가지 못할 쾌속함이 서려 있었다.

또한 그 움직임 속에는 무서운 힘이 함께하고 있었다.

자신을 향해 도검을 휘두를 때는 지옥의 야차같이 느껴지던 사내들!

그들이 지금은 너무도 쉽게 몽둥이에 가격당하며 바닥으로 나뒹굴고 있었다.

투다닥—

다시 연속음이 터지며 사내들이 쓰러졌다.

쓰러진 사내들 사이로 시야가 트이자 유화경은 퍼뜩 정신을 차리고 고개를 돌렸다.

"작은오빠!"

유화경은 미친 듯이 고개를 돌리며 유화결의 모습을 찾았다.

다행히 유화결의 모습이 눈에 들어왔다.

온몸이 피투성이였지만 시체가 되어 나뒹굴지 않았다는 사실만으로도 뜨거운 눈물이 쏟아져 나왔다.

그것도 잠시 유화경의 눈이 부릅떠졌다.

"오빠, 오빠를 도와주세요!"

유화경은 발악처럼 외쳤지만 그 외침은 불필요한 경고음이 되었다.

유화경의 고함에 앞서 진우청의 왼손에 들린 호곤이 톱니바퀴처럼 회전하며 유화결의 등줄기로 검을 쑤셔 넣는 사내를 향해 날아가고 있었다.

퍼퍽—

호곤에 가격된 사내가 튕기듯이 앞으로 날아갔다.

'누구?'

등줄기 한곳에 크나큰 상처를 직감하며 요혈을 피하고자 몸을 틀던 유화결의 뇌리에 가득한 의구심이 몰려왔다.

유화결은 그 의구심을 길게 붙잡아두지 못했다.

등 뒤의 검은 사라졌지만 전면과 측면으로 날아드는 도검은 여전히 치명적인 위협을 가하고 있었다.

챙—

챙!

유화결은 두 개의 검을 막으며 앞으로 쏘아졌다.

"큭!"

쏘아지려던 유화결은 목이 컥 막히는 느낌에 신음을 토했다.

앞으로 쏘아지려던 자신의 몸이 와락 뒤로 끌려가고 있었다.

유화결은 눈알이 빠질 정도로 두 눈을 크게 떴다.

어디에서 나타났는지 모를 커다란 손 하나가 뒷덜미를 잡아당기고 있었다.

그 우악스런 손 때문에 앞덜미의 옷까지 당겨지며 숨이 턱 막힌 것이다.

'어헉!'

유화결은 자신의 몸이 허공으로 부웅 떠오르는 것을 느끼며 경호성을 터뜨렸다.

그러나 그것은 생각일 뿐, 목을 콱 조인 상의 때문에 다급한 경호성은 목구멍 아래로 도로 가라앉았다.

휘익—

유화결의 몸이 허공에서 이 장가량 뒤로 날아가 바닥으로 추락했다.

"이런 망할!"

그 외중에서도 욕지거리가 터져 나왔다.

너무 쉽게 뒷덜미가 잡혀 꼴사나운 모습으로 자갈 바닥에 처박힌 유화결은 번쩍 고개를 쳐들었다.

커다란 두 눈이 코앞에서 나타났다.

유화결은 기겁을 하고 상체를 뒤로 빼다가 결국 비명을 터뜨렸다.

"화, 화경아?"

"작은오빠!"

이상한 상황으로 남매 상봉을 한 유화결은 벼락 치듯 고개를 돌렸다.

이런 상황을 만든 장본인을 찾기 위함이었다.

쨍—

던졌던 호곤을 주워 들고 하나로 합친 진우청이 미끄러지듯 다가왔다.

그리고 다시 용호곤을 휘둘렀다.

위이잉—

용호곤이 포효를 터뜨리며 백봉령주을 향해 달려들던 사내 하나를 쳐냈다.

가죽 북이 터지는 소리와 함께 사내가 그 자리에서 무너졌다.

"되도록이면 한곳에 모여 있으시오!"

백봉령주의 뒷덜미도 와락 잡아당겨 유화결에게 했던 것과 똑같이 유화경에게로 집어 던진 진우청이 고함처럼 말했다.

'설마 저 인간이?'

유화결은 거친 숨을 몰아쉬며 혼이 달아난 듯한 눈으로 진우청을 쳐다보았다.

전혀 의식도 못하는 사이 손을 뻗어 뒷덜미를 낚아채고, 자신을 무슨 작은 돌멩이 집어 던지듯 던진 존재가 저 인간이란 말인가?

똑같은 모습으로 날아와 유화경의 품에 안기다시피 하고 있는 백봉령주를 보니 그런 것 같았지만 도저히 수긍이 가지 않았다.

아무리 혼전 중이었다지만 저런 곰 같은 인간에게 속절없이 뒷덜미를 잡아채이고 그런 꼴을 당했다는 사실이 믿어지지도 않았고, 절대로 믿고 싶지도 않았다.

만약 저 인간이 적이고, 자신을 죽이려 했다면 의식조차 못하고 황천길로 끌려갔을 게 아닌가?

유화결은 현실도 망각한 채 와락 신형을 일으켰다.

보아하니 동생을 살려주고 자신의 위기까지도 구해준 것 같았지만 뭔가 욕지거리 한마디쯤은 토해야 할 것 같았다.

아무리 다급했다 치더라도 여동생이 보는 앞에서 이런 개망신을 준단 말인가?

"아악, 오빠!"

유화경이 한발 앞서 고함을 질렀다.

쐐애액!

유화결은 돌아보지도 않고 검을 휘둘렀다.

서걱! 하는 느낌이 들며 뒤에서 공격하던 사내 하나가 비명을 지르며 바닥에 뒹굴었다.

피를 뒤집어쓴 유화결은 놀란 눈으로 고개를 돌렸다.

바로 앞에 있던 진우청이 어느새 저만치서 솟아나며 달려드는 사내들을 향해 용호곤을 휘두르고 있었기 때문이다.

'무슨 저런 인간이……?'

진우청을 쏘아본 유화결은 신형을 틀었다.

사내들이 미끄러지듯 날아오고 있었다. 그리고 신속하게 검을 휘둘렀다.

까강—

검을 부딪친 유화결은 주춤 뒤로 물러섰다.

'고수!'

유화결은 퍼뜩 눈을 들어 두 사람을 쳐다보았다.

둘 다 회의무복을 걸치고 있었다. 그리고 마주친 검에서 전해지는 내력은 이제껏 자신을 죽이겠다고 달려들던 인간들과 격이 달랐다.

이들은 뒤쪽에서 사태를 관망하던 인간들이 분명했다.

자신들과 일검대 대원들은 하나같이 전력을 다하고 있었지만 이들은 그렇지가 않았다. 저 뒤쪽에서 사태를 관망하고 있던 사람들이 있었다.

그들은 모두 회의를 걸친 채 사태를 관망하며 관중들의 동태를 살피는 것 같았다.

혹시라도 소요를 일으킬지도 모르는 관중들을 막기 위한 사람들이리라.

처절한 혼전 중에도 언뜻언뜻 그들의 모습은 눈에 띄었다.

유화결은 다시 두어 걸음 뒤로 물러나며 유화경과 백봉령주를 보호하는 자세를 잡았다.

유화경과 백봉령주도 심상치 않은 분위기를 느꼈음인지 긴장한 모습으로 검을 쳐들었다.

휘익—

사내 하나가 일체의 표정이나 말도 없이 유화결을 향해 검을 휘둘렀다.

유화결도 혼신의 힘을 다해 검을 마주쳐 나갔다.

충격파가 터지며 유화결은 선혈을 한 모금 토했다.

"작은오빠!"

유화경이 고함을 질렀다. 그리고 회의사내를 향해 검을 휘둘렀다.

그러나 그녀 역시 그들의 상대가 될 수 없었다.

단 한 번의 마주침에 유화경은 검을 놓치고 창백한 표정으로 얼어붙었다.

"퉤!"

입 안에 있던 피를 토한 유화결은 이를 갈았다.

이놈들은 기필코 자신들을 죽이려 하는 것 같았다.

무가의 자식으로 언제나 검을 차고 다니기에 죽음 역시 그 검과 함께 차고 다니는 것이나 마찬가지였다. 운수가 사나우면 당장이라도 죽을 수 있는 것이다.

그 운수는 지금 그 어느 때보다 사나웠다.

죽음이 멀지 않았다는 느낌도 그 어느 때보다 강하게 들었다.

하지만 이유나 알고 죽고 싶었다.

왜 이놈들이 이렇게 자신들을 몰살시키려 하는지…….

표면적으로는 유가검보 사람들에 의해 아들을 잃은 인가장이 복수를 한다는 모습이지만 그건 이곳 사정을 전혀 모르는 다른 지방 사람들에게나 통용될 말이다.

인가장 따위가 이런 일을 벌이고 이런 자들을 부를 수 없다.

그렇다면 동방회는 왜 자신들을 죽이려 하는 것일까?

유화결의 상념은 더 이어지지 못했다.

다시 한 번 마주친 검에서 내부가 진탕되는 충격이 몰려왔다.

그리고 맨손이 된 유화경을 보호하던 백봉령주마저도 손에 든 검을 떨어뜨리고 뒤로 물러서고 있었다.

그녀는 비도술이 전문이었기에 검으로, 그것도 주워 든 검으로 휘두르는 데는 한계가 있었다.

"야이— 곰탱아! 도와주려면 끝까지 도와줘!"

자신들과는 달리 전혀 어렵지 않게 사내들을 때려눕히는 진우청을 향해 유화결은 발악적으로 고함을 질렀다.

'곰탱이?'

진우청은 유화결의 목소리에 슬쩍 고개를 돌렸다.

"이크!"

날아든 칼 하나를 피한 진우청은 급히 신형을 이동시켰다.

몰려오는 숫자는 이쪽이 훨씬 많았지만 위험은 유화결 쪽이 몇 배나 더했다.

유화결 쪽에 있는 두 명은 이쪽에서 몰려오는 열 명보다 훨씬 더 음험한 기색을 풍기고 있었다.

우우웅—

미끄러지듯 다가온 진우청이 용호곤을 휘둘렀다.

유화결과 유화경, 백봉령주의 숨통을 한꺼번에 끊어놓으려던 회의 사내들은 용호곤에서 울려 퍼지는 천강음에 긴장된 눈빛으로 검을 마주쳤다.

까앙—!

귀를 찢을 듯한 폭음이 울리며 두 사내의 검이 한꺼번에 튕겨 올랐다.

하마터면 검을 놓칠 뻔한 회의사내 둘의 눈빛이 형형하게 빛났다.

"그런데……."

진우청은 두 회의인을 몇 걸음 물러나게 한 후 입술을 움직였다.

"언제 봤다고 막말이오?"

진우청은 조부님이 좋아할 것 같은 사내의 얼굴을 보며 말했다.

"지금 그걸 따질 때……!"

유화결이 빠르게 고함을 질렀다.

진우청이 잠시 눈을 돌린 사이 회의사내 하나가 검을 휘둘러 오고 있었다.

까앙—!

진우청은 검을 쳐내고 다시 고개를 돌렸다.

"내가 곰탱이면 넌 물렁탱이다! 이런 인간들 하나 못 당하다니……!"

유화결의 말을 맞받아친 진우청은 용호곤을 분리시켰다.

"물렁탱이, 넌 저쪽을 맡아라!"

고함을 지른 진우청은 두 사람을 한꺼번에 상대했다.

휘이잉—

용곤과 호곤이 춤을 추듯 휘둘러졌다.

회의를 걸친 두 사람은 검으로 용곤과 호곤을 상대하다 어이없는 표정을 하며 계속 뒤로 밀리기 시작했다.

결국 훌쩍 뒤로 물러난 회의인들은 서로를 쳐다보며 각자의 가슴속에서 피어오르는 의구심을 마주치는 눈빛을 통해 확인했다.

자신들을 이곳까지 내몬 두 개의 쇠몽둥이는 너무도 단순하게 휘둘러졌다.

그래도 완전히 마구잡이식은 아닌, 최소한의 틀은 있었지만 그건 너무 단순해서 초식이라 부를 수도 없는 것이었다.

그런데 이상하게도 그 두 개의 쇠몽둥이 사이에 검을 찔러 넣을 수가 없었다.

허술하고 단순하게 움직이다가도 어느 순간 바람처럼 코앞으로 닥쳐드는 쇠몽둥이는 마치 몽둥이가 축지성촌(縮地成寸)의 수법이라도 펼치는 것 같았다.

매번 그런 움직임 때문에 여기까지 밀린 것이다.

어이없는 표정으로 서로를 마주 보던 두 사람은 동시에 몸을 날렸다.

몸을 날리는 방향이 진우청의 양옆인 걸로 봐서 합공을 할 모양이었다.

휘익—

획!

짐작대로 두 사람은 정교한 합격술을 펼쳤다.

진우청은 용곤과 호곤을 빠르게 휘둘렀다.

아까보다 훨씬 더 강맹한 천강음이 용곤과 호곤 끝에서 흘러나왔다.

회의사내들의 검이 다시 뒤로 밀리기 시작했다.

이번에는 공간을 격하고 날아오는 초식 때문이 아니라 몽둥이에서 뿜어져 나오는 무거운 내력 때문이었다.

마주칠 때마다 손목을 얼얼하게 만드는 내력은 정교한 합격술 자체를 불가능하게 만들었다.

"뒤를 조심해, 물렁탱아!"

잠시 여유가 생긴 진우청이 유화결을 향해 고함을 질렀다.

진우청의 고함 소리에 유화결은 신형을 틀었다.

장도 하나가 아슬아슬하게 왼쪽 어깨를 스치듯 지나갔다.

장도를 흘린 유화결은 득달같이 검을 찔러 넣었다.

"큭!"

복부에 검을 찔린 사내가 무릎을 꿇었다.

'빌어먹을!'

유화결은 내심 욕설을 터뜨렸다.

시간이 갈수록 자신들을 향해 몰려오는 사내들의 수가 늘어났다.

그건 일검대 대원들이 또 그만큼 더 줄어들었다는 말이었다.

"크윽!"

유화결은 뒤쪽에서 들리는 답답한 비명 소리에 고개를 돌렸다.

회의인 한 명이 팔목을 쥐며 고통스런 표정을 짓고 있었다.

그의 어깨를 향해 쇠몽둥이가 날아들었다.

회의인의 신형이 쓸려가듯 바닥으로 나뒹굴었다.

쨍—!

회의인 한 명을 쓰러뜨린 쇠몽둥이 두 개가 하나로 합쳐졌다.

'대체 정체가 뭐지?'

유화결은 진우청을 향해 자연히 그런 생각을 떠올리며 유화경 쪽을 쳐다보았다.

다행히 유화경과 백봉령주는 떨어뜨린 검을 다시 주워 들고 휘두르고 있었다.

퍼억!

뒤쪽에서 묵직한 파육음이 터졌다.

저런 소리를 낼 수 있는 것은 쇠몽둥이뿐이리라.

회의인 두 명의 위협에서 벗어난 유화결은 유화경과 백봉령주가 있는 곳으로 쏘아졌다.

회의인 두 명을 쓰러뜨린 진우청은 발끝으로 자갈밭을 박차며 유화결의 머리 위로 훌쩍 뛰어올랐다.

"손녀는 어떡하고……?"

백운 노인 옆에 날아 내린 진우청은 백운 노인의 신색을 살피며 물었다.

어느새 백운 노인의 몸에도 몇 군데의 상처가 새겨져 있었다.

"일찌감치 집으로 보냈으니 걱정 말게."

백운 노인은 빠르게 답하며 검을 휘둘렀다.

그 옆에서 유상기 역시 빠르게 검을 휘두르고 있었다.

퍼억ㅡ!

유상기를 향해 달려드는 사내 하나를 후려쳐서 무너뜨린 진우청은 유상기의 상태도 같이 살폈다.

유상기는 이곳에서 쓰러지지 않고 싸움을 벌이는 사람들 중 제일 심한 상처를 입고 있었다.

아직까지 쓰러지지 않은 것은 일검대의 수장으로서, 그리고 유화결과 유화경의 숙부로서 어떻게든 그들을 살려내야 한다는 책임감 때문이리라.

쨍ㅡ

진우청은 용호곤을 분리시켰다.

그리고 잉어가 물줄기를 헤집듯 사내들 속으로 파고들었다.

투다다닥!

연속적인 타격음이 들리며 비명 소리도 토하지 못한 사내들이 그 자리에서 꼬꾸라졌다.

퍼퍼퍽!

다시 세 개의 타격음이 들리고 세 명의 사내들이 모래 탑처럼 무너졌다.

"허허!"

진우청의 가세로 인해 숨 돌릴 여유를 찾은 백운 노인은 지친 웃음을 토했다.

지기인 해천의 용호곤이 수십 년 만에 포효를 터뜨리고 있었다.

허공을 가르는 파공음과 함께 터져 나오는 천강음은 문득 가슴을 뜨겁게 만들었다.

해천의 그 환상적인 용호십육곤술과는 비교할 수도 없는 투박한 휘두름이었지만 그 위력은 절대로 해천에 뒤지지 않았다. 오히려 단시간에 쓰러뜨리는 인원수는 해천을 훨씬 능가하고 있었다.

"일검대에게 당한 아이들보다는 저 한 놈에게 당한 아이들이 더 많겠군."

회의인들 뒤에서 뒷짐을 지고 선 노인이 어이없다는 투로 말했다.

왜소한 체구에 희고 긴 눈썹, 그리고 그 눈썹 아래로 날카롭게 빛나는 눈빛은 마치 먹이를 노리고 나뭇가지에 앉아 있는 수리 같은 느낌을 주었다.

"……."

옆에 서 있던 중년인 하나가 몸 둘 바를 모르겠다는 표정으로 고개를 숙였다.

"왜 저놈이 저곳에서 설치는지 이유를 아는가?"

노인은 쇠를 깎는 듯한 음성으로 물었다.

"동방회가 처치하라는 부탁을 해왔기에 공격을 하다가……."

답을 하던 중년인은 자신을 쳐다보는 노인의 눈빛을 대하고는 황급히 허리를 숙였다.

"그게 아니야."

노인은 끊어지는 소리로 말했다.

중년인은 다시 허리를 숙였다.

"겉모습만 보고 오판한 때문이지."

노인의 말에 중년인의 표정이 핏기를 잃어갔다.

적을 가볍게 보다가 역습을 당한 실책은 서왕문 내에서 가장 큰 죄에 해당한다.

문 내에서라면 즉결처분감이었다.

"그래서 비무대에는 전수윤이란 놈을 보냈고, 여기서도 유성대주와 함께 암기나 던지는 조무래기 몇 명을 내보낸 탓이지. 결국 두 번씩이나 같은 실수를 반복한 때문이야."

노인은 중년인의 실수를 두 번이나 집어내며 난전이 벌어지고 있는 곳으로 시선을 돌렸다.

노인의 입에서 흘러나온 두 번이라는 말에 중년인은 사색이 된 얼굴로 식은땀을 흘렸다.

자신의 이름은 이젠 명부에 오른 것이나 다름없었다.

"저런, 저런! 처서(處暑) 지난 울타리 아래처럼 휑해지는구먼!"

노인은 진우청 근처의 훤히 드러난 장내를 보며 말했다.

"제가 직접……."

중년인의 말은 노인의 손에 의해 막혔다.

"죽은 사람은 나설 수가 없다네. 격전장이긴 하지만 자네의 오판이 부른 손실이 너무 커."

노인은 고저를 느낄 수 없는 음색으로 말했다.

퍼억!

중년 사내는 자신의 천령개(天靈蓋)를 찍었다.

"수고를 덜어준 대가로 자네 가족들은 예전과 다름없이 살아갈 걸세."

노인은 무심한 눈빛으로 중년인을 보며 말했다.

"감사……."

급속히 생기가 빠져나간 중년인의 신형이 그 자리에서 무너졌다.

중년인이 쓰러지자 왜소한 노인 옆으로 뚱뚱한 노인이 다가왔다.

"네놈의 그 지랄 같은 성질머리는 벽에 똥칠할 때까지도 안 변하겠군."

뚱뚱한 체구의 노인은 혀를 차며 말했다.

"갈!"

왜소한 노인이 고함을 질렀다.

자신에게 빈정거리는 뚱보노인을 향해 지른 것 같은 고함 소리는 뚱보노인의 어깨를 넘어 격전장 곳곳으로 울려 퍼졌다.

왜소한 노인의 고함 소리에 유가검보 무사들을 향해 쉴 새 없이 도검을 휘두르던 서왕문의 사내들이 썰물처럼 뒤로 물러났다.

짧은 고함 소리 한마디에 일사불란하게 움직이는 모습은 그들이 평소 얼마나 혹독한 수련을 쌓았는지를 여실히 보여주었다.

*　　　　*　　　　*

"으음!"

유가검보주 유상목은 답답한 신음을 삼키며 눈을 부릅떴다.

무거운 박도에 부딪친 검이 아직까지 비명을 지르고 있었다.

"거력패도 염호광?"

유상목은 박도를 든 염호광을 알아보며 중얼거렸다.

예전에도 들어본 이름이었고, 어제 비무대회장에 나타났다가 곰방대를 휘두르는 이름 모를 노인에게 패퇴하여 사라졌다는 소리도 들었다.

그런 그가 자신 앞에 서 있었다.

도저히 이해가 가지 않았다.

비무대회에 참석한 놈이 이곳에는 웬일이고, 왜 자신을 향해 박도를 휘두르는지…….

하지만 그건 의문이라고 할 수도 없었다.

어두운 밤중도 아닌 백주 대낮에 담을 넘은 수많은 인간들은 그보다 훨씬 더 큰 의문이었다. 그리고 그들 개개인이 모두 검보의 향주 급 이상의 고수들이란 것도…….

일검대 백 명과 이검대, 사검대 인원들을 모두 합치면 이백이 넘었다.

그런데 대낮의 정적을 깨뜨리며 담을 넘은 놈들에 의해 그 인원이 반 이상 줄어들어 있었다.

또한 염호광과 몇 차례 격돌로 인해 자신의 기력도 반 이상 줄어든 것 같았다.

"정말 멋진 검법이오."

검보 곳곳에서는 아비규환의 상황이 벌어지고 있건만 유상목의 앞을 가로막고 있는 염호광은 느긋하게 비무를 하는 것 같은 자세를 잡고 있었다.

"찢어 죽일 놈!"

유상목은 화살 맞은 맹수처럼 으르렁거렸다.

"그렇게 하시오."

염호광은 무감동한 어조로 말했다.

그리고는 박도를 가슴으로 비스듬히 끌어당겼다.

"하앗!"

유상목은 표풍소설의 초식을 펼치며 염호광을 향해 달려들었다.

표홀한 유상목의 검이 어지러운 궤적을 그리며 염호광을 향해 떨어져 내렸다.

검이 자신의 몸 쪽으로 최대한 다가왔을 때 염호광의 박도가 번쩍 광채를 뿜었다.

유상목의 검이 뿜어내는 검기가 염호광의 박도에서 뻗어 나온 광채에 막혀 낱낱이 허공으로 흩어졌다.

유상목의 검이 다시 아지랑이처럼 흔들리며 표풍만리의 초식을 펼쳤다.

온 세상에 난무하는 바람처럼 유상목의 표풍검은 염호광의 전신으로 쇄도해 들었다.

눈빛이 변한 염호광은 어지럽게 박도를 흔들었다.

도법은 검법에 비해 초식이 단조롭다.

대신, 그 단조로운 초식 속에 검법으로는 실을 수 없는 무거운 힘을 실어 단조로움을 극복한다.

지금은 유가검보주의 검이 너무 현란하게 움직이고 있기에 박도의 무거움을 이점으로 상대하기엔 부족함이 있었다.

염호광은 자신의 도법 중 가장 변화가 많은 초식으로 상대해 나갔다.

파앗—

그러나 미세한 실력의 차이가 염호광의 어깨에 상처를 남겼다.

염호광은 슬쩍 눈살을 찌푸렸다.

역시 검보의 보주는 자신이 거의 멸문지경에 이르게 만들었던 양씨 가문의 가주와는 격이 다르다는 것을 느꼈다.

그걸 느낌과 동시에 다시 현란하기 짝이 없는 검이 날아들었다.

파앗—

이번에는 허리 어림에서 화끈한 통증이 느껴졌다.

그 상처는 어깨의 상처와는 달리 내력을 불끈 끌어올리는 데도 악영향을 미치고 상체의 움직임에도 적지 않은 영향을 줄 것 같았다.

"떡을 칠!"

욕설을 내뱉은 염호광은 박도를 한 바퀴 휘익 돌렸다.

"대체 네놈들은 누구냐? 그리고 왜 우리를 공격하느냐?"

유상목은 이곳저곳에서 울리는 비명 소리에 초조함을 느꼈지만 그에 앞선 의구심에 질문을 던졌다.

"난 돈에 팔려와 그따윈 모르오!"

염호광은 수치스런 표정 한 가닥을 숨기지 못하고 답했다.

"더러운 놈! 명성이 아깝다!"

유상목은 경멸스런 눈으로 염호광을 보며 내뱉었다.

"달게 받아들이겠소!"

염호광은 소태를 씹는 표정으로 대꾸하며 쾌속하게 박도를 휘둘렀다.

종잇장 한 장 정도의 미세한 실력 차이가 이제까지 염호광의 몸에 두 개의 상처를 남겼다.

그리고 그 상처는 미세한 차이를 좀 더 벌어지게 만들었다.

따당—

염호광의 박도를 좀 더 쉽게 비껴 흘린 유상목의 검이 용수철에 튕긴 것처럼 위로 솟구쳐 올랐다.

경호성을 삼킨 염호광이 필사적으로 상체를 틀며 박도를 휘둘렀다.

서걱—

오른쪽 어깻죽지가 쩍 갈라지며 피분수가 터졌다.

염호광은 질끈 입술을 깨물었다.

왼쪽 어깨의 상처는 큰 장애가 되지 않았지만 방금 입은 오른쪽 어깨의 상처는 심각한 영향을 줄 정도였다.

'때가 된 것인가?'

염호광은 허탈한 표정과 함께 내심 중얼거렸다.

피치 못할 사정으로 돈에 영혼을 팔며 조만간 이런 때가 올 것이라 생각했다.

자신의 것이 아닌 영혼은 손에 든 칼을 한없이 무디게 만든다.

그리고 그 무딘 칼은 결국은 이런 순간을 맞이하게 한다.

충분히 예상은 하고 있었다.

다만 그 순간이 너무 빨리 찾아왔다.

'상관없지.'

염호광은 지혈할 생각도 않고 다시 박도를 들어 올렸다.

"돈값을 못하는군."

염호광의 박도가 막 허공을 가르려는 찰나, 머리 위에서 잔뜩 쉰 목소리가 들렸다.

염호광과 유상목은 동시에 고개를 돌렸다.

칙칙한 회의를 걸친 노인 하나가 유령처럼 처마 끝을 밟고 서 있었다.

'언제?'

두 사람은 동시에 그런 생각을 떠올렸다.

전혀 의식 못하는 사이에 머리 위로 다가온 인영은 그야말로 머리끝이 쭈뼛할 정도의 경각심을 느끼게 해주었다.

휘익—

회색 무복의 노인은 밟고 있던 처마 끝에서 앞으로 미끄러져 잠시 허공에 둥실 뜬 상태로 정지하는가 싶더니 가볍게 바닥으로 내려섰다.

염호광은 슬쩍 눈살을 찌푸렸다.

죽든 살든 이건 자신의 승부였다.

물론 자신이 죽을 가능성이 훨씬 높았지만 무인으로서의 명예를 조금이라도 배려해 준다면 죽은 후에 나타나는 것이 나았다.

"자존심이 상하는 모양일세?"

노인이 말했다.

"그런 셈이오!"

"영혼을 판 인간이 자존심을 거론할 자격이 있는가? 구차한 목숨을 구한 것이 다행 아닌가?"

노인은 냉소를 머금고 말했다.

염호광의 볼이 부르르 떨렸다. 그러나 노인은 아랑곳 않고 입술을 움직였다.

"자네 역할은 여기까지일세. 가보게."

노인의 말에 염호광은 아무 말도 못하고 눈만 끔벅거렸다.

"계약은 끝났네. 이젠 그만 가보게."

노인이 다시 말했다.

"젠장할!"

팔아버린 영혼을 되돌려받았지만 염호광의 표정은 더욱 일그러졌다.

파앗—!

잠시 후 염호광의 박도가 허공을 갈랐다.

파공음과 함께 박도가 날아가는 방향은 뜻밖에도 노인의 목이었다.

"이놈이?"

전혀 예상치 못한 상황에 노인은 한마디 경호성을 지른 후 상체를 흔들었다.

노인의 신형이 그 자리에서 푹 꺼지며 일 장가량 옆에서 다시 나타났다.

"감히!"

노인의 수염이 부르르 떨렸다.

"당신 입으로 그러지 않았소. 계약이 끝났다고……. 그러니 이젠 내 마음대로요."

야수 같은 웃음을 흘린 염호광이 다시 박도를 휘둘렀다.

"스스로 무덤을 파겠다면 말릴 수 없지."

한마디 중얼거림과 함께 노인은 우수를 말아 쥐며 쭈욱 뻗었다.

젖은 나뭇단을 태울 때와 비슷한 짙은 흑무가 노인의 주먹에서 뻗어 나왔다.

"흑령권?"

이제껏 자신을 죽이려 하던 염호광이 이젠 자신을 살리려 하는 뜻밖의 상황에 멍하니 두 사람을 보고 있던 유상목은 자신도 모르게 외쳤다.

퍼엉―

유상목의 외침이 끝나기도 전에 염호광의 몸에서 폭음이 터지며 거구의 염호광이 가랑잎처럼 뒤로 날아갔다.

"크으윽!"

삼 장 가까이 뒤로 날아간 염호광은 폭포수 같은 선혈을 토하며 그 자리에서 절명했다.

단 한 번의 주먹질에 염호광을 절명시킨 노인을 유상목은 넋 나간 듯 쳐다보았다.

"흑령권이 왜?"

유상목은 경직된 목소리를 토했다.

주먹에서 흑무가 피어오르며 뒤이어 폭음이 터지는 권법은 신강 땅에서 악명이 높은 흑령권이었다.

그리고 그 흑령권을 내뿜는 자의 이름은 초강용(焦剛勇)이었다.

"글쎄……. 서왕문에서 새로운 자리를 하나 얻었으니 그에 맞는 활약 정도는 해야 하지 않겠나?"

흑령권 초강용은 곧 죽을 자에게 궁금증을 하나 덜어준다는 표정으로 답했다.

초강용의 대답에 유상목은 오히려 더 주체할 수 없는 혼란함을 느꼈다.

인가장과의 대립이 본격화되며 온 신경을 광산과 비무대회장에 쏟아 부은 상태에서 이곳 본가가 급습을 당했다.

정체 모를 놈들의 검에 유가검보는 혈해가 되어가는 상황에서 서왕문이라니?

동방회라면 그나마 의문이 덜할 것이다.

인가장은 공공연하게 동방회의 힘을 이용하고 있었으니까.

그런데 이들이 서왕문이라면?

도저히 납득이 가지 않는 일이었다.

"원교근공(遠交近攻)의 이치이지. 동쪽과 서쪽은 남쪽과 북쪽에 비해 서로 더 멀리 떨어져 있으니까."

뭔가 실마리가 될 만한 몇 마디 말을 던진 초강용은 주먹을 들어 올렸다.

유상목은 혼란스런 생각들을 정리하지도 못한 채 다급하게 검을 들어 올렸다.

지금까지 자신과 거의 대등하게 싸운 염호광을 단 일 격으로 숨통을 끊은 노인이다.

그걸 직접 보지 않았더라도 서왕문은 중원을 지배하는 네 하늘 중 한곳이다.

그들 앞에서는 안휘성 제일의 검보라는 이름은 군선과 어선만큼의 차이가 있다.

검보의 담을 넘은 자들의 정체가 서왕문이라는 것을 알자 유상목은 절망의 먹구름이 온 하늘을 뒤덮어오는 것 같은 기분을 느꼈다.

하늘을 뒤덮은 것 같은 먹구름이 눈앞으로 밀려왔다.

유상목은 혼신의 힘을 다해 표풍광망의 초식을 펼쳤다.

퍼퍼펑—!

흑무와 빛그물이 부딪치며 폭발음이 터졌다.

"크윽!"

유상목은 답답한 비명을 터뜨리며 주르륵 뒤로 물러났다.

표풍광망의 초식으로 다 밀어내지 못한 권풍 한줄기가 가슴을 강타한 것이다.

"검가가 아닌, 검보의 주인이라 조금 다르군!"

초강용은 예리하게 잘린 소맷자락 한곳을 쳐다보며 슬쩍 입꼬리를 말았다.

조소가 섞인 웃음이었다.

"하지만 결과는 마찬가지!"

초강용은 다시 오른쪽 주먹을 가볍게 앞으로 내밀었다.

처음보다 조금 더 짙어진 흑무가 초강용의 주먹에서 피어올랐다.

휘익—

맞부딪쳐서는 낭패만 당할 뿐이란 생각을 한 유상목은 허공을 향해 훌쩍 신형을 뽑아 올렸다. 그리고 어지럽게 검을 흔들었다.

"가소로운!"

앞으로 우권을 내뻗던 초강용은 슬쩍 주먹을 회수한 후, 이번에는 왼손을 말아 쥐며 유상목을 향해 내질렀다.

퍼엉—

검기와 권풍이 마주한 곳에서 좀 전보다 더 큰 폭음이 터지며 자욱한 흑무가 사방에 가득했다.

"쿨럭!"

흑무가 걷혀지며 족히 한 사발의 피를 토한 유상목의 신형이 모습을 드러냈다.

무릎을 꿇고 검에 의지한 채 겨우 신형을 추스르고 있는 유상목은 다시 한 번 선혈을 토했다.

"검으로 일어선 자, 검으로 망하는 것이 세상의 이치이니 너무 서운하게 생각지는 말게나."

흑령권은 조카를 타이르듯 말하며 오른쪽 손을 말아 쥐었다.

뿌드득!

이빨이 부서져라 앙다문 유상목은 신형을 일으켰다.

오늘로 유가검보는 멸문의 길을 걸으리라는 것은 명약관화해 보였지만 한순간이라도 자신보다 늦게 쓰러지는 검보의 식구들에게 당당한 마지막 모습을 보이고 싶었다. 그것은 유가검보의 보주로서 마지막 의무이기도 했다.

유상목은 우뚝 일어서서 검을 들어 올렸다.

"노물! 아직 끝나지 않았다! 유가검보의 의기는 죽어 쓰러져도 꺾이지 않는다!"

유상목은 최대한 공력을 실어 포효하듯 고함을 질렀다.

비록 그 포효로 인해 남아 있던 공력이 모두 소진될지라도 부하들 가슴속의 피를 조금이라도 더 뜨겁게 해준다면, 그래서 차가운 땅속에 묻히더라도 그 마지막 순간에 끓어오른 더운피가 영혼을 조금이라도 덜 춥게 해준다면 그것으로 족했다.

유상목의 포효에 유가검보 무사들의 함성이 더 크게 울렸다.

그리고 그 함성 속에서 비명 소리 또한 한층 크게 들려왔다.

유상목은 검병을 움켜쥐었다.

'저승에서는 내 너희들의 개가 되고 말이 되어 견마지로를 다하리라. 크흑!'

점점 더 크게 울리는 비명 소리를 들으며 유상목은 절규를 삼켰다.

"눈물겹구나. 흐흐!"

초강용은 주먹을 들어 올리며 음소를 흘렸다.

"크흑!"

"큭!"

점점 더 크게 터져 나오는 비명 소리가 노인의 음소마저 묻혀지게 했다.

보주를 구하겠다고 미친 듯이 돌진하는 부하들이 내지르는 소리이리라.

유상목은 후들거리는 팔로 검을 들어 초강용의 목을 겨누었다.

"크아악!"

처절한 비명 소리가 훨씬 더 가까이에서 들리며 허리가 갈라진 사내 하나가 뒤로 튕겨져 바닥에 뒹굴었다.

유상목은 차마 쳐다보지 못하고 시선을 돌렸다.

"아버님!"

피를 뒤집어쓴 유화성이 혈인이 된 채 쏘아져 왔다.

유상목은 뚫어져라 유화성을 쳐다보았다.

"화, 화성아!"

아직까지 현실감을 느끼지 못한 유상목은 급히 고개를 돌렸다.

점점 더 가까이 다가오며 터져 나오던 비명은 아들 유화성이 이곳까지 뚫고 오며 베어버린 적도들의 비명인 것 같았다.

그걸 증명하듯 유가검보 검대원들의 복장이 아닌, 관중들로 변장한 차림의 사내들의 시신이 한 줄로 길게 늘어져 있었다.

"이, 이놈!"

흑령권 초강용도 그걸 깨닫고 두 눈 가득 노기를 뿜어냈다.

그 노기가 고스란히 주먹을 통해 터져 나왔다.

퍼엉—!

훨씬 더 짙은 흑무 속에서 폭음이 울렸다.

찌이잉—

부친 유상목을 옆으로 밀쳐 낸 유화성의 검에서 날카로운 검명이 울렸다.

점점 더 크게 울려 퍼지는 검명은 어느덧 폭음을 집어삼키고 흑무마저 흩어버렸다.

"아들이 오히려 낫군!"

흑령권의 신형이 흑무 속에서 나타나며 비릿한 미소를 흘렸다.

"잠시 쉬고 계십시오, 아버님!"

"화성아!"

유상목은 고함을 질렀다.

고함 소리는 재차 터지는 폭음에 묻혀 버렸다.

"어린 놈이 대단하구나."

다시 한 번 격돌한 초강용은 어쩔 수 없는 감탄 한마디를 토했다.

"노물, 당신 역시!"

똑같이 받아친 유화성이 이번에는 선제공격을 하며 날아들었다.

유화성의 청풍검에서 표풍광망의 초식이 펼쳐지며 그물 같은 빛무리가 초강용을 덮어갔다.

"어림없는!"

콧방귀를 뀐 초강용이 쌍권을 각각 두 번씩 내갈겼다.

퍼퍼퍼펑—!

연속적으로 네 개의 폭음이 터지며 흑무와 광망이 팽팽하게 대치했다. 그러던 어느 순간 광망 한쪽이 찢기고 흑무 한 자락도 싹둑 잘려나갔다.

"윽!"

"으음!"

각각 답답한 신음 한줄기씩 토한 두 사람은 두어 걸음씩 뒤로 물러났다.

그때 유화성이 유상목을 향해 전음을 날렸다.

—아버님! 제가 다시 한 번 공격하면 아버님께선 몸을 피해 철무전(鐵武殿)으로 가십시오. 곧 뒤따라가겠습니다.

유화성의 전음에 유상목은 움찔 신형을 굳혔다.

전혀 입술을 움직인 것 같지 않았는데도 유화성의 전음은 또렷하게 귓전에 전해졌다.

그건 자신으로서는 불가능한 경지였다.

폐인이 되었다고 생각하고, 이제는 잃어버렸다고 생각한 장남의 그런 경지에 유상목은 희열에 앞서 가슴이 찢어지는 듯한 아픔을 느꼈다.

—아니다. 이자는 내가 맡을 테니 너는 남은 대원들을 데리고 철무전으로 가거라.

유상목은 최대한 은밀하게 입술을 움직였다.

유화성만큼의 경지에는 이를 수 없는 전음술이었다.

―아버님, 이젠 제 부탁도 좀 들어주십시오.

유화성이 애원하듯 다시 전음을 날렸다.

'화성아!'

유화성의 전음에 유상목은 가슴속으로 피눈물이 흐르는 기분을 느꼈다.

유가검보의 다음 대를 이끌어갈 강한 아들로 만들기 위해 그동안 묵살시킨 부탁이 대체 몇 번이었던가?

결코 미워서 그런 건 아니었지만 섬세한 심성을 가진 아들이 얼마나 가슴에 못이 박혔으면 이런 순간에서조차 그런 말을 토하는가?

그런 마음에 유상목은 다시 한 번 가슴이 찢어지는 느낌을 받았다.

"무슨 수작들이냐?"

유상목이 전음을 날리는 것을 눈치챈 초강용은 한 소리 고함과 함께 주먹을 들어 올렸다.

이젠 그의 주먹이 시커멓게 물이 들어 있었다.

흑령권이란 별호는 일 권을 내지를 때마다 그 주먹에서 흑무가 피어오르는 것을 보고 지은 것이기도 하지만 초강용이란 이름 앞에 그 별호가 붙은 가장 큰 이유는 지금처럼 그의 주먹이 검은색으로 변한 데 있었다.

그리고 그때가 가장 위험한 때였다.

최근에는 그의 주먹이 저렇게 검은색으로 변한 적이 없었다.

팔성 이상의 공력이 주입되었을 때에야 그의 주먹은 흑석으로 물이 드는 것이다.

―어서요, 아버님! 아버님께서 살아남으셔야 대원들도 살아납니다!

다시 전음을 날린 유화성은 청풍검을 휘둘렀다.

청풍검에서 한줄기 검기가 아지랑이처럼 피어올랐다.

표풍일섬의 초식이 내뿜는 검기였다.

그러나 그 검기에는 표풍일섬과는 뭔가 다른 기운이 내포되어 있었다.

유가검보 표풍검법 최후의 초식인 표풍무형이었다.

초식의 경계가 무너지며 표풍일섬 속에 표풍답설이 숨어 있을 수도 있고 표풍광망이 숨어 있을 수도 있었다.

"가소로운!"

이미 한 번 표풍일섬의 공격을 받아본 초강용은 조소와 함께 오른쪽 주먹의 각도를 묘하게 꺾으며 유화성의 가슴을 갈겨갔다.

초강용의 먹구름 같은 권풍이 유화성의 가슴에 작렬한다 싶은 순간 표풍일섬의 검초 속에서 폭죽 같은 검기들이 온 세상을 뒤덮을 듯 뻗어 나왔다.

표풍만리!

표풍무형에 의한 초식의 경계가 무너지며 표풍일섬 속에서 표풍만리의 검초가 쏟아진 것이다.

전혀 예상 못했던 공격에 초강용의 얼굴이 주먹과 같은 색이 되었다.

우권을 급히 회수한 초강용이 쌍권을 어지럽게 교차하며 연달아 여섯 번의 주먹을 후려쳤다.

고막을 터뜨릴 듯한 폭음이 울리며 흑무가 사방으로 퍼져 나왔다.

그 순간 한 개의 그림자가 흑령권을 향해 돌진했다.

"크윽!"

"큭!"

두 개의 짧은 비명이 터지며 흑령권 초강용과 유상목이 한 몸뚱이처럼 얽혔다.

초강용과 유화성이 격돌한 후의 빈틈을 노려 유상목이 초강용을 향해 동귀어진의 수법을 펼친 것이다.

"이, 이……!"

자신의 심장 깊숙이에 박힌 유상목의 검을 보며 초강용은 쥐어짜는 듯한 신음을 토했다.

"이런 개 같은……!"

초강용의 주먹이 이미 시커멓게 죽어 들어가고 있는 유상목의 가슴을 향해 다시 들어 올려졌다.

쐐액—!

잠시 넋을 잃고 있던 유화성의 검이 빛살처럼 허공을 갈랐다.

초강용의 머리가 허공으로 떠올랐다가 바닥으로 떨어져 굴렀다.

"아, 아버님……! 아버님, 왜!"

유화성이 절규하듯 외쳤다.

"왜… 왜, 제 마지막 부탁마저 안 들어주시는지요, 아버님! 크흑!"

유화성이 허물어지는 유상목을 안으며 절규를 토했다.

"화성아… 내 아들아……."

유상목이 자꾸만 굳어져 가는 입술을 억지로 움직였다.

"아무리… 아들이 믿음직스러워도… 이런 상황에서 등을 돌릴 아버지는…… 세상에 아무도 없단다."

유상목이 유화성의 얼굴을 쓰다듬으며 미소를 지었다.

폐인이었다고 생각한 아들은 이미 자신을 뛰어넘는 실력을 가지고 있었지만 흑령권은 결코 만만한 고수가 아니었다. 그를 처치한다 하더라도 아들 역시 양패구상에 가까운 부상을 입을 수도 있을 것이다.

무너져 가는 유가검보!

자신은 죽어도 아들이 건재하기에 조금도 후회스럽지 않았다.

"아버님! 크흐흑!"

유화성의 눈에서 피눈물이 흘러내렸다.

"가거라. 어서 가서… 대원들을 이끌고 철무전으로 들거라. 거기서 버티면… 숙부들이 올 것이다."

유상목이 유화성을 밀쳤다.

점점 생명이 빠져나가는 몸이었지만 유상목의 팔에서는 무서운 힘이 쏟아져 나왔다.

"아버님… 제발, 제발……."

"어서 가거라. 너만 살아 있다면… 나 또한 영원히 살아 있는 것이다……. 어서 가거라, 내 아들아."

유상목은 흑령권의 가슴 깊이 박힌, 유가검보주의 신물인 표풍검 손잡이를 유화성에게 쥐어주었다.

"철무전에 들거든 이 손잡이를……. 어서… 가거라……."

그 말을 끝으로 유상목은 고개를 떨어뜨렸다.

"아버지―!!"

유화성은 부친의 시신을 끌어안고 짐승처럼 울부짖었다.

아버지의 기대를 저버리고 못난 모습만 보여주었는데 이젠 그걸 만회할 기회마저 사라졌다.

목이 터져라 통곡하는 유화성의 입에서 울컥 선혈이 쏟아졌다.

과도한 슬픔이 심맥을 건드린 모양이었다.

화성아, 제발!

유화성의 귓전으로 부친의 목소리가 울렸다.

겨우 정신을 차린 유화성은 흑령권의 가슴에서 표풍검을 빼 들었다.

검이 뽑아져 나온 흑령권 가슴에서는 아직도 식지 않은 피가 꾸역꾸역 흘러내렸다.

표풍검을 뽑아 든 유화성은 초강용의 수급을 집어 들었다.

"우우우—"

사자후를 토한 유화성은 건물 하나를 돌아 장원 복판으로 몸을 날렸다.

혼전이 일어나고 있는 장원 앞마당에서는 갑작스런 사자후에 놀란 사내들이 잠시 움직임을 멈추었다.

휘익—

유화성은 초강용의 수급을 서왕문 사내들 앞으로 던졌다.

"우우—"

초강용의 수급을 본 서왕문의 사내들이 동요하기 시작했다.

반면, 검을 들고 우뚝 선 유화성을 쳐다본 유가검보 대원들은 함성을 질렀다.

그러나 그건 극히 짧은 순간의 역전일 뿐이었다.

서왕문도들은 수장을 잃었지만 숫자는 여전히 훨씬 많았다.

유가검보의 검대원들은 적장의 수급을 보고 지르던 환호성이 끝나기도 전에 처절한 현실을 인식하고 다시 필사적으로 검을 들어 올렸다.

아니나 다를까, 동요하던 서왕문도를 중 누군가 급히 소리를 질렀다.

"모두들 초 노야의 원수를 갚아라!"

그 목소리에 서왕문도들의 눈빛이 맹수들처럼 이글거렸다.

유화성은 쏜살같이 몸을 날렸다.

자신의 청풍검 대신 보주의 검인 표풍검이 섬광을 뿜었다.

"크윽!"

"크악!"

피에 굶주린 야수가 된 유화성이 지옥도를 그렸다.

단말마의 비명이 끊이지 않고 피분수와 함께 피어올랐다.

"저놈부터 베어라!"

자연스럽게 수장이 된 서왕문의 문도 한 명이 고함을 질렀다.

그러나 유화성은 더욱더 그들의 중심으로 파고들었다.

"공자, 안 되오!"

자신들에게로 쏠렸던 인원들이 유화성에게로 몰려가자 숨 쉴 틈을 얻은 검대원 중 누군가 소리를 질렀다.

"공자!"

다시 유화성을 부르는 고함 소리가 들렸지만 유화성의 검무는 멈추지 않았다.

"보주—!"

다른 한 사내가 찢어질 듯 고함을 질렀다.

보주가 바뀌기 전에는 다른 사람에게 절대 넘기지 않는 표풍검! 그 검을 든 유화성은 그들에게 이젠 새로운 보주였다.

"보주! 당신은 이제 혼자 몸이 아니오, 보주!"

또 다른 사내 하나도 고함을 질렀다.

그 소리에 유화성은 냉정을 되찾았다.

"모두, 모두 철무전으로 이동하시오!"

서왕문의 모든 인원들을 자신 쪽으로 쏠리게 한 유화성은 어느 순간 훌쩍 몸을 솟구쳐 포위망을 빠져나오며 고함을 질렀다.

검대원들 앞에 날아 내리는 유화성의 눈빛에서는 조금 전 미친 듯이 검을 휘두르던 살귀의 모습은 조금도 남아 있지 않았다.

야수 떼들 속에서 살아남은 대원들을 이끌어야 할 임무를 어깨에 걸머진 냉철한 수장의 모습만이 검대원들의 동공 가득 비춰졌다.

"어서!"

표풍검을 휘두르며 유화성이 다시 고함을 질렀다.

유화성의 고함에 얼마 남지 않은 대원들이 유화성과 함께 급급히 신형을 날렸다.

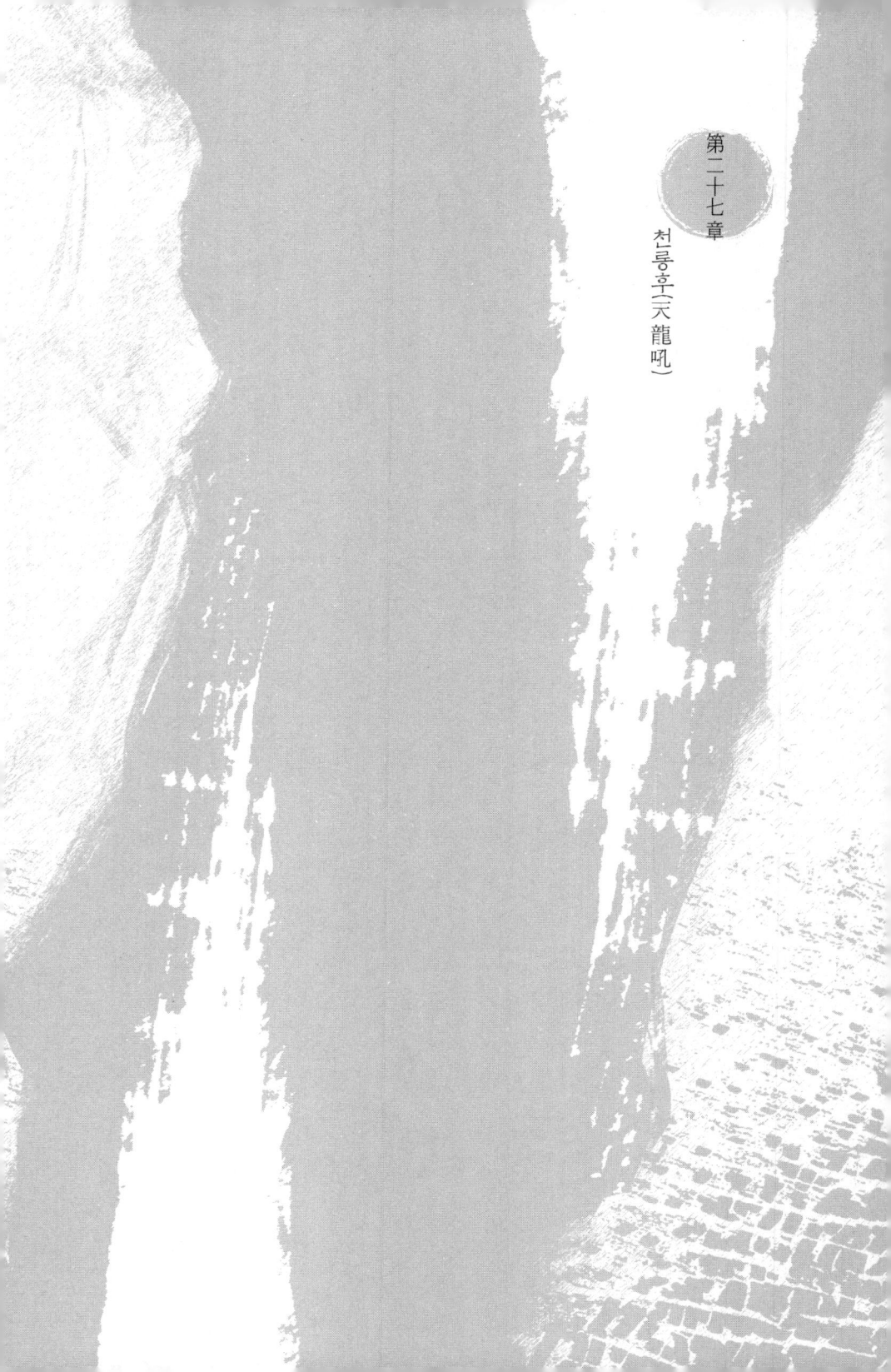

第二十七章

천룡후(天龍吼)

천룡후(天龍吼)

"헉!"

"헉!"

서왕문의 무사들이 물러나자 유가검보 일검대 무사들의 목에서 거친 숨소리들이 연방 터져 나왔다.

아직 쓰러지지 않고 서 있었지만 그들은 자신이 살아 있는지 죽어서 지옥 속에 있는지 구별이 안 되는 상태까지 이른 것이다.

뒤이어 몇몇 사내들이 토악질을 해댔다.

바닥에 뒹구는 시신에서 꾸역꾸역 피어오르는 피 냄새도 역겨웠지만 그보다는 과도하게 진기를 끌어올린 후에 따르는 장기들의 뒤틀림 현상이었다.

기혈이 뒤틀려서 토악질을 하던 사내들은 동료의 육신과 배 밖으로 흘러나와 잘려진 내장에서 피어오르는 혈향에 다시금 토악질을 했다.

그들 속에는 유화경도 있었고 백봉령주도 있었다.

진우청도 치밀어 오르는 욕지기에 인상을 찌푸렸다.

정신없이 용호곤을 휘두를 때는 느낄 새도 없었는데 잠시 이렇게 소강상태를 보이자 자욱한 피 냄새와 잘려진 육신들, 그리고 그 육신들에서 뭉클뭉클 피어오르는 허연 김들이 창자를 울렁거리게 했다.

그 지독한 황산 동굴 속의 수련에서도 끄떡없던 내장이었지만 강변에 펼쳐진 참상은 절로 욕지기를 느끼게 만든 것이다.

겨우 욕지기를 억누른 진우청은 유화결을 쳐다보았다.

앙다문 유화결의 턱이 덜덜 떨리고 있었다.

공포 때문이 아니었다. 지독한 분노 때문이었다.

인간은 누구보다 겁이 많은 존재이다.

맹수에 쫓기던 동물들은 그 순간만큼은 온통 겁먹은 눈빛을 하며 필사적으로 달리지만 구사일생으로 목숨을 건지면 금방 잊어버리고 풀을 뜯거나 먹이를 찾는다.

반면, 인간이 그런 경험을 당했다면 평생 그때의 두려움을 잊지 못하고 살아간다.

그만큼 인간은 겁 많은 존재이다.

그런데 그게 도를 넘게 되면 인간들은 오히려 두려움이란 감정을 상실하고 어떤 짐승들보다 더 잔인해진다.

지금 강변에 펼쳐진 상황은 수십 번도 더 두려움을 상실할 만큼 끔찍한 것이었다.

그 끔찍한 상황 속에서 이젠 완전히 두려움을 상실한 유화결은 분노로 턱을 떨고 있었다.

두려움을 상실한 사람들은 또 있었다.

강변 저 끝 쪽에 있는 관중들!

한 사람의 시체가 이곳 어디에 잔인하게 도륙되어 있다면 모두들 비명을 지르며 도망갔을 것이다. 그러나 두려움을 완전히 상실할 만한 상황 속에서 그들은 반 이상 남아 지옥도를 구경하고 있었다.

진우청은 문득 진저리를 쳤다.

산속에서 맹수가 먹이를 잡아 그 고기를 뜯어먹는 장면은 이렇게 진저리 쳐지지는 않았다.

그러나 인간이 인간을 도륙한 장면은 소름이 끼쳤다.

그리고 그 격전은 아직 끝나지 않았다.

잠깐 동안의 소강상태는 놈들이 자신들을 좀 더 효과적으로, 좀 더 확실히 죽이려고 전열을 정비하는 시간이었다.

그 틈에 이쪽 역시 전열을 정비할 수 있겠지만 불행히도 이쪽은 그럴 필요성을 느끼지 못할 만큼 숫자가 적었다.

진우청은 고개를 돌리고 유화결을 쳐다보았다.

"고맙소, 살려주어서."

분노를 억누르고 조금 진정한 유화결이 진우청을 향해 말했다.

급박한 순간에서는 '곰탱아, 도와줘' 라고 했는데 지금은 정중히 말하고 있었다.

진우청은 목구멍 안에서 무언가가 왈칵 솟구쳐 오름을 느꼈다.

대체 무슨 원한을 졌기에 이런 보복을 당한단 말인가?

그리고 이런 지옥도 속에서 자신은 살아남았다고 살려준 사람에게 감사의 인사를 한단 말인가?

산 아래쪽의 인간들은 항상 이렇게 살고 이렇게 감사를 한단 말인가?

"짐승 같은 놈들!"

진우청은 벌컥 소리를 질렀다.

그건 유화결을 향한 것 같기도 했고, 사방을 포위하고 있는 인간들을 향한 것 같기도 했다.

아니면, 이런 참상을 멀찍이서 구경하고 있는 사람들을 향해서이거나⋯⋯.

유화결은 흠칫 고개를 돌려 진우청을 쳐다보았다.

진우청의 눈에서 불길이 뿜어지고 있었다.

"그 소리는 끝까지 살아남아서 해라, 물렁탱아!"

진우청은 겨우 감정을 누르며 답했다.

포위망이 훨씬 더 두껍게 쳐진 상황에서 언제까지 산 아래 사람들의 잔인함에 치를 떨 수는 없었다.

지금부터는 오히려 더 처절한 혈겁의 상황 속으로 발을 내디뎌야 할 것이다.

"난 상관없으니 부디 동생을 보살펴 주시오! 부탁이오!"

유화결의 눈에 다시 핏발이 섰다. 그러나 말은 여전히 정중하게 하고 있었다.

"네 동생이니 네가 해! 난 이제 이곳을 떠날 테다. 이 빌어먹을 동네, 정말 정 떨어졌다!"

진우청은 정말 떠나기라도 할 듯이 주변을 둘러보며 길을 찾았다.

그러나 길은 어느 곳에도 없었다.

엄중한 포위망이 물샐틈없이 쳐져 있을 뿐이었다.

"모두 가운데로 모여라!"

가장 많은 상처를 입고 이제야 겨우 숨을 고른 유상기가 피를 토하는 것 같은 소리를 지르며 부하들을 쳐다보았다.

두 다리로 서 있는 일검대 숫자는 서른 명 남짓밖에 되지 않았다.

그나마도 멀쩡한 모습을 한 대원들은 하나도 없었다.

모두들 금방이라도 쓰러질 것 같은 몰골로 거친 숨을 헐떡거리고 있었다.

그건 자신도 마찬가지였고 조카들도 마찬가지였다.

유일하게 진우청만이 굳건히 땅을 박차고 서 있을 뿐이었다.

그 굳건한 청년 때문에 아직 목숨이 붙어 있었다.

그리고 잠시 이런 휴식도 취할 수 있는 것 같았다.

정체가 뭔지, 왜 자신들을 도와주었는지 몰랐지만 생명의 은인이란 것만은 확실했다.

유상기는 그 은혜에 대한 인사조차 할 여유가 없었다. 극심한 피로에 당장이라도 쓰러질 듯한 신형을 가까스로 지탱하며 남은 대원들과 함께 재차 싸울 준비를 해야 했다.

그러나 긴장이 풀린 부하들은 시간이 갈수록 오히려 더 심하게 신형을 비틀거렸다. 그리고 몇 명은 여전히 속에 있는 것들을 도두 게워내고 있었다.

진기의 역류가 아직까지 계속되는 모양이었다.

저런 모습으로 다시 격돌하면 얼마나 버틸 수 있을까 하는 생각에 유상기는 깊은 절망감을 느꼈다.

자신들은 겨우 목숨만 연명한 채 숫자도 얼마 남지 않았지만 놈들은 아직 야수 같은 살기를 고스란히 간직한 채 숫자도 몇 배로 많이 남아 있었다.

"숙부님!"

유화결이 이를 앙다문 표정으로 다가왔다. 뒤를 따라 유화경도 눈물이 범벅이 된 채 걸어왔다.

"살아 있었구나! 다행이다! 정말 다행이다!"

그 다행이 언제까지 갈지 모르겠지만 지금은 두 조카들의 생존이 너무 기뻤다.

"흐흑! 숙부님!"

유화경이 피를 토하듯 오열을 토하다가 일검대원들을 의식한 듯 터져 나오는 오열을 제대로 내뱉지도 못하고 도로 삼켰다.

잠시 조카들의 생존을 기뻐하던 유상기는 이를 갈았다.

반나절도 아니었다.

단 반 시진을 조금 넘긴 시간 안에 이곳으로 온 일검대가 이렇게 당했다.

대대로 이곳에서 번영을 누리고 검보로까지 성장한 유가검보의 식구들로서는 너무 어처구니없고 참혹한 상황이었다.

아직까지 유화성과 구원대가 오지 않는 것으로 보아 본가 또한 마찬가지일 것 같았다.

"최대한 빨리 기운을 회복하고 몸을 추슬러라! 어떻게 해서든 너희들은 살아남아야 한다!"

유상기는 자신의 목숨으로 두 조카들을 살릴 결심을 하며 다급하게 외쳤다.

"가소로운 놈들!"

조카들과 대원들을 독려하는 유상기의 귓전으로 냉막한 목소리가 들려왔다.

회의인들과 같이 있던 왜소한 체구의 노인이 내지른 소리였다.

한참 떨어진 거리였건만 마치 귓전에 입을 대고 속삭이는 것처럼 가까이 들리는 소리에 유상기는 물론이고 모든 사람들은 긴장 가득한 표정으로 노인을 쳐다보았다.

왜소한 노인은 마귀처럼 일그러진 얼굴로 남아 있는 유가검보의 무사들을, 그리고 진우청을 차례로 훑어보았다.

처음에는 멀찌감치 서서 지켜보기만 하려 했다.

눈 가리고 아웅 하는 격이긴 하지만 되도록이면 같은 편이 아닌 것처럼 움직이며 순식간에 일검대를 무찌르고 유가검보 본가로 달려갈 생각이었다.

그런 계획의 일환으로 얼굴이 알려지지 않은 대원들만 추려왔다.

수염이 있는 대원들은 수염을 밀었고, 반대로 수염이 없는 대원들은 만들어 붙이는 식의 변장도 했다.

그런데 몽둥이를 든 곰 같은 어린 놈 하나 때문에 일이 틀어지고 있었다.

이젠 그런 의도는 포기하고 자신의 지휘 하에 일사불란하게 움직여 최대한 빨리 저놈과 남은 유가검보 놈들을 쓸어버릴 생각이었다.

"쯧쯧!"

왜소한 노인 옆에 있던 뚱보노인이 혀를 차며 강변을 향해 손짓을 했다.

뚱보노인의 손짓에 따라 강변에 있는 나룻배에서 단궁(短弓)을 든 사내들이 바람처럼 달려왔다.

그들과 함께 한 명의 중년인은 아무것도 들지 않은 채 유유자적 걸어오고 있었다.

제일 뒤에 처져 있었지만 중년인의 모습은 대번에 눈에 들어왔다.

진우청도 컸지만 중년인의 체격은 정말 컸다.

진우청보다 족히 머리 하나는 더 큰 키에, 옆으로 벌어진 어깨와 몸통은 쌀자루 몇 개를 포개놓은 것 같았다.

유화경의 상처를 돌보고 부하들의 상태를 살피던 유상기는 포위망 뒤에서 다가오는 사내를 보고 그 자리에서 굳어졌다.

'대체 어디에서 저런 인간이?'

유상기는 신음을 삼켰다.

하나같이 뛰어난 실력을 갖춘 자들이었지만 정체를 알 만한 사람들은 없었다.

특히 흑의를 걸친 저 거한을 보니 더욱 그런 심정이 되었다.

아무리 관중이 온 강변을 메웠지만 저런 인간을 아직까지 못 보았을 리 없다.

수많은 관중들 틈에 섞여 들어왔어도 저런 인간은 표시가 난다.

그런데 저런 인간을 보았다는 보고도 없었고, 오전 내내 눈에 뜨이지도 않았다.

아마도 저 인간만은 처음부터 나룻배를 타고 와 이제까지 그 속에 은신해 있었던 것 같았다.

많은 관중들과 그 관중들에게 먹거리와 특산품 등을 팔기 위해 모여든 나룻배는 이놈들에게는 더할 수 없이 좋은 잠입 경로가 되었을 것이다.

모습을 드러내서 의심을 받지 않을 만한 사람들은 관중들과 함께 스며들고 그렇지 않은 사람들은 오늘 아침 나룻배를 타고 숨어들어 막판에 포위망을 짜고 나타난 것이리라.

유상기는 쌀가마니 몇 개를 합쳐 놓은 것 같은 중년인을 뚫어져라 쳐다보았다.

그러나 중년인의 시선은 한 가닥도 남김없이 진우청에게로 쏠리고 있었다.

조금 더 다가온 중년인이 입술을 움직였다.

"네 이름이 무어냐?"

쌀가마 같은 중년인은 자신들에게 막대한 피해를 준 진우청의 정체를 알고자 했다.

그걸로 보아 이제껏 치른 진우청의 비무 모습을 보지 못한 것 같았다.

그랬다면 가명이나마 진호산이란 이름을 알고 있었을 것이다.

진우청은 눈살을 찌푸리며 중년인을 쳐다보았다.

누구와 대면하든 내려다만 보았지 이렇게 올려다보긴 처음이었다.

묘하게 기분이 나빴다.

"이름도 없는 놈이냐?"

중년인이 다시 물었다.

"알아서 뭐 하시려오?"

진우청은 뚱하게 내뱉었다.

이름이야 자신이 사용하기보다는 남에게 알려주고 남이 사용하라고 있는 것이다.

그러나 그걸 가르쳐 주고 싶지 않은 경우도 있는 법이다.

자신에게 위압감을 주는 덩치가 그런 반발심을 불러일으켰다.

"이놈이?"

진우청의 답변에 뒤에 있던 왜소한 노인이 눈을 부릅뜨며 거인 옆으로 나섰다.

　부하의 잘못을 추호도 용서 않고, 격전장에서도 가차없이 추궁하여 자결을 하게 만들었던 노인은 성질을 이기지 못하는 것 같았다.

　가까이서 보니 왜소한 노인은 등이 휘어진 곱추였다.

　그래서 더 작고 왜소하게 보였다.

　"비켜 있으시오, 노인장!"

　거구의 중년인이 고함을 질렀다.

　"뭐, 뭐라?"

　중년인의 고함에 곱추노인의 눈빛이 매서워졌다.

　그때 덩치 큰 노인이 빠르게 다가와 곱추노인의 팔을 잡아끌었다.

　"이 주책바가지야. 그렇게 젊은 아이들 싸움에 왜 끼어드느냐? 뒤에서 느긋이 구경하는 것도 숨이 차는 나이에……."

　큰 덩치의 노인이 곱추노인을 뒤로 끌고 갔다.

　"마철웅(馬鐵雄)!"

　거구의 중년인을 쳐다보며 뭔가 의심스런 표정을 짓던 백운 노인은 나직하게 신음을 토했다.

　그 신음에 움찔 놀란 기색을 보인 유상기는 부릅뜬 눈으로 거인을 노려보았다.

　마철웅이라면 익히 소문을 듣고 있었던 사람이었다.

　겉모습은 청동거인 같아 외공의 고수를 연상케 했다.

　외형상으로는 그렇게 보여도 그의 절기는 솥뚜껑만한 두 손바닥으로 펼치는 장법이었다.

　덩치가 크면 당연히 힘도 세겠지만, 내력으로 뿜어내는 장법까지 그 덩치에 비례한다고 볼 수 없었다.

그러나 마철웅은 그런 비례 관계가 성립되는 사람이었다.

커다란 체구와 함께 커다란 손바닥에서 뿜어져 나오는 장력은 정말 위력적이었다.

유상기는 마철웅의 내력을 떠올려 보았지만 마철웅이 왜 이곳으로 왔는지, 그리고 여전히 이들이 어느 단체에 속하고 있는지 알 수가 없었다.

마철웅이 아직까지 어떤 단체에 속했다는 말은 들어보지 못했다.

그는 사천성에서 홀로 돌아다니던 권장의 고수였다.

그때 마철웅의 목소리가 다시 들려왔다.

"네놈의 노는 모습이 하도 가상해서 죽이기 전에 이름이라도 알고 싶어서 그런다. 이름이 무엇이냐?"

마철웅은 강변이 쩌렁쩌렁 울리는 목소리로 다시 진우청의 이름을 물었다.

'죽이기 전에 이름을 알고 싶다고?'

진우청은 잠시 어이없는 표정으로 마철웅을 쳐다보았다.

죽일 놈의 이름은 알아서 무엇 한단 말인가?

죽이고 나서 정성스레 비석이라도 세워줄 것이란 말인가?

그리고 또 죽긴 누가 죽는단 말인가?

이곳에서 죽으려고 돌산 꼭대기를 수없이 오르내리며 그 고생을 한 건 아니다.

진우청은 피식 웃음을 흘렸다.

"이놈이?"

진우청이 여전히 대답은 않고 피식 웃자 마철웅의 눈빛이 차가워졌다.

"그러기 전에 당신 이름부터 밝히시오. 남의 이름을 알고 싶으면 그
게 순서가 아니오?"

진우청이 애써 웃음기를 지우며 말했다.

두 사람 사이에 잠시 정적이 흘렀다.

그사이 마철웅의 표정이 여러 번 변했다.

처음에는 자신의 이름도 모른다는 진우청을 보고 이놈이 자신을 놀
리나 하는 표정을 지었지만 잠시 후, 진우청이 정말 자신의 이름을 모
르고 있다는 판단이 들자 어이없어하며 고개를 저었다.

"내 이름은 마철웅이다. 붕산철장(崩山鐵掌)이라 부르기도 하지."

이름과 별호를 밝힌 마철웅은 입맛을 다셨다.

아직도 그는 자신을 이곳까지 나오게 한 인간이 자신의 이름도 모르
는 풋내기란 사실이 믿기지 않는 모양이었다.

유상기의 짐작대로 마철웅은 오늘 새벽 나룻배를 타고 은밀히 이곳
에 잠입했다.

유가검보를 무너뜨리기 위해서는 이곳보다는 유가검보에 투입되는
것이 옳았지만 일이 틀어지면 유가검보보다 이곳이 더 귀찮아질 수 있
었다.

아직까지 방관자가 되어 저 멀리서 구경만 하는 수많은 관중들!

그들 중에 누군가 선동을 하여 이 지역 패자인 유가검보를 돕고자
하면 즉시 자신이 나서서 그들을 일장에 날려 버리며 조기에 진압할
생각이었다.

그런 임무엔 자신이 제격이었다.

큰 덩치와 무시무시한 장력으로 선동하는 사람들 몇 명만 사전에 피
떡으로 만들어놓으면 군중들은 양처럼 순해진다.

다행히 아직까지 그런 일은 일어나지 않았다.

순식간에 유가검보의 일검대 백 명이 무너지는 상황에 자신이 대신 칼받이로 나설 사람은 없는 것 같았다.

그렇게 생각하며 느긋이 배 안에 앉아 있었는데 두 사람이 끼어들었다.

노인과 덩치 큰 청년!

노인은 큰 영향을 미치지 않았지만 덩치 큰 청년은 심각한 영향을 미쳤다.

단 한 명이었지만 누군가 선동하여 관중들이 몰려온 것보다 더 큰 영향을 미친 것이다.

결국 마철웅은 자신의 임무를 수행할 필요를 느끼고 이곳까지 왔다.

"내 이름은 진호산이오."

진우청은 비무대 위에서 쓰던 가명을 짤막하게 밝혔다.

자신을 죽이러 왔다는 자에게 굳이 본명을 밝힐 이유는 없었다.

"아직 별호는 없고… 별명은 곰 사냥꾼 정도로 해둡시다."

"곰 사냥꾼?"

마철웅은 진우청의 말을 잠시 알아듣지 못하고 고개를 갸웃거렸다. 그러다가 이내 앙천광소를 터뜨렸다.

"재미있군, 정말 재미있어! 우하하!"

마철웅은 설마 누군가 자신을 곰이라 놀리리라고는 생각 못 한 듯 다시 광소를 터뜨렸다.

목청껏 웃음을 토한 마철웅은 고개를 돌렸다.

"지금부터 내 지시가 있을 때까지는 모든 행동을 중지한다! 어기는 놈은 지위고하를 막론하고 피떡을 만들어 버리겠다!"

마철웅은 쩌렁쩌렁한 목소리로 외친 후 회의인들, 특히 곱추노인과 뚱뚱한 노인에게 눈길을 주었다.

"저 못돼먹은 놈! 네놈은 아비, 어미도 없느냐?"

곱추노인이 주먹을 흔들며 고함을 질렀다.

"없소!"

간단히 답한 마철웅은 등을 돌렸다. 그리고 진우청을 향해 손짓을 했다.

"이리 오게, 젊은이. 곰 사냥꾼의 사냥 실력이 어떤지 한 번 봄세."

마철웅은 처음 해보는 신나는 놀이 앞에 선 어린애 같은 표정으로 진우청을 쳐다보았다.

'젠장!'

진우청은 모든 시선이 자신에게로 모이는 것을 느끼며 내심 불평을 토했다.

자신을 죽이려 하는 놈들 때문에 싸움에 휩쓸리긴 했지만 이 싸움의 직접적인 당사자는 아니었다.

그런데 상황은 이상하게 변해 당사자들은 숨을 돌리는데 자신만 곰 쩜 쪄 먹게 생긴 인간과 싸움을 벌이게 되었다.

'빌어먹을!'

진우청은 다시 한 번 불평을 삼키며 주변을 둘러보았다.

그물 같은 포위망!

그리고 그 안에 갇힌 상처 입은 사람들!

싫든 좋든 이자와의 대결은 불가피해 보였다.

다행히 이자가 자신과 대결할 때만은 아무도 못 움직이게 했으니 다른 곳으로 신경이 분산되지는 않을 것 같았다. 또한 대결의 순간 동안

은 유가검보 사람들은 다친 상처를 돌보고 실낱같으나마 기력을 회복
할 것이다.

쨍―!

진우청은 용곤과 호곤을 하나로 합쳤다.

용호곤을 허리에 걸친 진우청은 천천히 걸음을 옮겼다.

"조심해라! 그리고 제발 이겨라, 곰탱이!"

다급해지니까 유화결은 다시 막말을 하며 나왔다.

"조심하게나."

백운 노인의 걱정 가득한 목소리도 들렸다.

'젠장! 집 떠날 때보다 더하군!'

내심 투덜거린 진우청은 붕산철장 마철웅 앞에 섰다.

마철웅의 입이 옆으로 쭉 째졌다.

정말 오랜만에 나들이를 나온 아이 같은 미소였다.

"오 초 동안 수비만 하겠다. 그러니 마음껏 놀아보거라."

마철웅은 한층 더 짙은 미소를 흘리며 말했다.

"그냥 다섯 대 한꺼번에 맞아주면 안 되겠소? 웬만하면 괜찮을 것
같은데……."

진우청은 마철웅의 몸 이곳저곳을 훑어보며 말했다.

"우하하! 갈수록 재미있는 친구로군!"

마철웅은 다시 한 번 대소를 터뜨렸다.

"유가검보 일검대에게서보다 자네에게 쓰러진 사람들이 더 많네. 그
러니 그 제의는 사양하겠네."

마철웅이 고개를 저었다.

진우청은 용호곤을 잡은 손에 힘을 주며 마철웅의 어깨를 쳐다보

왔다.

웬만한 어른의 허벅지보다 더 두꺼운 어깨가 터질 듯 부풀어 있었다.

살아가며 덩치에 위축되는 상황에 마주치리라고는 생각 못했는데 세상이 참 넓다는 생각이 들었다.

그러나 매에는 장사가 없는 법!

휘이잉—

허리 어림으로 비스듬히 용호곤을 내리고 있던 진우청은 마철웅의 어깨를 향해 쾌속하게 휘둘렀다.

갑작스런 공격에 마철웅은 대경하며 상체를 틀었다.

파앗—

제대로 맞았다면 퍼억! 하는 소리가 났겠지만 비껴 맞은 마철웅의 어깨에서는 그런 소리가 났다.

마철웅의 인상이 찌푸려졌다.

둔하게 생긴 놈이 설마 이런 수작을 부릴 줄 몰랐다는 표정과 함께, 매우 아프지만 안 아픈 척할 수밖에 없는 고뇌 어린 표정이 뒤이어졌다.

"보기와 달리 약삭빠른 데가 있는 놈이군."

마철웅은 슬쩍 어깨를 흔들며 태연한 척 중얼거렸다.

그때 진우청이 다시 팔을 흔들었다.

아까처럼 전혀 준비 동작 없이 용호곤은 최단거리로 마철웅의 허리를 때려갔다.

마철웅은 이번에는 준비하고 있은 듯 커다란 손바닥을 활짝 펴서 용호곤을 막았다.

따앙—!

용호곤과 마철웅의 손바닥이 부딪친 곳에서 쇳소리가 크게 울렸다.

인간의 손바닥과 쇠몽둥이가 부딪쳤는데 그 격타음은 쇠와 쇠가 부딪친 것과 거의 같았다.

"손바닥이 철판 같군."

붕산철장에 용호곤을 부딪친 진우청은 손목으로 전해지는 강한 반탄력을 느끼며 마철웅의 손바닥을 쳐다보았다.

그것으로 철웅의 손바닥은 산을 무너뜨릴 정도인지는 몰라도 철장, 즉, 쇠 손바닥이라는 것은 충분히 증명되었다.

"그런 수수깡 같은 막대기로는 내 손바닥을 간지럽게 하는 정도도 안 된단다, 아이야."

마철웅은 씨익 웃으며 손바닥을 비볐다.

"이제 세 번이 남았다."

마철웅은 다시 손바닥을 펴서 앞으로 내밀었다.

솥뚜껑만한 손바닥이 진우청의 시선을 온통 가려왔다.

진우청은 잠시 공격을 멈추고 천천히 날숨을 내쉬었다.

사람은 코와 입으로만 숨을 쉬는 것이 아니다.

코와 입은 숨을 빨아들이고 내뱉는 관문일 뿐, 정작 숨을 쉬는 것은 온몸이다.

온몸은 제각각의 모양으로 숨을 쉰다.

마철웅의 손바닥도 숨을 쉬고 있었다.

그리고 그 숨결 속에는 어김없이 빈틈이 있었다.

마철웅 역시 그걸 메우지 못하고 있었다.

그걸 메울 수 있는 것은 천룡신무뿐이리라.

진우청은 용호곤을 휘둘렀다.

쉬이익!

용호곤이 바람을 가르며 휘둘러 오자 마철웅도 손바닥을 마주 휘둘렀다.

그 순간, 용호곤이 미세한 각도로 궤적을 바꾸며 마철웅의 손바닥에 부딪쳐 갔다.

이번에도 어김없이 쇠와 쇠가 부딪치는 소리가 사방으로 울려 퍼졌다.

뒤이어 진우청의 용호곤이 붕산철장에 막혀 뒤로 튕겨나는 모습도 조금 전과 똑같았다.

그러나 진우청은 용호곤으로 마철웅의 손바닥을 두드리는 순간 마철웅의 눈꼬리가 미세하게 떨리는 모습을 놓치지 않았다.

"이젠 두 번이 남았구려."

진우청은 용호곤을 휘익 휘두르며 마철웅을 쳐다보았다.

어느새 마철웅의 표정은 원래대로 돌아와 있었다.

그만큼 신력이 남다르다는 말이었다.

진우청은 다시 용호곤을 휘둘렀다.

마철웅의 손바닥이 이번에는 훨씬 더 강하게 부딪쳐 왔다.

진우청은 용호곤에 불어넣던 호흡을 갑자기 끊어버렸다. 그에 따라 무겁게 선회하던 용호곤 끝이 예측 못할 속도로 흔들렸다.

용호곤을 쳐다보던 마철웅의 눈빛이 흔들렸다.

그때 다시 용호곤이 무거운 진동음을 토해냈다.

천강검초에서 뽑어내는 천강음이었다.

따앙—!

쉿소리가 울렸다.

앞서의 두 번과 변함없는 크기의 소리였으나 마철웅의 눈꼬리는 훨씬 심하게 떨렸다.

'으음!'

마철웅은 내심 신음을 흘렸다.

뭔지 모르겠지만 이게 아니라는 생각이 들었다.

초식이니 하는 것은 생각할 필요도 없는 단순한 몽둥이 공격이었다.

그러나 이상하게도 그 몽둥이에 손바닥을 부딪치는 순간에는 뭔가 잘못 부딪쳤다는 생각이 들었다.

꼭 집어낼 수는 없지만 어딘가 잘못 맞았다는 느낌이었다.

정상적으로 부딪쳤으면 결코 이런 기분이 들 리 없었다.

어릴 적에 하고 놀았던, 손바닥으로 모래 덩어리 부수듯 통쾌한 느낌이 들어야 했다.

그런데 어쩌다 짓궂은 놈들이 있어 그 모래 덩어리 속에 돌멩이를 하나 감추어놓은 것을 두드렸을 땐 이런 느낌이 들었다.

예측 못한 돌멩이가 손바닥 어느 곳을 파고드는 느낌!

그런 느낌이 두 번이나 연속되며 둔중한 통증이 손바닥에서 어깨까지 전해져 왔다.

심각할 정도는 아니었지만 붕산철장을 십성 익힌 후에는 단 한 번도 느낄 수 없었던 통증이었다.

"아직 한 번이 남았소."

진우청은 용호곤을 휘리릭 한 바퀴 돌렸다.

"그래! 마지막이다, 이놈아! 이번이 끝나면 다시는 내 손바닥을 두드릴 기회가 없을 테니 젖 먹던 힘까지 다 짜내보거라!"

마철웅은 호탕하게 말하며 진우청을 쳐다보았다.

"지금까지는 젖 먹던 힘으로만 두들겼는데 이젠 밥 먹던 힘도 조금 보태겠소."

제법 그럴듯한 말을 내뱉은 진우청은 용호곤을 휘둘렀다.

휘익―

용호곤이 여전히 지극히 단순한 궤적을 그리며 붕산철장에 부딪쳐 왔다.

'이번에는!'

마철웅은 다시는 손바닥에 잘못 부딪친 느낌을 받지 않겠다는 심정으로 양 손바닥에 불끈 내력을 불어넣었다.

마철웅의 쌍장이 훨씬 크게 부풀어 올랐다.

이 상태에서 장력을 발출하면 산을 무너뜨리는 붕산장이 뿜어져 나오는 것이다.

그러나 지금은 수비만 하는 상황이기에 장력을 발출하지 않고 맨손으로 부딪쳐만 갔다.

터엉―

이제껏 부딪친 소리와는 많이 다른 소리가 터져 나왔다.

쇠와 쇠가 부딪치는 소리가 아닌, 몽둥이가 나무에 부딪치는 것 같은 소리였다.

"젠장!"

활짝 펼쳤던 손바닥을 말아 쥔 마철웅은 불만스런 목소리를 토했다.

이번에도 잘못 맞았다는 느낌이었다.

그것도 제대로 잘못 맞은 것 같았다.

손바닥이 화끈거렸고 손목이 얼얼했다.

뒤이어 어깨까지 저려왔다.

와락 인상을 찌푸린 마철웅은 용호곤을 쳐다보았다.

다른 장치나 비밀 무기 같은 것이 숨겨져 있는 것은 아니었다.

그런데 어찌 세 번이나 잘못 맞은 것 같은 느낌을 줄 수 있는가?

내력의 차이가 극심해 온몸으로 그것이 느껴진다면 또 모르겠지만 무언가 빈틈이 생겨 그 속으로 몽둥이가 파고든 것 같은 느낌!

세 번 모두 그런 느낌이었다.

초식이라면 빈틈이 있겠지만 그냥 내력으로 마주치는 데도 빈틈이 있단 말인가?

마철웅은 도저히 풀리지 않는 의문에 마침내 고개를 흔들었다.

그 역시 무언가를 깊이 생각하는 데는 진우청만큼 취미가 없었다.

잘못 맞았다면 잘못 맞은 대로 부딪쳐 나가면 되는 것이다.

그러다 보면 잘 맞을 때도 있을 것이다.

누구를 막론하고 단 한 번이라도 제대로 맞으면 그것으로 끝이었다.

"이제 끝났구나, 꼬마야!"

마철웅은 흐릿한 미소를 흘렸다.

아직 다 피지도 못한 어린애를 쌍장으로 짓이겨야 한다는 것이 꺼려졌지만 다섯 번의 공격을 양보했으니 그것으로 마음의 짐은 벗었다.

이젠 쌍장을 마음껏 휘두를 일만 남은 것이다.

"우선 그 이상한 몽둥이부터 부러뜨려 주마!"

마철웅의 손이 부웅 하고 허공을 갈랐다.

저 큰 거구가 어떻게 저렇게 빨리 움직일 수 있을까 싶을 정도로 쾌속한 움직임이었다.

그 움직임에서 충분히 짐작할 수 있듯이 마철웅은 박투에도 고수였다.

온몸이 무기나 마찬가지인 그는 평소에는 이런 박투술로 상대를 짓이겼다.

그러다 고수를 만나면 붕산철장으로 상대했다.

휘익—

진우청은 괘곤(挂棍)의 수법으로 곤초를 앞으로 잡아당겼다.

초식이랄 것도 없이, 빠르게 낚아채 오는 마철웅의 손을 피해 곤을 잡아당긴 것이다.

'또?'

마철웅은 쌍장에 곤이 잘못 부딪쳤을 때와 똑같은 느낌을 받았다.

분명히 잡을 수 있는 빠르기였고 수법이었다.

그러나 시커먼 몽둥이는 지극히 단순한 움직임으로 손아귀를 빠져나갔다.

불끈 끌어올린 내력이 손끝에 이르고, 손가락이 구부러지며 진기의 흐름에 변화가 생기는 지극히 짧은 순간!

그 순간에 몽둥이 끝은 자신의 손아귀에서 빠져나갔다.

아니, 그런 느낌이 들었다.

그건 순전히 찰나의 느낌일 뿐, 구체적으로 설명을 할 수 있는 것이 아니었다.

인간의 몸인 이상 그런 틈은 어쩔 수 없는 법!

그것 때문에 놓쳤다는 것은 말도 안 된다.

마철웅은 다시 한 손을 뻗었다.

일장을 날려 떡을 칠 땐 치더라도 저 요상한 몽둥이는 기어코 빼앗아 똑같이 후려쳐 주겠다는 오기가 발동했다.

휘잉―

곤초를 당겨서 마철웅의 손아귀를 피한 진우청이 곤의 아랫부분인 곤파를 쳐올렸다.

마철웅의 무릎이 곤파의 궤적 끝에 다가왔다.

마철웅은 곤을 잡아채 오던 손을 회수하며 통나무 같은 다리로 곤을 차올렸다.

이번에도 용호곤은 뱀이 수초를 빠져나가듯 흐느적 마철웅의 다리 사이로 빠져나갔다.

"제법!"

마철웅은 한마디 짤막한 외침과 함께 다른 한쪽 다리로 진우청의 상체를 걷어찼다.

둘레 길이가 진우청의 다리보다 한 뼘은 더 나갈 듯한 마철웅의 다리가 막는 것은 용호곤이든 진우청의 몸통이든 모조리 으스러뜨리겠다는 기세로 허공을 갈랐다.

"걸렸다!"

차올리던 다리를 중도에서 뚝 꺾은 마철웅이 정강이에 용호곤을 끼었다. 뒤이어 발목 또한 교묘하게 틀어 뱀이 대나무를 감고 오르듯 용호곤을 감았다.

우두둑 하는 관절 부딪치는 소리와 함께 마철웅의 다리가 용호곤을 짓눌렀다.

"흐읍!"

용호곤을 감은 마철웅의 다리에서 엄청난 압력을 느낀 진우청은 깊게 숨을 들이마셨다.

진우청은 깊이 들이마신 숨을 양쪽 팔을 향해 불끈 내뿜으며 용호곤을 들어 올렸다.

집채만한 바위라도 얹혀진 듯 무겁던 용호곤이 서서히 가벼워졌다.

마철웅의 다리에 의해 짓눌려지던 용호곤이 서서히 위로 들리기 시
작했다.

전혀 뜻밖의 반격에 마철웅의 눈이 크게 뜨여졌다.

자신을 상대로 힘 자랑을 하는 무식한 놈이 있을 줄 몰랐는데 지금
그런 놈을 만난 것이다.

마철웅은 기도 안 찬다는 표정으로 다시 다리에 힘을 불어넣으며 난
간에 다리 하나를 걸치고 올라타듯 용호곤을 온몸으로 짓눌렀다.

"하앗—"

진우청이 기합성과 함께 아랫배 깊숙한 곳에 뭉쳐 두었던 호흡을 강
하게 내뱉으며 용호곤을 흔들었다.

마철웅의 다리에 결박당한 용호곤이 널을 뛰듯 출렁거리며 마철웅
의 허벅지를 두드렸다.

"으윽!"

조금 뒤, 마철웅의 입에서 나지막한 비명이 흘러나왔다.

쇠막대기에서 전해져 오는 힘이 허벅지 살을 찢을 듯 거세였다.

계속 다리로 결박하고 있다간 살갗이 터질 것 같았다.

마철웅은 더 이상 견디지 못하고 용호곤을 감았던 다리를 풀었다.

"어린 놈이 대체……?"

마철웅의 얼굴에 불신의 감정이 강하게 퍼져 나갔다.

기가 막힌 표정으로 진우청을 쳐다보던 마철웅은 숨 쉴 틈도 주지
않고 날아오는 용호곤을 보고 급히 상체를 숙였다.

퍼억—!

마철웅의 등줄기에서 파육음이 터졌다.

허공에서 방향을 바꾼 용호곤이 마철웅의 등줄기를 두드린 것이다.

"크아아— 이놈!"

하룻강아지에게 발뒤축을 물린 심정이 된 마철웅은 마침내 포효를 터뜨리며 진우청을 향해 돌진했다.

'곰보다 더하군!'

마철웅의 거대한 신형이 덮칠 듯 쇄도해 오자 진우청은 두 마리의 곰이 한꺼번에 자신을 향해 달려드는 느낌을 받으며 마철웅의 가슴을 향해 용호곤을 찔러 넣었다.

따앙—!

마철웅은 손등으로 용호곤을 쳐내며 계속해서 다가왔다.

스스스—

진우청의 몸이 그대로 뒤로 물러났다.

마치 얼음판 위에서 미끄러지는 듯한 움직임이었다.

그러나 마철웅의 신형 역시 조금도 지체없이 진우청을 향해 달려들었다.

쨍—!

청명한 쇳소리가 울리며 용호곤이 용곤과 호곤으로 분리되었다.

투닥—

먼저 용곤이 달려드는 마철웅의 어깨를 두드렸다.

마철웅의 표정이 조금 일그러졌지만 쇄도해 드는 속도는 전혀 변함없었다.

휘익—

마침내 거리를 좁힌 마철웅의 손이 진우청의 어깨를 잡았다.

그 순간 진우청의 어깨가 흐느적 무너졌다.

뼈가 없는 연체동물 같기도 하고, 물이 흐르는 것 같기도 한 진우청의 움직임에 허공만 움켜쥔 마철웅은 반대쪽 손을 활짝 펴서 진우청의 가슴을 쳐왔다.

상체를 튼 진우청은 마철웅의 손바닥을 향해 어깨를 강하게 부딪쳐 갔다.

무모하게 보이는 행동이었지만 마철웅의 손바닥에서 느껴지는 기운은 용무의 수행이 막바지에 이른 시기에 날린 사부의 호두알만큼 무섭지가 않았다.

퍼억—!

용린탄주의 반탄기를 잔뜩 끌어올린 진우청의 어깨와 마철웅의 솥뚜껑 같은 손바닥 사이에서 폭발음에 가까운 소리가 터져 나왔다.

그 소리는 용호곤과 마철웅의 손바닥이 부딪치는 쇳소리보다 더 큰 파장을 일으키며 강변 전역으로 울려 퍼졌다.

동시에, 두 사람 근처에서 한줄기 모래먼지가 휘익 허공으로 솟구쳤다.

충격파가 일으킨 모래바람이었다.

"수, 숙부!"

두 눈을 동그랗게 뜨고 지켜보던 유화경은 유상기를 쳐다보았다.

가슴은 아니더라도 봉산철장의 손바닥에 정통으로 가격당한 사람치고 멀쩡한 사람은 없었다.

진우청도 그렇게 되어 저곳에서 쓰러진다면 자신들은 얼마 지나지 않아 죽은 목숨이 될 것이다.

유상기도 긴장된 표정과 함께 모래먼지 속으로 시선을 고정시켰다.

모래먼지가 걷히며 두 사람의 모습이 드러났다.

지켜보던 사람들의 심정과는 아랑곳없이 두 사람은 아무 일도 없었던 것처럼 서로를 마주 보고 있었다.

"네 사부가 누구냐?"

벌겋게 달아오른 표정이 된 마철웅은 낮은 목소리로 물었다.

"알려줘도 모를 것이오."

진우청이 짤막하게 답했다.

"그렇겠군. 내가 아는 사람 중에 너 같은 아이를 기를 사람이 없어."

마철웅은 고개를 끄덕였다.

"이젠 제대로… 아니, 젖 먹던 힘까지 다 짜내서 붙어야 하겠군!"

소매를 걸어 올린 마철웅은 이글거리는 눈빛으로 진우청을 바라보았다.

산을 무너뜨린다는 별호가 붙은 자신의 철장을 맨몸으로 막아내고 한 발짝도 움직이지 않고 서 있는 인간이라면 더없이 힘든 승부가 될 것 같았다.

어쩌면 목숨을 걸어야 할 만큼…….

마철웅의 상체가 숙여졌다.

커다란 덩치가 일순 공처럼 웅크려졌다가 폭발하듯 튀어나왔다. 그리고 양손을 쭈욱 뻗었다.

진우청은 용곤과 호곤을 열십 자로 교차했다가 강하게 앞으로 밀었다.

퍼엉—!

용곤과 호곤에 막힌 붕산철장에서 폭음이 울렸다.

마철웅의 쇄도를 막은 진우청은 용곤과 호곤을 동시에 휘둘렀다.

용곤은 마철웅의 허리를, 호곤은 마철웅의 목을 노리고 들었다.

선풍보를 밟은 마철웅의 몸이 쾌속하게 회전했다.

진우청의 신형도 바람처럼 마철웅을 따라붙었다.

마철웅은 기다렸다는 듯 수도를 만들어 진우청의 가슴을 찔러왔다.

스스스—

진우청의 몸이 자연스럽게 움직이며 천룡의 춤사위가 펼쳐졌다.

박투에 있어서도 대가라 할 수 있는 마철웅의 손발이 창칼이 되어 찌르고 베어들 땐, 진우청의 몸은 구름처럼 허허롭게 뒤로 물러났다.

그러다 마철웅의 몸이 물러날 땐, 진우청은 풍차처럼 용호곤을 휘두르며 마철웅을 두드려 갔다.

'마치 바람을 상대하는 것 같다!'

두 눈을 부릅뜬 마철웅의 뇌리 속으로 그런 생각이 섬전처럼 지나갔다.

빠르게 쳐 나가면 어느새 흩어지고, 뒤로 물러나면 빈 공간을 물처럼 메워오는 진우청의 움직임에 마철웅은 어느덧 숨이 가빠옴을 느끼며 손발의 움직임을 늦추었다.

정말 기도 안 차는 일이었지만 박투술로는 이길 수 없는 놈이란 생각이 들었다.

언뜻 보기에는 초식도 없고, 일정한 보법도 밟지 않고 움직이는 것 같았지만 그 움직임은 바람이나 물처럼 가고 싶은 곳은 어디든 가고, 흐르고 싶은 곳은 어디든 자유롭게 흐르는 것 같았다.

자신의 박투술로는 점점 더 거리만 벌어지는 느낌이었다.

서서히 움직임을 멈춘 마철웅은 온 내력을 양 손바닥에 모았다.

"하아앗!"

커다랗게 부풀은 쌍장에서 마철웅의 성명절기인 붕산철장이 뿜어져 나왔다.

마철웅의 움직임이 느려지고, 거리를 벌림에 따라 용곤과 호곤을 하나로 합칠 준비를 하던 진우청은 고막을 울리는 고함 소리와 함께 손바닥을 통해서 터져 나오는 마철웅의 숨결에 우뚝 움직임을 멈추었다.

"천룡후(天龍吼)?"

진우청은 자신도 모르게 중얼거렸다.

호흡의 소모가 심하니 죽음의 위기에 직면하지 않고는 절대로 터뜨리지 말라던 천룡후!

어제 인장호와의 대결에서 직접 몸으로 체험해 보았지만 인장호의 것이 도랑물이라면 마철웅의 천룡후는 거대한 강물 같았다.

온몸을 삼키고, 온 뼈마디와 근육을 짓이길 듯한 장력이 진우청을 덮쳐 왔다.

진우청은 무의식적으로 용곤과 호곤을 놓았다. 그리고 마철웅과 똑같이 쌍장을 앞으로 내밀었다.

추방당하기 바로 전날, 비안개가 사위를 두껍게 감싼 돌산 꼭대기에서 사부의 가르침대로 처음이자 마지막으로 한 번 펼쳐 보았다.

지금처럼 쌍장을 앞으로 내밀거나 하는 자세는 아니었다.

지금은 무의식적으로 마철웅이 하는 것처럼 쌍장을 내민 것이다.

사부께서는 그렇게 가르쳐 주지 않았다.

그냥 편하게 서서 온몸 구석구석 사부께서 가르쳐 주신 대로 숨결을 돌리고, 몸속에 가득 채운 그 숨결을 밖으로 터뜨리는 것이었다.

사부의 호통이 이어지지 않은 것으로 보아 잘못 펼치진 않은 것 같왔지만 두껍게 내리깔린 운무는 변함없었고, 돌산도 여전했다.

사부의 당부대로 호흡의 소모가 만만치 않다는 것도 느꼈다.

그러나 사부께서 그렇게 염려하던 것만큼은 아니었다.

그런데도 사부께서는 우려감 가득한 표정으로 거듭거듭 당부하셨다.

죽음의 위기가 아니면 절대로 펼치지 말라고…….

사부의 당부가 귓전에 쟁쟁했지만 지금 이 순간은 용린탄주의 호신강기만으로는 절대로 살아남을 수 없다는 것을 몸이 먼저 느꼈다.

아랫배 깊은 곳에 뭉쳐 두었던 호흡을 한꺼번에 다 뽑어야 목숨을 구할 수 있을 것 같았다.

"후아아앗!"

진우청은 강변이 떠나갈 듯 천룡후를 터뜨렸다.

용무를 완성해 감에 따라 머리카락 같은 숨결이 그림에서 본 자금성 대전의 기둥만큼 굵고 길어짐을 느꼈다.

그 대해 같은 숨결이 기합성과 함께 사지백해를 맴돌며 손바닥으로 쏟아져 나왔다.

쿠아아앙—!

붕산철장과 천룡후가 마주친 곳에서 그야말로 산이 무너지는 듯한 폭음이 울렸다.

강변에 있는 모든 사람들은 숨을 멈추며 두 사람의 대결을 지켜보았다.

두 개의 장력이 마주친 곳에서 포연 같은 모래먼지가 솟구쳐 올랐다.

그리고 그 모래먼지는 점차 회오리바람으로 변해 두 사람 주변으로 급격히 반경을 넓혀 나갔다.

휩싸였다간 눈동자로, 고막으로 꽂혀드는 모래가루에 목숨이 위태롭겠다고 생각한 사람들이 급급히 뒤로 물러났다.

"하아앗!"

모래먼지 회오리가 더 이상 반경을 넓히지 않을 즈음, 붕산철장 마철웅의 고함이 한 번 더 터졌다.

"후아아앗ㅡ"

뒤를 이어 진우청의 고함도 다시 터져 나왔다.

휘이이잉ㅡ

이번에는 아까 같은 폭음이 울리지 않았다. 그래도 모래와 작은 자갈들이 포연처럼 터져 올랐다.

그리고 뒤이어지는 돌풍!

아까는 두 사람 주위를 맴돌며 반경만 넓혀가던 돌풍이 서서히 형체를 이루기 시작했다.

모래돌풍은 마철웅의 몸 주변에서 옅어지기 시작하여 진우청의 신형 주변으로 두터워졌다.

어느 순간, 그 돌풍은 한 마리 용의 형상이 되어 마철웅을 향해 덮쳐갔다.

퍼어어엉ㅡ!

뒤늦게 폭음이 터져 나오며 천룡후에 휩싸인 마철웅의 몸이 급격히 뒤로 날려갔다.

"크아악ㅡ"

처절한 비명 소리와 함께 바닥을 뒹구는 마철웅의 입에서 분수처럼 선혈이 터져 나왔다.

진우청은 우두커니 서서 마철웅과 자신의 손을 내려다보았다.

자신이 살아남기 위해 본능적으로 터뜨린 천룡후!

그 위력이 쓰러진 마철웅을 통해 고스란히 드러났다.

붕산철장이라 부르는 사내가 가랑잎처럼 날려갔고 연신 피를 토하고 있었다.

덩치로 보나 주변 사람들이 마철웅을 보며 짓는 표정으로 보나 그는 보통의 고수가 아닌 것 같았다.

그런 사람을 단번에 날려 버리는 힘을 가진 천룡후!

그런 천룡후의 힘을 사부께서는 왜 그렇게 신신당부하며 절체절명의 위기가 아니면 터뜨리지 말라고 했는지 진우청은 이해가 가지 않았다.

호흡의 소모가 심하긴 했지만 그렇게 걱정할 정도는 아니었다. 그런데 사부께서는 왜 그렇게 신신당부했을까?

천룡후를 터뜨리면 많은 사람의 생명을 해칠 수도 있을 것 같았다.

생명을 해치게 되면 그 영혼이 목에 올라타 용무를 추는 데 방해가 된다던 사부께서는 그래서 자신에게 신신당부하신 것 같다는 생각도 들었다.

"후읍—"

길게 들숨을 삼킨 진우청은 용곤과 호곤을 집어 들었다.

곰보다 더한 상대 하나를 물리쳤지만 적은 아직 그대로 포위망을 유지하고 있었다.

진우청은 용곤과 호곤을 하나로 합쳤다.

쨍—

맑은 쇳소리가 울렸다.

그 소리는 새로운 청년고수 한 사람의 탄생을 알리는 북소리처럼 쥐 죽은 듯한 강변 곳곳으로 퍼져 나갔다.

第二十八章

무공보다 강한 춤

무공보다 강한 춤

진우청은 천천히 마철웅에게로 다가갔다.

연신 피를 토해내고 있었지만 생명은 붙어 있었다.

진우청은 마철웅의 가슴을 손가락 끝으로 빠르게 두드렸다.

적이긴 하지만 대결을 펼치는 동안에는 다른 사람이 끼어들지 못하게 하는 의기가 있는 사람이었다.

울컥!

연체동물처럼 움직이는 진우청의 손가락이 지나가자 한 모금의 핏덩이를 더 토해낸 마철웅은 입술을 움직였다.

"깨끗이 졌으니 죽이든 살리든 마음대로 하게나."

마철웅의 눈가에 체념의 빛이 어렸다.

"개 떼처럼 덤비지 않고 정정당당히 싸웠는데 왜 죽인단 말이오?"

진우청은 고개를 한 번 흔들고는 돌아섰다.

진우청이 유가검보 사람들 쪽으로 돌아가고 나서야 서왕문 무사 몇 명이 빠르게 달려와 마철웅의 신형을 옮겨갔다.

잠시 더 정적이 이어지다가 서서히 긴장이 고조되어 갔다.

달라진 건 별로 없었다.

진우청이 예상을 훨씬 뛰어넘는 고수라는 사실과 그에 의해 봉산철 장 마철웅이 쓰러졌지만 유가검보 사람들에게는 그의 패배로 인해 더 불리해질 상황만 겨우 면했지 유리해질 상황으로 바뀔 소지는 전혀 없 었다.

"병신 같은 놈, 이 꼴을 보여주려고 싸움까지 중단하며 나섰더냐?"

들려오는 마철웅을 보며 곱추노인이 당장이라도 일장을 날릴 듯 분 기를 터뜨렸다.

패자는 유구무언!

마철웅은 눈을 질끈 감은 채 곱추노인의 온갖 욕설을 묵묵히 감수했 다.

"있던 곳에 던져 놓고 물 한 모금 주지 말아라!"

곱추노인은 고함을 지른 후 검을 들어 올렸다.

"모두 벌집을 만들어 버려라!"

곱추노인은 고함과 함께 뽑아 든 검으로 뒤쪽을 가리켰다.

발자국 소리가 울리며 사방을 둘러싼 포위망이 뒤로 물러났다.

"개새끼들!"

유화결은 이를 뿌드득 갈았다.

온몸은 물먹은 솜처럼 무거웠지만 물러난 포위망 뒤에서 단궁을 들 고 서 있는 적들의 기세는 아까보다 훨씬 살벌했다.

이번에야말로 죽을 때인가 하는 생각이 절로 들었다.

그나마 위안이 되는 건 진우청의 존재였다.

진우청에게 부탁한다면 동생 화경은 살릴 수 있을 것 같았다.

자신이 죽음으로 돕고, 진우청이 퇴로를 빠져나간다면 가망이 있을 것 같았다.

첫인상과는 달리 뭔가 있는 것 같았지만 이런 괴물일 줄은 몰랐다.

붕산철장의 손바닥을 맨몸으로 막아내고 그의 붕산장을 똑같은 장력으로 상대해 날려 버리다니?

그런 인간이라면 자신의 몸에 더해, 혹 하나 정도는 힘들지 않게 달고 탈출할 수 있을 것이다.

형은 어떻게 되었을까?

짧은 순간, 유화결의 뇌리 속에 그런 생각이 스쳐 갔다.

지금까지 소식이 없는 것을 보니 본가에서도 비슷한 상황이 벌어졌으리라!

'형! 형은 꼭 살아남아서 오늘의 복수를 해줘야 해!'

입술을 깨문 유화결은 진우청의 옆에 섰다.

"내가 퇴로를 열 테니 넌 내 동생을 데리고 빠져나가라."

유화결은 빠르게 말했다.

그 순간 단궁으로 무장한 포위망이 좁혀오고 있었다.

"부탁이다!"

유화결이 훨씬 더 다급하게 말했다.

"부탁 한 번 상냥하게 하는군!"

진우청은 돌아보지도 않고 중얼거렸다.

"너 같은 물렁탱이 말을 믿고 움직이느니 그냥 여기서 버티겠다."

"이 곰 같은 새끼야! 제발 부탁이니 내 동생 좀 살려다오! 제발!"

점점 더 조여오는 포위망을 보며 유화결은 발악적으로 고함을 질렀다.

그때, 조여오던 포위망이 움직임을 멈추었다. 그리고 궁수들이 전통에서 화살들을 뽑았다.

"나 살기도 힘든데 누굴 책임지라는 거야? 악 그만 쓰고 윗옷에 돌멩이나 잔뜩 담아!"

진우청은 뚫어져라 궁수들을 쳐다보며 마주 악을 썼다.

죽음의 문턱을 몇 번씩 넘나들자 다들 악밖에 남지 않는 느낌이었다.

"돌멩이는 왜……?"

유화결 옆에서 굳은 표정을 짓던 유화경이 기어들어 가는 목소리로 말했다.

"어서 해!"

진우청은 다시 고함을 질렀다.

어제 처음 본, 그것도 여자인 유화경에게 행할 언행이 아니었지만 상황이 너무 급했다.

진우청의 목소리에 유화경이 메추리알만한 자갈을 주워 들었다.

"그것 말고 계란만한 것으로……."

진우청이 더 크게 고함을 지르자 유화경과 백봉령주가 움찔하며 자갈돌을 주워 모았다.

진우청은 급하게 손을 내밀었다.

유화경이 얼른 계란만한 돌 하나를 건네주었다.

쌔액—!

돌을 받아 든 진우청이 득달같이 던졌다.

"크윽!"

비명이 울리며 제일 먼저 화살을 시위에 재우고 유화결을 겨냥하던 흑의인 한 명이 바닥으로 무너졌다.

그 바람에 화살은 옆에 있던 동료 한 명의 복부에 박혔다.

"네놈 생명을 또 한 번 구했다."

진우청은 유화결을 쳐다보지도 않고 말했다.

"죽는지 사는지도 모르면서 무슨 퇴로를 뚫겠다고……."

혀를 찬 진우청은 다시 손을 내밀었다.

그러나 한 발 늦었다.

뒤쪽에서 화살들이 쏟아졌다. 그중 몇 개는 유상기를 향하고 있었다.

진우청은 용호곤을 쾌속하게 휘둘러 화살들을 쳐냈다.

"빌어먹을!"

짤막한 불평을 토한 진우청은 재차 용호곤을 휘둘렀다.

이번에는 자신을 향해 훨씬 더 많은 화살들이 날아오고 있었다.

혼전을 펼치던 적들이 뒤로 물러갔다고 좋아할 일이 아니었다.

포위망 속에 갇히면 이런 식으로도 사냥감이 되었다.

화살들을 쳐낸 진우청은 땅바닥을 찼다.

발끝에 채인 계란만한 돌멩이 하나가 허공으로 떠올랐다.

진우청은 쾌속하게 용호곤을 휘둘렀다.

까앙―!

쇳소리와 함께 용호곤에 가격당한 돌멩이가 진우청을 향해 활을 겨누는 궁수 한 명에게로 날아갔다.

돌멩이에 가슴 한복판을 맞은 흑의사내가 뒤로 넘어지며 화살 한 발이 허공으로 솟구쳤다.

"여기!"

진우청의 행동에서 단초를 얻은 유화경이 고함과 함께 계란만한 돌멩이를 던져 올렸다.

진우청은 득달같이 용호곤을 휘둘렀다.

"크윽!"

다시 궁수 한 명이 앞으로 꼬꾸라졌다.

"계속 던져!"

아래를 쳐다볼 새도 없이 진우청은 고함을 질렀다.

유화경과 백봉령주가 한꺼번에 돌멩이를 띄워 올렸다.

깡!

까앙—!

돌멩이 두 개가 거의 동시에 날아가며 두 명의 궁수를 쓰러뜨렸다.

급한 불을 끈 진우청은 용호곤을 두 개로 분리했다.

한 개보다는 두 개가 나았다.

유화경이 얼른 돌멩이 두 개를 동시에 던져 올렸다. 오빠보다 훨씬 영리한 소녀란 생각이 들었다.

진우청은 용곤과 호곤을 제각각의 방향으로 휘둘렀다.

두 개의 돌멩이가 정반대 방향으로 날아갔다. 그리고 두 사람이 어김없이 꺼꾸러졌다.

유화결은 멍하니 진우청을 쳐다보았다.

날아오는 돌을 쳐내 저렇게 정확히 목표물을 맞히는 것도 쉬운 일이 아닌데, 양손으로 거의 동시에 돌을 쳐서 제각각의 방향에 있는 목표물을 맞히는 것은 도저히 믿어지지가 않았다.

그때 진우청의 고함 소리가 유화결의 귓전을 때렸다.

"멍청아! 너도 어서!"

진우청의 목소리에 유화결이 급히 허리를 숙였다.

날아오는 화살 한두 개 정도는 충분히 쳐낼 수 있었다. 숙부 유상기와 백운 노인 등은 그렇게 하고 있었다. 그러나 궁수가 건재하는 한, 화살은 계속 날아오고 급기야는 고슴도치가 될 것이다.

지금은 조개 줍는 소녀 꼴이 되더라도 돌멩이를 던져 올리는 게 나았다.

땅!

따앙―

쇠몽둥이가 돌을 쳐낼 때마다 어김없이 사내들이 쓰러졌다.

"돌!"

진우청은 지금 당장 활시위를 당기는 놈이 누군지 빠르게 훑으며 고함을 질렀다.

유화결이 가세했건만 돌이 떠오르는 속도는 더 느려졌다.

"돌!"

진우청은 다시 한 번 고함을 질렀다.

"돌이 떨어졌다!"

채 몇 개의 돌도 던져 올리지 못한 유화결이 다급하게 고함을 질렀다.

마침 이곳은 자갈보다 모래가 더 많은 지역이었다.

"망할 놈!"

진우청은 괜한 유화결에게 역정을 토하며 용호곤을 휘둘렀다.

세 개의 화살이 거의 동시에 튕겨 올랐다.

던져 올릴 돌이 없자 유화결 남매와 백봉령주는 검으로 날아오는 화살들을 쳐냈다.

포탄같이 날아오는 돌멩이 때문에 주춤하던 궁수들이 일제히 화살을 날렸다.

몸에 감추기 쉽게 만들어진 작은 활과 짧은 화살!

그러나 그 화살에 실린 힘은 강전에 못지않았다.

"크윽!"

"윽!"

본격적으로 화살이 날아들자 여기저기서 비명이 터졌다.

일검대 무사들이 지르는 소리였다.

쨍—

진우청은 유화경에게로 날아드는 화살을 쳐내고, 다시 자신에게로 날아오는 화살을 쳐냈다.

"개떡!"

진우청은 새까맣게 날아오는 화살들을 느끼며 욕지거리를 터뜨렸다.

신이 아닌 이상 이렇게 계속 날아드는 화살을 쳐내다가는 한 개쯤 실수를 할 수 있다.

그럼 그 실수는 구멍난 봇물처럼 허점을 넓혀갈 것이고 결국은 고슴도치가 될 것이다.

그렇게 이들은 죽어갈 것 같았다.

"크윽!"

다시 누군가의 비명 소리가 들렸다.

잠시 후면 유화결도, 유화경도 저런 비명을 토할 것이다.

그중에서도 자신에게 가장 많은 화살이 날아오는 것을 느낀 진우청은 화살들을 막고 피하면서 유화결 남매에게서 떨어졌다.

화살들을 자신에게 확실히 집중시키기 위함이었다.

"곰탱아! 안 돼!"

유화결이 악을 쓰며 고함을 질렀지만 자신에게로 날아오는 화살을 쳐내기도 힘들었다.

"그러지 마세요, 제발!"

진우청의 의도를 알아챈 유화경도 울음 섞인 목소리로 토했지만 유화결이나 마찬가지인 상황이었다.

핑핑핑—!

진우청이 유가검보 사람들에게서 떨어져 홀로 되자 화살들은 기다렸다는 듯 진우청에게 집중적으로 날아들었다.

제일 먼저 진우청부터 잡겠다는 심산이었다.

진우청은 용호곤을 떨어뜨렸다.

이렇게 많은 숫자의 화살을 쳐내는 데는 손이 나았다.

휘리리릭—

진우청의 손이 춤을 추었다.

황산 동굴 속에서 십 년 동안 쉴 새 없이 추었던 천룡의 춤사위가 본격적으로 펼쳐지기 시작했다.

뼈마디가 없는 것처럼 움직이는 손을 따라 어깨와 상체, 하체가 따라 춤을 추었다.

느린 듯하면서도 한 치 흐트러짐 없는 면면부절의 춤이 진우청의 몸을 통해 서서히 생명을 띠며 숨결을 토해냈다.

인간의 춤이, 그것도 깍지동이 같은 사내의 춤이 저렇게 유연할 수 있는가?

때로는 물이 흐르듯 유려했고!

때로는 구름이 떠가듯 가벼웠다!

그러나 그 가벼움과 유려함 속에는 감히 범접하지 못할 힘이 서려 있었다.

환상무!

아니, 신선들의 춤이었다.

흡사 조화옹이 구름을 빚어내듯 움직이는 손!

그리고 그 손을 따라 움직이는 온몸의 근육들!

각각의 근육 한 개 한 개는 제각각 생명을 띤 듯 움직이며 화살들을 쳐내고 비껴 흘렸다.

그러다 어느 순간, 용의 비늘이 일어서는 듯 흔들리는 잔영은 화살들을 한꺼번에 튕겨냈다.

처음에는 제각각 살아 있는 듯한 진우청의 몸에 맞고 튕겨나던 화살들이 점점 밀려나며 진우청의 몸 일정 거리 이상 접근하지 못하고 튕겨났다.

천룡의 춤이 일으키는 기세였다.

너울너울 흘러넘치는 기세!

터져 나오듯 갑작스럽지 않고 부드럽게 흐르고 있었지만 그 기세는 해일을 가둘 듯한 힘을 내포하고 있었다.

춤사위가 계속될수록 춤사위 속에서 퍼져 나오는 기세는 점점 강해졌다.

유상기에게로 날아들던 화살들조차 이젠 모조리 진우청에게로 빨려

들 듯 쏟아지고 있었지만 천룡의 춤이 일으키는 기세 속으로는 단 한 개도 스며들지 못했다.

비 오듯 퍼붓는 화살이 이젠 거의 진우청의 몸 반 장 앞에서 튕겨 나가거나 폭풍우에 휩쓸리듯 다른 곳으로 날려갔다.

천룡신무가 일으키는 기세가 거대한 강기막이 되어 모든 화살을 튕겨내고 있었다.

"저, 저게……!"

서왕문 문도들을 지휘하던 곱추노인의 입이 벌어졌다.

생전 처음 보는 춤이고 움직임이었다.

그리고 공포스런 기운이었다.

저 춤 속에서 어느 순간 한곳으로 터져 나오는 힘은 누구를 막론하고 날려 버릴 것 같았다.

그 힘에 붕산철장 마철웅이 튕겨 나갔으리라.

"계속, 계속 쏴라! 오늘 저놈을 죽이지 못하면 천추의 한을 남기리라!"

곱추노인은 넋이 나간 표정으로 악을 썼다.

붕산철장 마철웅이 장력을 맞고 나가떨어졌을 때는 놀라긴 했지만 온몸 가득 이런 공포감을 느끼진 않았다.

그러나 지금은 공포감이 느껴졌다.

화살 때문에 아직은 운신이 자유롭지 못하지만 저놈이 화살을 다 쳐내고 이쪽으로 쏘아져 온다면 호수 한가운데서 불쑥 솟아오른 철갑교룡(鐵甲蛟龍)을 상대하는 것과 같은 결과를 맞을 것 같았다.

"어서, 어서 쏴라! 뭣들 하느냐!"

곱추노인 곁에 있던 뚱뚱한 체격의 노인도 악을 썼다.

하지만 궁수를 늘리지 않는 한 화살은 더 이상 늘어날 수 없었다.

"활을 이리 다오!"

곱추노인이 젊은 무사 한 명의 손에서 활을 빼앗았다.

강궁으로도 어찌 될지 몰랐지만 지금은 단궁밖에 없었다. 그것으로라도 최대한의 내력으로 쏠 생각이었다.

곱추노인은 화살을 시위에 걸고 시위를 잡아당겼다.

"젠장!"

내력을 이기지 못한 단궁이 뚝 분질러졌다.

"그걸 이리 내라!"

곱추노인은 그중 튼튼해 보이는 단궁을 빼어 들었다.

콰!

곱추노인이 다시 화살 하나를 시위에 걸 때 뒤쪽에서 천지를 진동시키는 소리가 울렸다.

노인은 활을 쏘지도 못하고 고개를 돌렸다.

그때 다시 한 번 폭음이 울리며 부하 몇 명이 허공으로 솟구쳤다.

두두두!

마차 한 대가 화약 연기를 헤치며 달려오고 있었다.

평지도 아닌 자갈밭이었지만 마차는 거침없이 달려왔다.

"저건, 저건 또 웬 잡것들이냐?"

곱추노인은 고개를 돌린 채 고함을 질렀다.

네 필의 말이 끄는 한 대의 마차!

그 마차는 언뜻 보기에도 범상한 마차가 아니었다.

우선은 마차를 끄는 말들 네 마리가 모두 전장에서나 볼 수 있듯이 갑주를 덮어쓰고 있었다.

눈만 내어놓고 온몸을 덮은 갑주는 어떤 창칼의 공격에도 말을 보호할 수 있을 것 같았다.

검은색 갑주를 덮어쓴 말과 마찬가지로 마차 역시 온 차체가 검은색으로 보통의 재질이 아닌 게 확실했다.

쾅!

그 마차에서 튀어나온 벽력구가 다시 폭발했다.

사내들 여러 명이 허공으로 튀어 오르며 전열이 흐트러졌다.

"저, 저런 쳐 죽일 놈들!"

다 된 밥에 재를 뿌리는 마차를 보고 곱추노인은 목이 찢어져라 악을 썼다.

그러는 사이, 거칠 것 없이 치달은 마차는 포위망 한가운데로 돌진했다.

"오 노야!"

백봉령주는 주르륵 눈물을 흘리며 소리쳤다.

몽매에도 기다리던 동료들이 지금에서야 도착한 것이다.

이곳에서 대란이, 그것도 이렇게 신속하게 일어날 줄 예상 못하고 유가검보 근처에 숨겨놓았기에 무장을 시키고 이곳까지 오는 데 시간이 너무 걸렸다.

그러나 최악의 순간까지 간 것은 아니었다.

"내가 너무 늦었구먼."

절명자 오무평은 강변에 즐비한 시신들을 바라보며 혀를 찼다.

"그것보다…… 진 공자님! 어서 이쪽으로 오세요!"

백봉령주는 진우청을 향해 소리를 질렀다.

전열이 흐트러지며 화살 수가 반으로 줄어들었지만 그 화살들은 여전히 진우청에게로 집중되고 있었다.

"기절초풍할 일이구만!"

춤이 일으키는 기세로 수많은 화살들을 휘날려 버리거나 튕겨내는 진우청을 보며 오무평은 믿기지 않는 표정을 했다.

"한 개 더!"

오무평의 고함과 함께 마차 안에 있던 사내 하나가 빠르게 손을 움직이자 뒤쪽의 궁수들을 향해 벽력구 한 개가 쾌속하게 튀어나갔다.

콰앙—!

궁수들 앞에 떨어진 벽력구로 인해 화살 수가 더 줄어들었다.

타닥—

화살들을 모두 쳐낸 진우청은 급히 용호곤을 주워 들고 훌쩍 몸을 날려 마차 옆으로 왔다.

"고맙소, 노인장!"

진우청은 오무평에게 인사를 건넸다.

그사이에도 화살은 날아왔지만 마차에 막혀 튕겨 나갔다.

"이왕 오실 것이면 조금이라도 더 빨리 왔으면 좋지 않았소?"

진우청은 오무평을 보며 불평하듯 말했다.

오무평은 날아오는 화살 하나를 절명자로 쳐내며 진우청을 쳐다보았다.

처음부터 예상치 못한 곳에서 만나 신경을 건드린 천둥벌거숭이!

그러나 이곳으로 마차를 몰고 오며 목격한 그 천둥벌거숭이의 몸놀림은 상상을 초월했다.

이제 같은 배를 탄 운명인 것 같았다.

잠시 복잡한 생각을 하던 오무평은 부하들을 시켜 다시 벽력구를 터뜨리게 했다.

한 개에 천금의 가치가 있는 것이지만 우선은 목숨을 구하는 것이 급했다.

"어서 이쪽으로……."

백봉령주는 유가검보 사람들에게도 고함을 질렀다.

그렇지 않아도 엄폐물을 찾아 본능적으로 마차 주변으로 모이던 사람들은 급급히 마차와 갑주를 씌운 말 주변으로 모여들었다.

완벽한 방어막은 아니겠지만 이곳에 있으면 화살이 날아온다고 해도 뒤쪽은 걱정할 필요가 없었다.

더더구나 벽력구 때문에 적들이 함부로 접근할 수도 없었다.

"이 쳐 죽일 놈들! 다시 화살을 날려라!"

곱추노인은 벽력구로 인해 흐트러졌던 전열을 정비시키며 고함을 질렀다.

핑핑―!

잠시 주춤했던 화살들이 다시 쏟아지기 시작했다.

"나도 하나 주시오!"

진우청은 오무평을 향해 손을 뻗었다.

움찔하던 오무평은 몇 개 남지 않은 벽력구 중 하나를 진우청에게 주었다.

벽력구를 받아 든 진우청은 한 손으로 화살을 쳐내며 쾌속하게 던졌다.

"어헉! 저, 저놈이!"

자신 앞으로 무시무시한 속도로 날아오는 벽력구를 보며 곱추노인이 비명을 질렀다.

그리고 급히 몸을 날렸다.

콰앙—!

폭발음이 울리며 두 노인이 섰던 자리에 커다란 구덩이가 파였다.

"쇠 그물을 펼치세요!"

안정을 되찾은 백봉령주가 지시하자 마차 안의 사내들이 분주히 움직였다.

잠시 후 촤르륵! 하는 소리와 함께 마차 지붕에서 총총한 그물코의 쇠 그물이 쏟아져 내렸다.

그물이 다 나오자 마차 안의 사내들이 뛰어나오며 쇠 그물은 사방으로 당겼다.

"모두 그물 안으로 피하세요!"

백봉령주가 소리를 지르자 남아 있던 사람들이 모두 쇠 그물 안으로 신형을 옮겼다.

핑핑—!

화살들이 쇠 그물을 향해 다시 날아들었지만 화살촉보다 작은 그물코의 쇠 그물에 막혀 튕겨 나갔다.

"우선은 한숨 돌리겠지만 미봉책일 뿐이에요."

목까지 차 오른 숨을 돌린 유가검보 사람들을 보고 백봉령주가 말했다.

"정말 고맙소, 소저. 신분은 모르겠지만 구명의 은혜를 입었소!"

일검대주 유상기가 파리한 안색으로 포권을 쥐었다. 그러나 그의 얼굴에는 어느 한곳도 죽음을 딛고 살아남은 자의 안도감은 보이지 않았다.

"그런 말씀은 진 공자님에게 하세요. 진 공자님이 아니었으며 저를 포함한 여기 계신 모든 분들은 일찌감치 몰살당했을 테니까요."

백봉령주는 진우청을 보며 말했다.

아직도 정체는 전혀 예측 불능이었지만 그 사실은 틀림이 없었다.

"고맙네, 공자!"

유상기는 포권과 함께 고개까지 숙였다.

"아직 범 아가리 속인 것 같은데……."

진우청은 사방으로 고개를 돌리며 그물 밖을 쳐다보았다.

놈들은 그새 포위망을 훨씬 더 견고히 하고 있었다.

단지 마차에서 튀어나오는 벽력구 때문에 더 이상은 접근하지 못하고 탐색만 하고 있는 듯했다.

"그렇네. 잠시 시간을 벌었을 뿐, 아직 살아난 것이 아닐세."

온몸 가득 피를 뒤집어쓴 백운 노인도 신중하게 말했다.

백운 노인의 말과 함께 잠시 무거운 정적이 흘렀다.

화살 세례에서 벗어나 숨을 돌리고 있지만 살아나갈 수 있을지는 장담할 수 없었다.

포위망을 형성하고 있는 적들은 여전히 압도적으로 많았고 무공도 우세했다.

그리고 얼마 있지 않으면 해가 질 텐데 언제까지나 이렇게 있을 수는 없었다.

"와아—!"

갑자기 함성과 함께 사방에서 한꺼번에 사내들이 달려들었다.

벽력구가 아무리 위력이 강해도 한꺼번에 수십 개씩을 던질 수 없을 것이라는 판단이 선 모양이었다.

"백봉침!"

백봉령주가 고함을 질렀다.

고함 소리와 함께 마차 안에 있는 사내들의 손이 분주히 움직였다.

피피핑—

쇠줄이 움직이는 미세한 소리가 울린 후, 마차 지붕이 한 겹 벗겨지
더니 그곳에서 새하얀 색깔의 강침들이 사방으로 쏘아졌다.

"아악—!"

"아아악—!"

비명 소리가 울리며 온몸 곳곳에 강침 세례를 받고 고슴도치가 된
사내들이 그 자리에서 쓰러졌다.

"무, 물러나라!"

숫자만 믿고 육탄 돌격으로 달려들다가 뜻밖의 반격을 받은 뚱보노
인이 소리를 질렀다.

달려들던 사내들은 많은 시체만 남긴 채 신속히 뒤로 물러났다.

"저, 저런 육시랄 놈들! 저 찢어 죽일 놈들!"

곱추노인은 제 성질을 이기지 못하고 팔짝팔짝 뛰었다.

그리고 다시 대치 상태가 이어졌다.

"이제 어떻게 하면 좋겠나?"

잠시 후, 오무평은 백봉령주에게 물었다.

사실상 자신들이 이곳에 온 목적은 하나도 이루지 못한 것이나 마찬
가지였다.

유가검보와 동방회가 손잡지 않았다는 사실은 알 수 있었다. 그건
가만히 있어도 아는 것이니 가치도 없었다.

또, 유가검보 소유의 광산에 무언가 무림의 판도에 영향을 미칠 수
있는 것이 있다면 그걸 알아내고 먼저 손에 넣든지, 그것이 불가능하면

사전에 폭파시켜 버리는 것이었는데, 그 어느 것도 알아내지 못한 상태에서 동방회의 계략에 말려든 유가검보가 멸문지경으로 치닫고 있었다.

뜻밖에도 유가검보를 멸문지경으로 몰아가고 있는 주력은 서왕문이었다.

동방회가 서왕문과 손을 잡았다는 엄청난 사실을 알았지만 그것 역시 큰 성과는 아니라는 생각이 들었다.

이 정도의 일을 벌였다면 자신들과 상관없이 남패천 총단에서도 충분히 알 것이고, 더 큰 전쟁이 남은 것이다.

사태가 그런 식으로 큰 물결이 되어 흘러간다면 자신들은 이곳에서 잊혀져 버릴 수도 있었다.

오무평은 그게 걱정이었다.

어쩌면 처음부터 자신들은 소모품일 수도 있었다.

동방회의 움직임을 읽고 있던 총단에서 서왕문의 움직임을 몰랐을 리 없다.

그런데도 자신들을 이곳에 보낸 것은 이무기가 사는 연못에 돌멩이 하나를 던져 보는 격이리라…….

그 작은 돌멩이에 이무기가 용트림이라도 한다면 더없는 수확이고, 아니더라도 연못의 깊이 정도는 잴 수 있을 것이라는 계산 아래 자신들을 보냈을지도 모르는 일이다.

총단에서 계산하는 그런 복잡한 것들까지는 죽어도 알 수 없을 것이다.

안다고 해도 현재의 상황은 바뀌지 않는다.

지금은 스스로의 능력으로 살아나갈 수밖에 없다.

백봉령주도 오무평과 똑같은 생각을 하며 괴로운 표정을 지었다.

"검보로 가야 하오!"

창백한 표정의 유상기가 말했다.

짤막한 말과 함께 충혈된 그의 눈빛에는 검보 역시 이곳과 비슷할 것이라는 생각과 함께 더할 수 없는 초조감이 어려 있었다.

그건 이제 유화결과 유화경도 느끼고 있었다.

본가가 무사하다면 지금쯤 유화성과 함께 구원군이 달려와야 했다.

"그래요! 우린 본가로 가겠어요!"

유화경도 입술을 깨물며 말했다.

그때 다시 한 개의 벽력구가 터지며 포위망을 좁히려던 일단의 무리들이 급히 뒤로 물러났다.

―노야, 그곳의 상황은?

백봉령주는 오무평에게 전음을 날렸다.

―유가검보 소유의 광산과 채석장을 친 무리들이 검보로 모여들고 있었네. 이곳보다 결코 나은 상황이 아닐 것이야.

오무평은 똑같이 전음으로 답했다.

백봉령주의 얼굴이 창백하게 변하며 입술이 파르르 떨렸다.

'그렇다면 그 사람은?'

백봉령주의 뇌리에 유화성의 얼굴이 떠올랐다.

자신을 빼닮은 여인을 잊지 못해 술로 세월을 보내던 애처로운 사내!

그곳으로 달려간 것이 확실한 그 사람은 어떻게 된다는 말인가?

'안 돼!'

백봉령주는 가슴이 타 들어가는 심정으로 유화결을 쳐다보았다.

"무조건 그곳으로 가야 하오!"

백봉령주와 눈이 마주치자 유화결은 처절하게 일그러진 표정으로 말했다.

자신의 뜻은 단호하게 밝혔지만 자신들의 힘으로 검보로 가는 것은 물론, 이곳에서 살아나는 것도 힘들었다.

유화결의 표정이 더욱 처절하게 변했다.

"제발 도와주시오. 우리가 그곳까지 갈 수 있게."

유화결의 입술에서 선혈이 뚝뚝 떨어져 내렸다.

"검보에 수성전을 펼칠 만한 곳이 있나요?"

빠르게 생각을 정리한 백봉령주가 물었다.

"철무전이 있습니다. 살아남은 사람들이 있다면 모두 그곳에 있을 겁니다. 그곳으로 들기만 했다면 어떤 공격에도 당분간은 끄떡없소!"

유화결이 빠르게 답했다.

"알겠어요. 의논해 보겠어요."

백봉령주는 오무평에게로 고개를 돌렸다.

―노야! 제발 부탁이에요! 그 사람을 구하게 해주세요! 그럼 평생 노야의 종이 되어도 좋아요!

백봉령주는 오무평을 향해 간곡히 애원했다.

그녀의 눈에서는 자신도 모르게 눈물이 흘러내리고 있었다.

"허허―!"

잠시 멀뚱거리는 눈으로 백봉령주를 쳐다보던 오무평은 탄식인지 웃음인지 모를 소리를 토했다.

백봉령주의 두 눈에서 흘러내리는 눈물의 의미가 무엇인지 모를 리 없었다.

'그것이 무엇이기에 이런 상황에서까지……'

오무평은 어이없는 기분이 들었다.

지금은 자기 목숨도 챙기기 힘든 상황이었다. 그리고 검보로 간다면 그 상황은 훨씬 더 어려워질 수도 있다. 그런데도 이 영리한 여자는 그곳으로 가자고 이렇게 애원을 한단 말인가?

젊다는 것은 때로는 아름답지만 때로는 이처럼 무모하기도 했다.

"노야, 제발…… 이렇게 빕니다."

백봉령주는 무릎까지 꿇으며 애원했다.

"지금 상황에선 어디로 가나 마찬가지일 것 같네. 우선은 그곳이 나을 수도 있지."

마침내 오무평은 고개를 끄덕거렸다.

이곳까지 와서 싸움에 개입된 이상 남패천으로 곧장 달려가는 것은 불가능했다.

어디서건 시간을 끌며 총단의 구원병을 기다리는 것이 더 나은 선택이 될 수도 있었다.

아울러 유가검보에서 그들이 노리는 것이 무엇인지 마지막으로 한 번 더 알아보아야겠다는 생각도 들었다.

"고맙습니다. 정말 고맙습니다, 노야!"

백봉령주가 몇 번이나 고개를 숙였다.

"하지만 마차에 탈 수 있는 인원이……."

오무평은 고개를 끄덕임과 동시에 난감한 표정도 같이 지었다.

마차 안의 공간은 한정되어 있었다.

최대한으로 탄다고 해도 열 명 남짓!

자신들이 이미 여섯 명이니, 더 태울 수 있는 인원은 네댓 명 정도.

그때 유상기가 나섰다.

"화결과 화경이, 백운 어르신, 그리고 진 공자… 네 사람만 태워주시오!"

유상기는 단호하게 말했다.

"숙부님!"

유화결이 고함을 질렀다.

그 고함 소리와 함께 그물 밖에서도 함성이 울리며 포위망이 다시 조여들었다.

피피핑—!

강침이 다시 튀어나갔다.

그러자 놈들은 재빠르게 뒤로 물러났다.

마차 안의 강침이나 벽력구를 소진하기 위한 작전이었다.

"어서, 어서 오르시오! 우린 마차를 따르며 검보로 돌진하겠소!"

물러나는 서왕문 무사들을 보며 고함을 지른 유상기가 유화경과 백운 노인을 마차 안으로 떠다밀었다.

"숙부님, 숙부님도……!"

유화경이 울부짖으며 소리를 질렀다.

"어서 타거라! 너희들만 살아난다면 난 백번을 죽어도 한이 없다!"

유상기는 핏발 선 눈으로 종용했지만 유화결과 진우청은 말을 듣지 않았다.

결국 백봉령주와 유화경, 백운 노인만 억지로 마차에 태운 유상기는 일검대원들에게 명령을 내려 쇠 그물을 걸었다.

끼기긱—

천막처럼 넓게 펼쳐진 쇠 그물들이 마차 지붕 속으로 빨려 들어가며 땅에서 끝이 들릴 즈음 움직임을 멈추었다.

그것으로 마차는 쇠 그물 주렴에 둘러싸인 모양이 되었다.

"이랴!"

오무평 대신 말고삐를 잡은 사내의 고함 소리와 함께 마차가 움직이기 시작했다.

모래바닥에 바퀴가 푹푹 빠졌지만 네 필의 말들은 아랑곳 않고 마차를 끌며 서서히 속력을 내기 시작했다.

"쳐라!"

유상기는 일검대 무사들을 독려하며 마차의 진로를 트기 위해 안간힘을 썼다.

"앞은 걱정 마세요."

백봉령주의 목소리가 들리며 벽력구 한 개가 쇠 그물 윗부분을 통해 쏟아져 나왔다.

퍼엉—!

폭음과 함께 마차 앞을 막던 사내들이 허공으로 튀어 올랐다.

포위망만 형성한 채 접근하지 못하고 있던 서왕문의 무사들이 마차가 움직이자 쾌속하게 다가왔다.

"모두 저놈들을 막아라!"

유상기는 고함을 질렀다.

제방에 올라서기 전까지는 마차는 제대로 속력을 낼 수 없다. 어떻게 하든 그곳까지 뚫고 갈 수 있게끔 막아야 한다.

"좀 도와주게!"

고삐를 젊은 사내에게 넘긴 오무평이 진우청을 보며 말했다.

몇 명만 마차에 태우고 유상기와 일검대원들은 뛰어서 마차 뒤를 따르겠다고 했지만 온몸이 상처투성이인 그들은 유가검보까지 걸어가는 것도 힘들어 보였다.

"이 판국에 웬 회초리요?"

오무평의 의도를 읽은 진우청은 오무평을 따라나서면서 절명자를 쳐다보고는 눈살을 찌푸렸다.

손가락처럼 가느다란 꼬챙이가 미덥지도 않거니와 무엇보다 회초리는 본능적으로 거부감을 불러일으켰다.

"당신들은 어서 마차에 매달리시오!"

진우청의 질문에 아랑곳 않은 오무평은 유상기를 보고 고함을 질렀다.

"노인장……."

오무평의 서슬 퍼런 고함에 앞으로 쏟아지려던 유상기는 주춤 신형을 멈추었다.

"몰살당하기 전에 어서 조카들이나 보호하시오!"

오무평이 다시 한 번 고함을 지르자 유상기는 갈등하는 빛을 보였다.

자신 집안의 싸움이니 자신과 일검대가 최전방에서 막아야 하겠지만 이제는 서 있는 것조차 힘들었다.

"어서 가라, 물렁탱이! 여기 있어봐야 방해만 될 뿐이다. 곧 뒤따를 테니 어서 가서 동생이나 보호해!"

진우청이 날아오는 화살 하나를 쳐내며 유화결을 향해 소리를 질렀다.

마침내 유상기는 결심한 듯 고개를 끄덕였다.

"마차가 제방 위로 오르면 신호를 보내겠소. 정말 고맙소!"

깊이 고개를 숙인 유상기는 유화결을 끌다시피 하며 일검대원들과 함께 마차로 달려갔다.

"가세나."

가까워진 서왕문 무사들을 보며 오무평이 신호를 내렸다.

고개를 끄덕인 진우청은 오무평과 함께 앞으로 쏘아졌다.

"이놈들이?"

오무평은 와락 눈살을 찌푸렸다.

달려오던 사내들이 모두 오무평에게로 몰려오고 있었다.

이미 시커먼 몽둥이의 위력을 실감했고, 화살도 통하지 않는 데다 붕산철장 마철웅마저 장력으로 날려 버린 진우청보다는 오무평이 쉽다고 생각한 모양이다.

할 일이 없어진 진우청은 수문장처럼 용호곤을 짚고 서서 오무평의 활약을 지켜보았다.

휘익—!

오무평의 절명자가 파공음을 토했다.

가슴을 찔린 사내 하나가 불신의 눈으로 절명자를 쳐다보았다.

금방이라도 부러질 것 같은 쇠꼬챙이 끝이 가슴에 닿는가 싶었는데 어느새 등 뒤쪽까지 관통하고 있었다.

절명자가 빠져나가자 피분수가 터져 나왔다.

절명자에 찔린 사내가 쓰러지기도 전에 오무평은 또 한 명의 사내에게로 쏘아졌다.

이번에는 휘두르는 절명자에 복부가 갈라진 사내가 바닥을 뒹굴었다.

진우청은 여전히 용호곤을 짚고 서서 오무평의 활약을 지켜보았다.

뚱보노인과 곱추노인이 뒤에서 고함을 질러댔지만 여전히 아무도 접근하지 않았기 때문이다.

그러는 사이 오무평은 다섯 명의 사내들을 더 쓰러뜨렸다.

이젠 오무평에게도 함부로 달려드는 사람들이 없었다.

진우청은 슬쩍 고개를 돌렸다.

마차는 제방을 오르는 경사로까지 가 있었다.

조금만 더 이렇게 서서 수문장 노릇을 하면 될 것 같았다.

"못된 놈 같으니라고!"

혼자서 고생을 한 오무평이 진우청을 보고 씩씩거렸다.

"모두들 노인장이 더 좋다는데 난들 어쩌겠소."

진우청은 오무평의 절명자를 신기한 눈으로 쳐다보며 말했다.

그때 마차에서 고함 소리가 들렸다.

제방 위로 올라선 마차가 속력을 높이며 신호를 보내온 것이다.

"대신 뒤는 내가 잠시 더 지켜 드릴 테니 먼저 가시오."

진우청은 서왕문 무사들을 향해 용호곤을 길게 내밀며 말했다.

"아서라, 이놈아!"

고함을 지른 오무평이 진우청의 어깨를 끌며 몸을 날렸다.

피식 웃은 진우청도 오무평을 따라 몸을 날렸다.

"고맙다, 곰탱이!"

쏜살같이 달리는 마차의 쇠 그물에 매달린 유화결이 진우청을 보고 말했다.

어제 처음 안면을 튼 사이였지만 억겁같이 길게 느껴지던 싸움판에서 억겁 같은 정이 들었다.

"돌멩이도 제대로 못 던져 올리는 물렁탱이!"

진우청은 '돌이 떨어졌다'라는 유화결의 목소리가 들리던 때의 기막힌 심정을 떠올리며 핀잔을 주었다.

유화결은 대체 진우청의 정체가 뭔지 의심스런 눈으로 진우청을 쳐다보다가 이내 눈을 돌렸다.

마차가 달려가는 길목을 가로막고 한 떼의 무인들이 서 있었다.

혹시라도 포위망을 빠져나가는 유가검보 사람들을 도륙하기 위해 지키고 있는 모양이었다.

"지독한 놈들!"

백운 노인이 혀를 찼다.

"치고 지나가겠다!"

마차로 오자마자 마부석에 앉아 고삐를 건네받은 오무평이 안에 있는 남패천 무사들을 보고 고함을 지르며 말고삐를 세차게 흔들었다.

마차가 지나가야 할 길을 막고 있는 사내들의 숫자는 열 명도 되지 않았다.

훨씬 더 압도적인 숫자의 적들을 뚫고 나온 마차는 앞을 막은 사내들을 한꺼번에 짓이길 듯 쏘아졌다.

그 순간!

히히히힝!

앞서 달리던 두 마리의 말이 갑자기 길게 울부짖으며 고개를 흔들었다. 그리고 광분하기 시작했다.

달리던 속도가 있기에 멈춰지진 않았지만 계속해서 발광을 한다면 앞쪽의 말들로 인해 뒤쪽의 말들까지 위험한 지경에 이를 것 같았다.

절명자 오무평은 급히 고삐를 잡아당기며 의문스런 표정을 지었다.

온몸을 갑주로 둘러싼 말이 이런 반응을 보인 것은 이해가 가지 않았다.

그때 말들을 발광하게 했던 이유가 밝혀졌다.

까가각―

멀쩡한 사람을 미치게 만드는 소리!

광음마각 천개일이 펼치는 음공이었다.

"크윽!"

이번에는 말뿐만 아니라 쇠 그물을 잡고 마차에 매달려 있던 유가검보 무사 한 명도 비명을 질렀다.

까가각―

다시 광음마각이 연주되었다.

비명을 지르며 괴로워하던 청년 두 명이 바닥으로 떨어졌다.

"저, 저놈이!"

오무평은 이를 갈았다.

어제저녁 인가장에서 싸울 때 자신을 지독하게 괴롭히던 음공이었다.

그 때문에 흑기조장이 주화입마에 이를 뻔했고, 자신 역시 위험에 빠져 오늘 아침까지 발이 묶여 있었는데 그놈을 또 만난 것이다.

〈4권에 계속〉